Jack Vance
DRÔLES DE GENS

Traduit de l'anglais (États-Unis)
par Patrick Dusoulier

Les Mystères inédits de Jack Vance

Jack Vance

Drôles de gens

Cet ouvrage a été publié aux États-Unis par Underwood-Miller, Columbia, 1985,
sous le titre :
STRANGE NOTIONS
© Jack Vance, 1958, 2002

© Spatterlight, 2016 pour la traduction française
Traduit par Patrick Dusoulier
Couverture réalisée par Howard Kistler
ISBN 978-1-61947-157-3

Amstelveen
Pays-Bas
www.jackvance.com

Avant-propos

Jack Vance a écrit onze romans policiers, qu'il appelait ses « mystères ». Cinq ont été publiés en français, mais six sont restés inédits à ce jour. J'ai décidé de remédier à cette regrettable situation, du moins en partie pour l'instant, en en traduisant les quatre publiés sous son nom (les deux autres sont parus sous des pseudonymes, Peter Held et Alan Wade). J'ai évidemment confié la diffusion de ces traductions à Spatterlight qui, sous la houlette éclairée de John Vance Jr. et de Koen Vyverman, a déjà publié l'œuvre intégrale de Vance en anglais, telle que restaurée par le Projet VIE en 2005.

J'espère que les lecteurs français les découvriront avec plaisir. Plus encore que l'intrigue policière, ces romans privilégient le cadre et l'atmosphère et présentent de merveilleuses galeries de personnages hauts en couleur… Au détour d'une phrase, d'un dialogue ou d'un type de personnage, les amateurs pourront reconnaître la patte du Grand Maître.

Patrick Dusoulier
La Bresse, 2016

CHAPITRE I

Le marbre tacheté brillait comme du verre sale et ne faisait rien pour me donner l'impression d'avoir moins chaud. Après avoir étalé un peu de sépia sur la feuille, je reculai d'un pas pour examiner l'effet et me cognai contre un homme élégamment vêtu qui se dirigeait vers le bar sur le côté de la place.

— *Scusi*, dis-je machinalement.

L'homme poursuivit son chemin sans un mot, puis il s'arrêta et me regarda avec une expression étrange. Il secoua la tête comme pour la dégager d'une pensée improbable. Il continua de m'observer un moment, et dit enfin d'une voix chaleureuse :

— Vous êtes américain, n'est-ce pas ? De quelle région ?

— De l'Oregon. Et vous ?

— D'un peu partout, mon cher. Citoyen du monde, maintenant, plus ou moins. Il fait sacrément chaud, ici. (Il jeta un coup d'œil à mes esquisses.) Si vous rangiez tout ça un instant pour prendre un verre avec moi ?

En été, à Rome, il peut faire plus chaud qu'en enfer, et je n'avais pas vraiment besoin qu'il insiste pour accepter l'invitation.

— Mon passeport indique Clarence Musgrave. Vous êtes… ?

— Appelez-moi simplement Kex, comme tous mes amis. Il y a pas mal de peintres sur cette place, ajouta-t-il en examinant mon dessin, mais vous avez du talent, vous savez.

— Les autres y trouveraient peut-être à redire.

Pendant que nous approchions du bar, Kex réfléchit un instant et dit enfin :

— J'imagine que vous envisagez une carrière de peintre ?

— Pas précisément.

— Vous ne voulez pas en faire votre métier, c'est ça ?

— Je suis prêt à faire n'importe quel métier, du moment que ça me permet de manger.

Kex prit un ton paternel :

— Permettez-moi de vous donner un conseil, Clarence…

— En général, les gens m'appellent Chuck.

— … et ce conseil est : n'allez pas gâcher un talent que Dieu vous a donné.

Ce n'était pas aujourd'hui que j'allais vendre des sépias. C'est d'une voix teintée de regret que je répondis :

— Je n'ai pas non plus envie de mourir de faim. On ne peut pas se faire d'argent avec la peinture, et encore moins avec des dessins au sépia.

Kex eut un petit rire. On aurait dit un chien haletant sous la chaleur.

— Allez, je vous offre un verre. (Il fit signe au barman, puis il se tourna vers moi :) Je ne vous apprendrai rien en disant que la vie d'artiste est difficile… D'une certaine façon, autrefois… (Il s'interrompit en secouant tristement la tête.) Bon, tout ça, c'est du passé. Un homme comme vous, qui a du talent – un vrai talent – peut arriver à vivre de ce qu'il produit.

Là, je ne pouvais pas être d'accord.

— Je ne suis pas fanatique à ce point. Dans quelques mois, je vais rentrer chez moi dans l'Oregon, et je me trouverai du travail dans l'industrie forestière.

— Mais voyons, s'écria Kex, toutes ces études, cette formation ?

— Je me suis formé à jouer au football, autrefois. Et puis d'un seul coup… (je fis claquer mes doigts)… fini, terminé. Ça, c'était du gâchis. Là, c'est différent. Je vais continuer de faire mes petits dessins – mes amis croiront que je sais ce que je fais, parce que j'ai étudié en Europe, ce qui est complètement idiot, bien sûr.

Kex eut de nouveau son rire de chien à la langue pendante. Je l'observai du coin de l'œil. Il caressa son impeccable moustache blanche.

— Vous avez une étrange philosophie, dit-il. Je n'appellerais pas ça du cynisme…

— Je l'appelle existalisme.

Pour vendre un de mes dessins à Kex, il fallait que je lui vende aussi l'histoire romanesque qui allait avec.

Il haussa les sourcils.

— Existentialisme ? Vous ne me semblez pas du genre…

— Non, non, pas l'existentialisme. Ça, c'est européen et démodé. Je suis américain. L'existalisme est ma propre version du réalisme. Cela signifie simplement exister le plus longtemps possible, et du mieux possible.

Kex prit un air songeur.

— Oui, bien sûr…

— Ça ne vous paraît pas trop unique, dites-moi ?

— Ma foi, non…

— Ça fait partie de la philosophie. Être unique demande un effort terrible. Ça ne laisse absolument pas le temps de s'amuser.

Kex but une gorgée de vin.

— Mais ces gens uniques – je les appelle des névrosés –, vous ne croyez pas qu'ils produisent les grands chefs-d'œuvre artistiques ?

— Je ne sais pas. Ils en produiraient peut-être plus s'ils n'étaient pas névrosés. D'un autre côté, c'est peut-être ce qui cloche dans mes dessins : je suis trop normal.

— Non, pas du tout, protesta Kex en reprenant le contrôle de la conversation. Il n'y a rien qui cloche dans vos dessins. Je les trouve tout à fait excellents. En fait, je crois que je pourrais vous trouver une commande sur la base de ce que j'ai vu. (Il marqua une pause, et reprit d'un air songeur :) Je pense que ça paierait assez bien.

Je me redressai sur mon siège.

— Une commande ?

Kex me regarda calmement.

— Oui, je crois que vous diriez comme ça.

— Combien, et pour faire quoi ?

— Ma foi… (il hésita)… c'est un travail commercial.

— Je sais mettre un mouchoir sur ma vanité d'artiste.

— Vous seriez payé à la journée.

— Combien ?

Il hésita encore.

— Disons… dix mille lires plus les frais.

— Ça semble intéressant.

Kew se lissa la moustache.

— Ce que j'ai en tête va peut-être vous paraître bizarre.

— Du moment que ça n'est pas bizarre au point de me valoir un séjour en prison.

— Connaissez-vous Naples ?

— Non. Je ne suis jamais descendu plus bas que Rome.

— Alors, vous ne devez pas non plus connaître Positano. C'est un village sur la côte au sud de Naples – en fait, il est situé entre Sorrente et Amalfi, un très joli endroit. Un des plus beaux sites au monde. Il y vit toute une petite colonie d'étrangers – des artistes, des écrivains, ce genre-là.

J'attendis.

— Je dispose d'un appartement à Positano. Un endroit très confortable. J'y passe un mois de temps à autre, quand je veux me reposer et me détendre. (Il but rapidement une gorgée de vin.) Donc, voici ce que je vous propose. Écoutez bien, et dites-moi ce que vous en pensez. Je fais un peu d'édition à titre privé – un passe-temps à moi. Livres d'art, curiosités, le genre de choses qu'une entreprise commerciale n'oserait jamais faire. Je ne me soucie pas des questions de rentabilité – je n'en ai pas besoin. Je publie ce qui me plaît du moment que c'est de très bonne qualité. Vous comprenez ?

Il me fixa de ses yeux clairs et candides.

— Oui, naturellement, fis-je

— Depuis quelque temps, poursuivit-il, j'ai envie de publier un portfolio sur Positano. Des dessins en noir et blanc : les vieilles maisons, la plage, les bateaux, l'église, les ruines mauresques, les habitants du coin, et cætera.

— Juste par curiosité – pourquoi me confier ce travail ? J'ai du talent, bien sûr – mais il y a des artistes plus connus en ville, comme Tambucchi, Ramus…

Kex fit un large geste de la main.

— Pour être tout à fait honnête, un artiste de renom se montrerait trop exigeant. Je m'en sortirai mieux avec un artiste plus jeune.

Je hochai la tête d'un air dubitatif. Ça semblait étrange, mais pas trop étrange. Bizarre, mais pas grotesque.

Kex conclut avec assurance :

— En bref, je voudrais que vous descendiez à Positano pour me faire une série d'études représentatives – le mieux serait de travailler au fusain, je pense. Vous pourrez loger dans mon appartement, et pour ce qui est de la nourriture, vous mettrez ça sur mon compte chez l'épicier.

C'est sans doute là que je ressentis le premier petit frémissement, le premier léger doute.

— Je veux être sûr de bien comprendre, dis-je d'une voix étonnée. Vous voulez que j'emménage dans votre appartement de Positano, et que je fasse des dessins au fusain. Pour ça, vous me paierez dix mille lires par jour, et vous paierez aussi pour la nourriture.

— Oui, répondit Kex. C'est ça, grosso modo.

— Hmm… Supposons que je ne fasse qu'un dessin par semaine ?

— Je crois que vous pouvez faire mieux que ça.

— Oui, moi aussi… Imaginons qu'au bout d'un mois là-bas, je me soûle et que je déchire tout mon travail ?

Kex me regarda avec un petit sourire.

— Je connais la nature humaine, et je ne pense pas que vous soyez du genre à faire une chose pareille.

— Je n'en suis pas si sûr.

— Ma foi, dit Kex, nous allons devoir nous faire mutuellement confiance.

— Faites-moi confiance autant que vous voudrez, mais moi, j'aimerais d'abord voir la couleur de votre argent.

— C'est une demande raisonnable.

Patiemment, il sortit une pince à billets reliée au fond de sa poche par une chaînette en or. Il compta onze long billets roses, des coupures de dix mille lires.

— C'est une avance pour dix jours, plus une provision pour les frais. J'attends de vous, ajouta-t-il d'un air sévère, que vous fournissiez votre propre matériel.

— Si c'est une blague, répondis-je, elle est excellente.

Kex me fixa d'un air de reproche.

— Quand pouvez-vous commencer ?

— Quand vous voudrez.

— Alors, disons demain matin. Vous avez sans doute votre voiture personnelle ?

— J'ai bien peur que non.

— Ma foi, vous pouvez prendre l'autocar. Affreusement inconfortable, bien sûr, mais ça permet de s'y rendre.

— Je ne suis pas difficile. Sinon, je serais en ce moment chez moi à Portland.

Kex joua avec son verre de vin.

— Je descendrai d'ici trois ou quatre jours, pour voir comment les choses avancent. Et maintenant… (il hésita un instant)… voici ce que je veux que vous fassiez. Ne travaillez pas trop dur les deux premiers jours. Promenez-vous dans la ville, explorez les falaises, les plages. Parlez aux gens, mais sans dire un mot de votre travail. Si quelqu'un vous questionne, dites que vous êtes un ami à moi, et que vous profitez de mon appartement. C'est entendu ?

— Si c'est ce que vous voulez.

— Autre chose. Pour des raisons personnelles, je reçois du courrier à la poste sous le nom de James Hilfstone. Il est possible que je ne puisse pas descendre à Positano avant une semaine, et il est important que je reçoive ce courrier. J'aimerais que vous alliez au bureau de poste tous les matins, et que vous demandiez tout courrier adressé à James Hilfstone.

Je réfléchis un instant à cette idée.

— D'accord, je demanderai. Mais imaginez qu'ils refusent de me le donner ?

Kex manifesta des signes d'impatience.

— Demandez, c'est tout ce que vous pouvez faire. Dites-leur que vous vous appelez James Hilfstone, si vous voulez. Ils ne verront pas la différence. En fait, pendant que vous serez à Positano, vous pourriez utiliser ce nom, ça simplifierait beaucoup les choses, conclut-il en me jetant un rapide coup d'œil en coin.

— Ce serait peut-être mieux que les choses ne soient pas trop simples.

— Que voulez-vous dire par là ? demanda Kex sur un ton assez vif.

Je le regardai avec étonnement.

— Rien du tout.

Il se détendit lentement.

— Ce n'est pas une bien grosse affaire, naturellement… Une autre bière ?

— Non, merci. J'ai quelques courses à faire, et il faut aussi que je m'occupe de ma valise. Tant que j'y pense, comment trouverai-je votre appartement une fois à Positano ?

— C'est la Casa Umberto. (Il plongea la main dans une poche et en tira un calepin. Il y prit un bout de papier plié en deux et y griffonna « Casa Umberto ».) Demandez autour de vous, tout le monde me connaît.

Il se leva plutôt brusquement et me tendit la main.

— Je vous rejoins d'ici trois ou quatre jours. En attendant, amusez-vous bien.

Je le regardai s'éloigner d'une démarche sautillante. Il semblait très content de lui. Je jetai un coup d'œil à la feuille de papier. « Casa Umberto, Positano. » Son écriture était pleine de volutes excentriques, ce qui correspondait assez bien au personnage.

Je dépliai le papier – un formulaire de blanchisserie. Sur la partie inférieure figurait une liste de noms :

1. Munton
2. Blaine
3. Leibnitz
4. Oleg Vroznek
5. Piombino
6. Pamela, Hester
7. Margaret
8. Alma
9. Hortense
10. Dannister

Apparemment, Kex organisait une réception. Il y avait cinq noms d'hommes, cinq noms de femmes, et « Dannister » qui pouvait être l'un ou l'autre.

CHAPITRE II

L'Office du tourisme italien a un bureau d'information dans la Gare de l'Union. Des guichets vitrés protègent du vulgaire public six jeunes employés arrogants, qui détestent devoir répondre aux questions. « Pourquoi partent-ils s'ils ne savent pas comment y aller ? » se demandent-ils entre eux avec des mimiques expressives. Et : « Vous avez entendu ? Cette vieille femme veut un train express au départ de Bari à cinq heures du matin. » Ils rient. « Mets-la dans l'omnibus. Elle n'est pas pressée... Rafaello, un homme à ton guichet ! » « Qu'il attende. C'est encore une bêtise. J'en ai vraiment assez. Il va se lasser et il partira, et c'est l'heure de ma cigarette. »

Une jolie fille bénéficie de plus d'attention. Ils s'empressent de lui fournir les plus menus détails, tandis que j'attends avec une rage grandissante devant un hygiaphone oublié. J'essaie enfin la porte. Il se trouve qu'ils ont oublié de la verrouiller. Je passe la tête dans la pièce.

— Il y a quelqu'un qui travaille, ici, ou bien c'est la pause déjeuner ?

Tous se tournent vers moi, méprisants et furieux. Je n'ai pas le droit de les déranger. L'un d'eux s'approche pour refermer la porte. Je ne bouge pas. Il pousse le battant avec insistance, en me lançant un regard assassin. Je ne bouge pas.

— Quel train dois-je prendre pour Positano ?

Il répond :

— Cette porte doit être fermée. Adressez-vous au guichet, s'il vous plaît.

— Quel guichet ?

Il me le désigne du doigt.

— Ça fait dix minutes que j'attends à ce guichet.

Il me dit :

— Il n'y a pas de train pour Positano.

Comme si cela réglait la question et que j'allais partir. Ils sont en train de penser : « Quel malotru, cet Américain. Tous les mêmes ! »

Je lui demande :

— Comment puis-je me rendre à Positano, alors ?

Rafaello, avec une lassitude ineffable, se lève de son bureau, écrase sa cigarette, me fait signe de m'approcher du guichet, et prend son poste.

Pendant ce temps, deux religieuses sont arrivées et attendent. Avec un plaisir mal dissimulé, les coins des lèvres étirés dans un petit sourire, les cinq autres employés observent tandis que Rafaello, s'exprimant en italien, résout leurs interminables problèmes, et que j'attends en fulminant.

Je comprends que je ne peux pas les vaincre. Ils sont trop protégés dans leur fortin vitré, dont la porte est maintenant soigneusement fermée à clé.

Les bonnes sœurs s'éloignent enfin pour faire la queue au guichet des premières classes. En m'efforçant de rester calme, je demande :

— Je voudrais me rendre à Positano, près de Sorrente. Comment dois-je faire ?

Mais le regard que je braque sur lui dit en réalité : « J'aimerais te flanquer un bon coup de poing dans la figure. »

Il me rend mon regard comme pour dire : « Ta simple vue me hérisse le poil. Allez, attaque-moi si tu l'oses. » À voix haute, il est d'une grande courtoisie :

— Il n'y a pas de train direct pour Sorrente.

— Alors, comment dois-je faire ?

Il comprend qu'il ne peut plus s'échapper. Il hausse les épaules, sort ses index, ses horaires et ses références. Ses cinq collègues observent qu'il s'est fait coincer. Ils s'approchent pour manifester leur commisération et gonfler leur ego aux dépens de Rafaello. J'entends six avis contradictoires, qui finissent par être réconciliés. Je dois prendre un train pour Naples, changer pour un interurbain jusqu'à Sorrente, et changer à nouveau pour embarquer dans un autocar menant à Positano.

J'ai la chance d'attraper un train quelques minutes seulement avant son départ. Pendant le voyage, je réfléchis au travail qui m'attend.

Même s'il semble légitime, je ne peux pas m'empêcher de penser qu'il a quelque chose de bizarre. La veille, je m'étais un peu renseigné sur Kex. Maglione, le portier du Jikky, lui accorde une bonne réputation : « Un gentleman américain très généreux. » Leonardo, le barman du Club des Artistes et Mannequins, laisse entendre que Kex est hétérosexuel – au sens qu'il est affligé de plusieurs sexes. Mais c'est juste un sous-entendu, et Leonardo est célèbre pour ce genre d'allusion. Bill Perch, du *Daily American*, est plus explicite : « Kex ? Gay comme un pinson, un vrai phoque. »

Je n'arrivais pas à imaginer que les vices personnels de Kex puissent déteindre sur son argent. J'écartais la première hypothèse, à savoir que Kex s'était pris de passion pour mon corps. Cette approche semblait bien trop compliquée. Il n'était pas impossible que Kex ne veuille rien d'autre que ce pour quoi il était prêt à payer... Ce serait idiot de négliger la réponse la plus évidente.

Arrivé à Naples, je dus me battre contre une douzaine de porteurs qui tentaient de s'emparer de mes bagages. En toisant du regard des individus moulés dans des costumes noirs qui semblaient prêts à me soulager de mon portefeuille, je me rendis à la gare interurbaine où je dus me battre contre d'autres porteurs, des maquereaux, des mendiants et des guides pour Pompéi, avant de pouvoir acheter un billet de troisième classe pour Sorrente.

Le train s'ébranla et s'engagea dans les petites rues de la périphérie, puis il longea la baie avec le Vésuve qui se dressait sur la gauche. À Castellamare, le train traversa une succession de tunnels, roulant la plupart du temps dans le noir avec de brefs intervalles ensoleillés. Une demi-heure plus tard, nous arrivâmes à Sorrente, le terminus de la ligne, alors que le soleil se couchait sur la baie.

Dans un petit bar, je bus un dé à coudre de café italien amer et faillis rater le car pour Amalfi. J'y grimpai à la dernière minute et me laissai tomber sur un siège que tout le monde avait rejeté, à côté d'une grosse femme en robe noire avec une moustache assortie. Elle renifla, grommela et se tourna vers la fenêtre. Je posai une fesse sur les vingt centimètres restés libres, et m'intéressai au paysage. La route grimpait sur la colline entre des parois de roche sombre, surmontées d'orangers inclinés comme des parasols. Ici, sur le flanc nord, la nuit était déjà tombée et les passagers parlaient à voix basse. Quand nous atteignîmes la crête, le ciel apparut telle une explosion : tous les paysages du monde s'étendaient sous nos yeux, une centaine de kilomètres de Méditerranée avec des montagnes plongées dans l'eau jusqu'à la taille et qui s'éloignaient en rangs de plus en plus petits vers le sud. La route devint une corniche précaire à mi-hauteur d'une falaise, et l'autocar se mit à enchaîner les virages au mépris des lois de la pesanteur. Je me tenais arc-bouté à mon siège, mais les autres passagers semblaient fatalistes. Ma grosse voisine se détendit et s'étala sur dix centimètres supplémentaires.

Je relâchai progressivement ma prise sur l'accoudoir et commençai à écouter la conversation du couple assis derrière moi : un homme efflanqué en costume marron, et une blonde à l'air un peu défraîchie. L'homme était américain. Il disséquait la vie amoureuse de ses connaissances d'une voix experte. Je n'écoutais pas seulement d'une oreille, car il était difficile de faire autrement. Il parlait d'une femme nommée Hortense.

— Il n'y a rien qui cloche chez elle, dit-il d'un ton bourru. Nymphomane est un mot qui n'a pas de sens. C'est juste ce que j'appellerais une célibataire parfaitement normale.

Hortense. Je dressai l'oreille. Un nom assez bizarre : il figurait sur la liste de Kex. Je tournai légèrement la tête pour mieux entendre.

La blonde émit un commentaire acerbe qui fut couvert par le bruit du moteur.

— Et alors ? dit l'homme. Ils veulent tous l'épouser, et elle n'en veut aucun.

Murmures de la femme.

— Oui, bien sûr, fit l'homme, c'est pour ça qu'on s'entend si bien, tous les deux. Je m'en fiche complètement, et elle aussi. J'aime bien ce genre de femme : on couche avec elle une nuit, on lui botte les fesses la fois suivante, et elle prend les choses comme elles viennent.

— Ha ! s'esclaffa la femme avec mépris. (Elle éleva la voix.) Tu ne t'en tirerais pas comme ça si tu lui bottais les fesses. Hortense a un caractère épouvantable, j'en sais quelque chose.

— C'est vrai, reconnut l'homme avec une sorte de satisfaction modeste. J'en garde quelque cicatrices...

Ils se turent. Le car poursuivit sa route, en klaxonnant à chaque virage.

Ce *tuut… tuut… tuut…* était agaçant. La nuit enveloppait les montagnes et la mer. Ma grosse voisine s'était assoupie et s'étalait inexorablement sur les sièges. J'avais peur que les coutures de sa robe noire ne craquent, conduisant à une horrible catastrophe : une grosse femme s'écoulant par-dessus le bord du siège, dans l'allée, et engloutissant le chauffeur. Mais les coutures résistèrent. – tout juste, mais ce fut suffisant. La femme se mit à ronfloter doucement.

Vingt minutes s'écoulèrent. Une silhouette apparut au bord de la route dans le faisceau des phares. Le car s'arrêta, la porte s'ouvrit et une jeune femme mince aux cheveux blond cendré monta à bord. Elle réussit à s'insérer sur la banquette arrière entre deux ouvriers agricoles. Elle échangea quelques mots en italien avec le contrôleur du car.

La conversation reprit derrière moi, mais l'homme avait baissé la voix. Il parlaient de la jeune femme blonde, et je tenais maintenant à entendre ce qu'ils disaient, car elle avait quelque chose d'attirant. Je réussis à saisir deux ou trois mots par-dessus les bruits de moteur : « … argent… paix et tranquillité… un truc sacrément dangereux… » La conversation finit par se tarir. L'autocar continuait de négocier des virages en épingle à cheveux, en klaxonnant avec une insistance hypnotique. *Tuut-tuut… Tuut-tuut-tuut.*

Des taches de lumière apparurent au loin sur le flanc de la montagne. Le car s'engagea dans un profond ravin, et les lumières disparurent. La lune se leva et dessina son long reflet sur la mer. Ma grosse voisine était à présent tellement affalée qu'elle était plus large que haute. Elle émit soudain un grognement et se redressa. Elle me lança un regard mauvais et noua ses doigts autour de l'anse de son sac à main.

Nous contournâmes une autre butte, et Positano apparut devant nous : un immense amphithéâtre rocheux éclairé par la lune, tapissé de maisons blanc-gris et de guirlandes de lumières. Kex avait sans doute raison : Positano méritait peut-être d'être connu du monde entier. Cela étant, je me dis qu'on ne pouvait pas peindre ni dessiner une telle beauté, pas plus qu'on ne peut peindre un bon coucher de soleil. La beauté de l'espace et de la lumière est différente de celle d'un mélange de pigments. Ce sont deux beautés étrangères l'une à l'autre. Mais en pensant aux dix mille lires par jour, je conclus que ça valait la peine d'essayer. Je commencerais par des petits bouts ici et là, et je verrais bien où ça me mènerait.

L'autocar s'arrêta devant un petit marchand de vin. Nous semblions encore assez loin de la ville. C'était manifestement une station de correspondance. Deux ou trois passagers descendirent, dont la jeune femme blonde. Elle contourna le car et jeta un coup d'œil par la vitre. En apercevant mon visage, elle s'arrêta net et me regarda fixement.

Le car repartit. La jeune femme resta au bord de la route en regardant les feux s'éloigner. On aurait dit qu'elle était frappée de stupeur – comme tétanisée. Une fois de plus, j'eus l'impression désagréable que les choses n'étaient peut-être pas exactement comme elles en avaient l'air.

Chapitre III

L'autocar continua de tracer ses méandres en descendant sur le flanc de la colline, longeant des murs sombres et des maisons grises, des oliviers et des gouffres inattendus, faisant sonner son klaxon et grincer ses freins, jusqu'à ce qu'il s'arrête enfin sur une petite place au bas de la pente.

Je délogeai ma valise du casier à bagages au-dessus de ma tête et descendis du car par l'avant, suivi de l'homme au costume marron et de son amie. Il sembla me remarquer pour la première fois, et il s'arrêta pour procéder à un examen minutieux. La femme le tira impatiemment par la manche – c'était une créature aux cheveux décolorés et au visage bouffi, proche de la quarantaine. Pour être charitable, disons que c'était une ancienne girl de cabaret.

L'homme se dégagea.

— Hello, me dit-il, je ne vous avais pas remarqué dans le car. (Il me tendit la main, un paquet d'os enveloppé dans une peau jaunâtre.) Je m'appelle Buster Blaine. Vous devez être américain, à en juger par votre chemise.

Blaine. Blaine ? Encore un nom sur la liste de Kex. Le numéro 2, si ma mémoire était bonne. Nous nous serrâmes la main.

— Je suis Chuck Musgrave.

Il me dévisagea avec une curiosité encore plus manifeste que la mienne. La lumière venant de la façade du bureau de poste éclaira ses yeux – de grands yeux impersonnels et doux, d'une extraordinaire couleur noisette, des yeux de faune.

— Vous envisagez de rester quelque temps à Positano, Chuck ?

— Oui, je pense. Deux ou trois semaines, peut-être.

— Vous allez vous y plaire. Nous formons une joyeuse petite bande, maintenant que la saison touristique est terminée. Margaret, je te présente Chuck. Chuck, voici Margaret. Pour être plus précis, la comtesse Margaret d'Egliari.

— Ravi de faire votre connaissance, dis-je sans être étonné.

Moi aussi, j'ai imaginé de devenir noble : comte Clarence di Musgrave.

Elle hocha la tête d'un air plutôt distant :

— Enchantée.

Je me rendis compte que Margaret était aussi un nom sur la liste. La liste de quoi ? Probablement rien d'important.

— Vous logez où, Chuck ? demanda Blaine.

Je jetai un coup d'œil vers le flanc de la colline.

— La Casa Umberto, si j'arrive à la trouver. C'est l'appartement d'un ami.

— La Casa Umberto ? répéta Blaine d'un air pensif. Qui est cet ami ? Je le connais sans doute.

— Il s'appelle Kex.

— Tiens donc… (Les sourcils roux se haussèrent, et les grands yeux noisette me dévisagèrent.) Un ami de Kex, hein ?

Et Margaret me regarda d'un air calculateur.

— Il y a un problème ?

— Oh, non, non, fit Blaine. Bien sûr que non. Ici, à Positano, déclara-t-il d'une voix forte, chacun évite de mettre son nez dans les affaires des autres… C'est notre vertu cardinale.

Margaret gloussa de façon déplaisante.

— Ah oui ? Qui, par exemple ?

Blaine réfléchit un instant et conclut :

— Je crois que j'ai dit une bêtise.

— Ah, pour ça, oui, mon cher Blaine.

— Ma foi, reprit-il, disons que nous n'y attachons pas d'importance. C'est plutôt ça. Nous avons tous déjà bien assez à faire avec notre propre conduite.

Margaret le prit par le bras.

— Allez, viens, je meurs de soif.

— Juste deux secondes, ma chérie. Il faut que j'indique le chemin à Chuck. C'est la première fois que vous venez ici, hein ?

— Oui, effectivement.

— Ça fait longtemps que vous connaissez Kex ?

— Seulement deux jours.

— Un sacré type, Kex. (Il secoua la tête d'un air amusé.) Heu, qu'est-ce qui se mijote ? Quelque chose de spécial ?

— Qui se mijote ?

Blaine me fit un clin d'œil plein de sous-entendus. Même la comtesse Margaret d'Egliari était devenue attentive.

— Kex vous a probablement mis dans le coup, dit-il.

— Je ne comprends pas.

Blaine enfonça ses mains dans ses poches et plissa les yeux d'un air vaguement étonné.

— Hmm… fit-il en se reprenant. Ah, ce vieux Kex, Dieu le bénisse… Disons qu'il a une facilité déconcertante pour fomenter des coups tordus, plus qu'aucun homme que j'aie connu, et je vous assure que ça va déjà assez loin.

— Ma foi, dis-je prudemment, vous le connaissez beaucoup mieux que moi.

— Je m'entends très bien avec lui, ajouta aussitôt Blaine. Mais ça ne veut pas dire qu'il n'a pas ses petites… particularités. Comme nous tous, hein, Marge ? Je n'hésite pas à lui dire que c'est un foutu menteur, un baratineur de première, et qu'il ne doit pas compter sur moi pour m'associer à ses affaires. Ça l'amuse, on s'entend comme larrons en foire, mais ça ne l'empêche pas de continuer d'essayer.

Je voulais en savoir plus sur Kex.

— Est-ce qu'il…

La comtesse Margaret en avait assez.

— Bon sang, Buster, tu comptes me laisser ici dans le froid toute la nuit ?

— Deux secondes, dit précipitamment Blaine. Il faut que je montre à Chuck où Kex habite. C'est juste là-haut, Chuck. Vous voyez le deuxième réverbère ? Juste en face, il y a une petite épicerie. C'est celle de la Signora Umberto, elle a votre clé.

— Merci beaucoup.

— Il n'y a pas de quoi, toujours heureux de rendre service. À plus tard.

La comtesse Margaret et lui s'engagèrent dans une ruelle descendant vers la plage. Je pris mes bagages et commençai à gravir la pente, qui était raide.

La petite boutique était remplie de choux et de salades, d'oranges, de pommes et d'oignons, de bocaux d'olives et d'anchois, de tonnelets de mil, maïs, riz et haricots. Il y avait des étagères chargées de bouteilles de vin, des rayonnages de spaghettis, macaronis, agnelottis, gnocchis, lasagnes et vermicelle. Derrière le comptoir se tenait un jeune homme au visage rond, dont les cheveux noirs ressemblaient à de la paille de fer. Sa bouche s'élargit automatiquement en un sourire étincelant quand je franchis le seuil. Je lui demandai s'il parlait anglais.

— *Un po', un po'*.

— Je voudrais la clé de l'appartement de Kex. J'emménage.

Il appela quelqu'un par-dessus son épaule. Une petite femme au visage dur, dont les cheveux blancs étaient noués en un chignon sévère, écarta un rideau.

— Signora Umberto ?

— Oui, c'est moi. Vous voulez quoi ?

— Kex m'a dit de m'adresser à vous pour la clé de son appartement.

— Ah. (Elle me toisa en plissant les lèvres.) Vous êtes ami de Kex, hein ?

— Oui, répondis-je patiemment.

— Il vous donne un billet ? Une lettre ? demanda-t-elle en tendant la main.

— Non, il m'a juste dit de venir vous voir, que vous me laisseriez entrer. Il sera ici dans trois ou quatre jours.

— Hmmf. (Elle me lança encore un regard perçant.) Bon, d'accord.

Elle fouilla sous le comptoir et en sortit deux clés – une de taille normale, et l'autre grosse comme une clé à molette.

— Venez, me dit-elle.

Nous traversâmes la rue. Elle s'arrêta devant une porte dans le mur et inséra la clé normale dans une serrure en cuivre toute neuve. Elle l'ouvrit et tâtonna un instant. Elle finit par actionner un interrupteur, révélant un petit escalier voûté.

La Signora Umberto descendit la première, en sautillant sur les marches comme un vieux chat qui a mal aux pattes. Nous débouchâmes sur une terrasse. Sur la droite, un mur en plâtre, une rangée de plantes grasses dans des pots en terre cuite. À gauche, dans le vaste espace éclairé par la lune, on apercevait les toits de Positano et les habitations, dans des centaines de tons gris et argent, avec ici et là une faible lumière jaunâtre.

La Signora Umberto s'escrimait sur une porte avec sa grosse clé à molette, en marmonnant entre ses dents. Elle finit par l'ouvrir et alluma la lumière. Je la suivis à l'intérieur et regardai autour de moi. Je ne sais pas à quoi je m'attendais, mais c'était une surprise. La pièce était richement colorée et d'un confort de sybarite. Le sol était en mosaïque, des éclats de marbre vert jade dans une matrice vert pâle, et recouvert d'un tapis oriental rose et or. Les murs étaient d'un vert délicat. Le plafond voûté était en plâtre blanc. Deux divans, garnis de satin vert, encadraient une cheminée de brique noire. Trois tableaux abstraits, dans les mêmes tons de noir, blanc, or et rose, étaient accrochés aux murs. En dessous, des étagères basses étaient chargées de livres à l'aspect précieux. Dans des niches creusées de part et d'autre de la cheminée étaient posés deux énormes chandeliers dorés garnis d'épaisses bougies vertes. La lumière provenait de lampes posées par terre et orientées vers le plafond.

La Signora Umberto me lança un regard en coin, comme pour me mettre au défi de ne pas manifester mon enthousiasme, et prête à me mépriser si je le faisais. La Signora Umberto ne m'aimait pas. J'affichai l'expression la plus dédaigneuse dont j'étais capable et posai ma valise par terre. J'ouvris une porte : la chambre à coucher. Je traversai la pièce et en ouvris une autre : la salle de bain aux carrelages verts, avec deux ou trois équipements de style européen. Je retournai dans le salon.

La Signora Umberto était toujours là où je l'avais laissée. Elle essayait de s'enfoncer les bras dans les côtes pour s'empêcher de respirer l'air de la pièce.

Une salle à manger meublée d'une table en bois noir sculpté et de chaises anciennes donnait sur la terrasse. Juste au-delà, dans un contraste saisissant, se trouvait une cuisine microscopique, comme toutes les cuisines italiennes. L'évier était un trou qui pouvait bien contenir quatre litres d'eau, et le réchaud était une grille de trois feux reliée à un tuyau de gaz.

La Signora Umberto m'avait suivie.

— Vous voulez quelqu'un de bien pour faire la cuisine, le ménage ?

— Combien ?

— Trois mille lires par semaine. Mais vous la nourrissez aussi, vous comprenez. C'est une bonne fille.

— Non, c'est trop, beaucoup trop ! Je veux bien la payer deux mille.

— Bon, d'accord, dit la Signora Umberto d'un air dégagé (ce qui me permit de déterminer que mille lires devait être le tarif en usage.) Elle est sérieuse. Elle vient demain matin, elle fait votre petit déjeuner. C'est ma fille. Je fournis les provisions.

— Tout va sur le compte de Kex, précisai-je.

Elle me lança un regard dépité.

— Vous ne payez pas ?

— Non, je ne paie pas.

— Hmmf, maugréa-t-elle.

Elle me tourna le dos et sortit, me laissant seul dans l'appartement. J'allai déposer ma valise dans la chambre et revins dans le salon où je m'assis sur l'un des divans de satin vert. La pièce était glaciale. Sous l'odeur d'encens et de tissu, on décelait celle du plâtre humide. J'allumai une cigarette et pris le reçu de blanchisserie de Kex pour examiner la liste au dos :

1. Munton
2. Blaine
3. Leibnitz
4. Oleg Vroznek
5. Piombino
6. Pamela, Hester
7. Margaret
8. Alma
9. Hortense
10. Dannister

Blaine, numéro 2. Margaret, numéro 7. Juste pour passer le temps, je cochai ces deux noms au crayon. Qui allais-je rencontrer ensuite ? C'était comme un jeu par élimination. Positano se révélait plus intéressant que prévu. Je me demandai si l'un de ces noms correspondait à la jeune fille blonde de l'autocar. Alma ? Peu probable. Toutes les Alma sont brunes. Hortense ? La fille semblait trop jeune et trop timide pour être une nymphomane notoire. Bien sûr, on ne pouvait jamais savoir… Je remis la liste dans ma poche et regardai les volutes de fumée s'élever dans l'air. Le voyage m'avait fatigué – mais c'était une fatigue agréable. Je n'avais aucune envie de me reposer. Je consultai ma montre : huit heures moins le quart. Ce serait une bonne idée d'aller faire un tour sur la plage.

J'écrasai ma cigarette et me passai un peu d'eau froide sur le visage. Je me rendis compte que j'avais faim. La solution à ce problème se trouvait dans la boutique de la Signora Umberto.

CHAPITRE IV

Je remontai par l'escalier voûté. Il m'évoquait quelque chose, mais quoi ? Du plâtre blanc, arrondi au sommet, brillant dans la lumière réfléchie... Une nouvelle ? Un poème ? *Le Nautilus cloisonné ? La Barrique d'amontillado ?* ... Je renonçai à chercher.

Je traversai la rue et rentrai dans l'épicerie. Le jeune homme au visage rond et aux cheveux en paille de fer me montra toutes ses dents.

— Du pain, dis-je. *Pane.*

— Du pain, dit-il en sortant une miche croustillante d'un casier.

— Du beurre.

Il tendit le bras vers une étagère et me donna un rouleau.

— Du fromage... Celui-là, dis-je en tapotant une vitrine.

— *Questo ?*

— Non, *questo.* Là, ce machin.

Une femme – grande, l'air énergique, vêtue d'un manteau en tweed marron – entra dans la boutique. Elle portait des lunettes rondes à monture invisible, perchées sur un long nez constellé de taches de rousseur. Ses cheveux blonds couleur sable étaient séparés par une raie au milieu et noués en chignon. Tout en elle indiquait une personnalité dynamique.

— Une boîte de sardines, dis-je en montrant du doigt. *Questo.*

La femme m'examina du coin de l'œil. Une lueur apparut dans ses yeux, ses verres de lunette brillèrent.

— Mais dites-moi, vous êtes américain, n'est-ce pas ?

— Et vous, vous êtes anglaise.

Elle fit mine d'être étonnée.

— Ça se voit donc tant que ça ? D'habitude, on me prend pour une Américaine, une Allemande, une Suissesse, une Suédoise… mais jamais pour une Anglaise.

— Jusqu'à ce que vous parliez.

— Oui, c'est mon accent qui me trahit. Vous êtes nouveau ici, n'est-ce pas ? (Elle jeta un coup d'œil à mes achats.) Vous comptez vous installer à Positano ?

— Oui, disons pour quelques semaines.

— Formidable ! s'exclama-t-elle avec un véritable enthousiasme.

Puis elle jeta de nouveau un coup d'œil à mes provisions et s'empara de la facture détaillée que le jeune vendeur avait établie.

— Je dois vous prévenir, me dit-elle, il faut vous méfier de tous ces commerçants. Ils vous dépouilleront de votre dernier sou si vous n'y prenez pas garde. (Elle parcourut la liste.) Hmmf… regardez un peu ça. « *Pane* – soixante-cinq. » Jamais plus de cinquante. « *Burro* – cent dix. » C'est du beurre à quatre-vingt-quinze. « *Formaggio*. » (Elle posa le fromage sur la balance.) Pas tout à fait cent grammes… Vous voyez, il a triché à la fois sur le poids et sur le prix.

Le sourire du jeune homme au visage rond se mit à trembler légèrement.

— Il n'y a pas plus voleur qu'eux, poursuivit la femme. « Sardines ». Bon, là, c'est correct – parce que le prix est inscrit sur la boîte. Luigi, dit-elle en tendant la main, un crayon.

Luigi lui donna un bout de crayon jaune. Elle barra les chiffres et les remplaça par d'autres, puis elle refit le total.

— Là – rien que là-dessus, il vous avait déjà compté cinquante lires de trop. (Elle agita le doigt d'un air sévère sous le nez de Luigi, dont le sourire était à présent figé.) Tu es un vilain garçon, Luigi !

— Merci beaucoup, lui dis-je.

Elle prit un air modeste.

— Ce n'est rien. Ça m'agace tellement, ces petites escroqueries mesquines. J'aimerais en prendre un et le secouer comme un prunier jusqu'à ce qu'il claque des dents…

Elle braqua ses lunettes sur Luigi, qui se mit à se dandiner d'un pied sur l'autre.

— Heu, vous-même, vous habitez ici ?

— Oui, avec ma sœur. Nous venons chaque année.

J'étais au moins sûr d'une chose, ce n'était pas Hortense. Pamela ? Hester ?

— La vie n'est pas chère, et on nous connaît, poursuivit-elle. Nous sommes maintenant de vraies Positanesi… Bien sûr, au fil des ans, ça perd un peu de son charme. Nous aimerions tellement visiter les États-Unis, mais avec les règlements et tout ça, c'est hors de question. (Elle fit un pas vers la porte, et s'arrêta.) Et si vous veniez prendre un verre de vin chez nous ? Ma sœur ne sort pas beaucoup, et elle aime bien se tenir au courant de ce qui se passe.

— Ma foi, oui, volontiers.

— Attendez deux secondes, que j'achète des œufs pour le petit déjeuner… *Sei uova*, dit-elle à Luigi en articulant soigneusement. Je ne viens pas souvent ici, me lança-t-elle par-dessus son épaule, parce que Luigi et la Signora sont des brigands.

Je vis s'agiter le rideau gris derrière lequel la Signora Umberto écoutait.

— Bien sûr, c'est pratique parce que ça n'est pas loin de chez nous… Au fait, je m'appelle Pamela Ryen. R-Y-E-N… *pas* le nom irlandais.

Ah ha… Le numéro 7 ? Ou le 8 ? Je vérifierais dès que je pourrais. Je me présentai, et nous partîmes ensemble pour remonter la colline. J'avais du mal à en placer une. Pamela était intarissable. J'appris que les restrictions britanniques sur les voyages étaient infernales, que Positano était l'endroit le plus accueillant de toute l'Italie – « tout le monde parle anglais, ici, on se croirait presque à la maison » – que les Américains étaient beaucoup plus intéressants que les Anglais – « tellement plus facile de faire connaissance, beaucoup moins guindés, vraiment.»

Hester, la sœur, était une créature lymphatique au teint cireux. On aurait dit un lézard malade, avec des yeux inexpressifs et des cheveux blond filasse.

— Hester est une artiste, déclara Pamela. Elle fait de merveilleuses aquarelles. Il faut que vous les voyiez.

Hester eut la bonne grâce de dire :

— Une autre fois, peut-être. Pam, tu es beaucoup trop enthousiaste, et je crois que M. Musgrave aimerait un verre de vin.

Pamela émit un petit rire bêlant et se précipita dans la cuisine. Leur appartement était miteux et sinistre. Les murs, peints dans un dégradé de bleu, pelaient par endroits.

Depuis la cuisine, Pamela lança :

— Vous préféreriez peut-être une tasse de thé, M. Musgrave ?

— Oui, si ça ne vous dérange pas. Je mangerai mon pain et mon fromage en même temps.

Nous bûmes donc du thé servi dans des tasses en céramique vert et blanc, pendant que je mangeais. Hester écoutait placidement Pamela bavarder, ragoter, proposer, développer, argumenter, défier, expliquer…

J'appris qu'elles voyageaient principalement pour la santé de Hester, qui trouvait l'Angleterre déprimante. Pamela aimait l'Espagne, Hester l'Italie.

— Mais nous aimons toutes les deux Positano. On peut s'y reposer totalement. Pas un souffle du monde extérieur ne vient nous déranger ici – sauf l'été, bien sûr, quand les hordes de touristes débarquent, et alors, c'est comme partout ailleurs : insupportable. La plage… une masse de chairs rôties.

— Dégoûtant, murmura Hester.

— Et vous, M. Musgrave, qu'est-ce que vous faites ? demanda Pamela. À Positano, tout le monde fait quelque chose. Je trouve ça épatant, cette concentration de talents que nous avons ici. Moi-même, j'écris, et comme vous le savez, Hester peint. En fait, Positano est un véritable centre artistique – même si je dois dire… (Pamela s'interrompit, l'air songeur. Hester dut lire dans ses pensées, car elle hocha vigoureusement la tête.) Bon, reprit Pamela, toujours est-il que Mme Revost fait un travail formidable avec ses céramiques, et Paul Prie et Franz Leibnitz sont des peintres de réputation internationale.

Leibnitz. Le numéro 3 sur la liste. Mais pas de Paul Prie. Je mentionnai que j'avais déjà rencontré Buster Blaine et la comtesse Margaret d'Egliari. Qu'est-ce qu'ils faisaient, ces deux-là ?

Hester fronça le nez en reniflant. Pamela répondit d'un air dégagé :

— Je ne saurais dire en ce qui concerne la comtesse d'Egliari. Je sais très peu de choses qu'on puisse porter à son crédit, et seulement des rumeurs à son désavantage. Quant à Buster Blaine… eh bien, c'est un écrivain. Il écrit des romans policiers, je crois – vous savez, ces histoires de détectives durs-à-cuire et d'interrogatoires musclés, ce genre de choses. (Elle se redressa brusquement sur sa chaise.) Hester, que dirais-tu si nous emmenions M. Musgrave sur la plage, pour rencontrer peut-être quelques-uns de nos amis ? Oleg est toujours dans les parages. (Elle m'expliqua :) C'est l'un de nos plus adorables Positanesi, et il a un cerveau tout à fait remarquable, un vrai intellectuel. Il est polonais, je crois. Il a fui le régime communiste, mais il refuse d'en parler. Eh bien, Hester, qu'en dis-tu ? On y va ?

Hester se leva lentement. Pamela enfila rapidement son manteau de tweed, et sans plus de cérémonie, nous sortîmes.

En passant devant la porte de Kex, je leur dis :

— Si vous voulez bien m'attendre deux secondes, le temps que je dépose mes provisions, et je suis à vous.

Quand je ressortis, je vis que Pamela et Hester étaient engagées dans un conciliabule à voix basse. Elles se tournèrent vers moi tandis que je traversais la rue.

— Voilà, c'est fait, leur dis-je.

Hester regarda fixement devant elle. Pamela me demanda d'un ton un peu distant :

— C'est ici que vous habitez, M. Musgrave ?

— Provisoirement. Ce n'est pas mon appartement. Il appartient à un de mes amis, qui me le prête. Kex – vous le connaissez ?

— De vue, répondit Pamela. Seulement de vue.

Hester resta silencieuse. Pamela poussa un profond soupir et reprit, d'une voix un peu embarrassée :

— Naturellement, il y a beaucoup de gens ici que nous ne connaissons pas...

— Et que nous n'avons pas envie de connaître, glissa Hester.

— ... et dans un village comme Positano où il n'y a rien d'autre à faire que jaser les uns sur les autres...

— Parfois à juste titre.

— ... enfin, conclut Pamela, je pense qu'il ne nous appartient pas vraiment de juger.

— Que celui qui n'a jamais péché jette la première pierre, fis-je remarquer.

— Oui, sans doute, dit Pamela. (Elle réfléchit un instant.) Bien sûr, nous avons entendu des choses bizarres. Je crois comprendre, poursuivit-elle en braquant sur moi ses lunettes étincelantes, que l'appartement s'inspire de la garçonnière de l'ex-roi d'Égypte.

— Et à quoi ressemble la garçonnière de l'ex-roi d'Égypte ?

Hester et Pamela reconnurent qu'elles n'en avaient pas une idée précise.

— Mais l'appartement n'est-il pas... hyperluxueux ? Vous savez, un peu comme à Hollywood ?

— Kex apprécie le confort, reconnus-je, mais il n'y a pas de bain turc portatif ni de limes à ongles automatiques.

— Tiens, tiens, dit Pamela pensivement. (Elle me lança un de ses regards en coin.) Je dois dire que vous ne semblez pas vraiment le genre d'homme à *savourer* ces absurdités de sybarite.

Sur le moment, je fus incapable de dire si c'était bien ou mal, et je laissai le sujet de côté. Nous marchions dans le petit passage que Blaine et la comtesse avaient pris. Nous arrivâmes enfin sur une place, devant une église à la façade imposante. De chaque côté de la place montaient des volées de marches.

— Les escaliers de Positano, dit Pamela sur un ton respectueux. Il y a une jolie chanson napolitaine, *Les Petites Marches*, et je crois qu'elle est connue dans le monde entier. (Elle se mit à fredonner :) Dum-di-dum-di-da-da-dum... presque une tarentelle. Vous aimez les chansons napolitaines, M. Musgrave ?

— Non, je ne peux pas dire que je sois un grand amateur. Je n'y vois pas d'objection particulière, sauf quand elles deviennent trop larmoyantes, et là, je me rebelle.

— Je crois que nous pouvons beaucoup apprendre de ces chants folkloriques, dit Hester. Ils nous parlent de ce que les gens *ressentent*.

— Funiculi Funicula, s'écria Pamela, vous connaissez celle-là, bien sûr ! Elle a été chantée pour la première fois à Naples quand une petite ligne de funiculaire a été ouverte sur la Via Roma, tellement pittoresque. Vous êtes allé à Naples, M. Musgrave ?

— Je n'ai fait qu'y passer.

— Et ça ne vous a pas plu ?

— C'est un endroit déprimant, répondis-je simplement. Si on ne garde pas une main sur son portefeuille, et l'autre sur son... ma foi, sur ce que vous voudrez... ils vous prennent l'un et l'autre.

— Ils sont très pauvres, bien sûr, dit Pamela sur la défensive.

— Oui, j'ai bien vu. Et je crois qu'ils voulaient que je le devienne aussi.

Nous traversâmes un passage couvert bordé de boutiques, qui débouchait sur la promenade du bord de mer. Devant nous, les vagues venaient mourir sur la plage. De part et d'autre s'élevaient de grandes montagnes, avec les lumières de la ville qui ne montaient qu'au tiers de la hauteur.

— Là-bas, dit Pamela, c'est le Vistamare. C'est là que tout le monde va. L'ambiance est vraiment très gaie le samedi soir. Il y a de la musique, on danse, on s'amuse beaucoup. Nous n'y venons pas souvent, ajouta-t-elle avec une note de regret dans la voix.

— Nous ne pouvons pas nous le permettre, ajouta fermement Hester.

— Quand j'aurai publié mon roman, dit Pamela, nous viendrons tous les soirs. En attendant, ma chérie, nous nous contenterons des miettes. Et je suis sûre que nous serons tout aussi heureuses. Tu sais très bien que le champagne te rend malade, s'il n'est pas de la meilleure qualité.

— Oui, c'est très juste. Bien sûr, depuis la mort de notre cher papa, nous ne buvons pas souvent du bon vin.

— Non, l'Angleterre n'est plus ce qu'elle était. Mais nous retrouverons notre grandeur, tu peux me croire, quand le monde comprendra à quel point le bon sens britannique est nécessaire... Ah, mais M. Musgrave est américain, nous ne devons pas parler de politique...

Nous gravîmes une volée de marches et passâmes sous une arche avant de franchir la porte vitrée de l'hôtel-restaurant Vistamare.

CHAPITRE V

Le bar se trouvait sur la gauche. À droite, l'espace était occupé par des tables. Un feu avait été allumé dans une grande cheminée voûtée comme un four de boulanger d'autrefois. Une large porte donnait sur une autre salle, un peu moins bien aménagée, destinée à la clientèle locale. D'un côté de la cheminée, deux hommes et deux femmes jouaient au bridge d'un air tendu, tandis que de l'autre, un groupe de cinq personnes d'une élégance arrogante discutaient en italien. Buster Blaine était assis au bar sur un tabouret, ses longues jambes maigres croisées. À côté de lui, mais pas tout à fait *avec* lui – la nuance tenait à quelques centimètres –, étaient assises la comtesse Margaret et une brune à l'air maussade dont les oreilles étaient ornées de gros anneaux dorés. Elles avaient toutes deux la même attitude, tête baissée, coudes posés sur le comptoir, penchées en avant, presque tassées.

Pamela s'approcha d'une table et tira les chaises. Nous prîmes place tous les trois. Blaine nous salua d'un petit geste de la main. La comtesse Margaret nous regarda par-dessus son épaule avec des yeux de merlan frit tandis que la brune fronçait les sourcils. Les joueurs de bridge nous ignorèrent. Les cinq aristocrates ne nous accordèrent qu'un bref regard hautain.

— ... le *vino rosso* est correct, disait Pamela. Ils appellent ça du Gragnano. Bien sûr, le Lacryma Christi est le plus connu des vins locaux, mais le Sorrentini est très bon, tu ne trouves pas, Hester ? Et il y a aussi le Valtepucello, bien sûr...

— Je crois que je vais prendre le rosé, ce soir, quelque chose de léger pour les maux d'estomac.

— Oui, bien sûr... Arturo, dit Pamela en faisant signe à un jeune serveur en veste blanche, deux *vin rosé* par ici.

— Trois, fis-je en regardant de nouveau autour de moi.

Dans la salle voisine, je pouvais apercevoir cinq ou six jeunes Italiens disputant une partie animée. Ils abattaient leurs cartes sur la table comme s'ils voulaient écraser des serpents.

Pamela tendit les mains vers le feu dans la cheminée.

— J'adore une véritable flambée. Ici, en Italie, c'est absolument indispensable.

— Oui, opina Hester, le climat n'est pas vraiment bon.

— Dans les pays du Nord, on construit les maisons pour avoir chaud, et il y a toujours des systèmes de chauffage. Dans cette Italie prétendument ensoleillée, le froid peut vous glacer jusqu'aux os, et pour lutter contre ça, il n'y a que de ridicules petites grilles à charbon.

— Personnellement, dit Hester, je ne crois pas que ce soit très sain. Ça dégage des gaz.

Arturo apporta le vin. Pamela se pencha vers moi et dit à voix basse :

— Cet homme très pâle aux cheveux bruns, à la table de bridge – c'est Oleg Vroznek, un esprit vraiment remarquable. C'est un véritable plaisir de discuter avec lui.

Une croix devant le numéro 4 de la liste. Oleg Vroznek était un homme frêle, avec de grands yeux de hibou, un front imposant, une peau parcheminée, des cheveux clairsemés. Avec son costume noir informe, sa chemise vert clair et sa cravate marron, il avait franchement l'air miteux.

— C'est un Polonais, chuchota Pamela. Ce qu'il peut vous raconter sur les communistes, il y a de quoi vous faire dresser les cheveux sur la tête !

— Comment gagne-t-il sa vie ?

Pamela secoua la tête pensivement, et la lueur du feu de bois se refléta dans ses lunettes.

— Je crois qu'il écrit un roman basé sur ses expériences. Et il a peut-être aussi un petit revenu. Certains de ces réfugiés avaient la chance de disposer de comptes bancaires à l'étranger, ou de bijoux, ou de deux ou trois tableaux de valeur... À ce propos... (elle sembla chercher ses mots)... ne mentionnez pas le nom de votre ami Kex. Je crois qu'ils sont un peu brouillés.

— Que s'est-il passé ?

Pamela lança un coup d'œil vers sa sœur, qui sirotait paisiblement son vin.

— Ma foi, je ne sais pas précisément. Juste des rumeurs venant de notre logeuse. Les habitants du village sont au courant de tout. On ne peut même pas se retourner sans que tout Positano en soit aussitôt informé.

— Le téléphone arabe, dit Hester. Je crois que ça s'appelle comme ça.

Je renonçai à en savoir plus sur Kex et Vroznek.

— Qui sont les autres ?

— Ce petit homme aux cheveux roux est l'un de nos artistes peintres, Leibnitz. Il n'a pas vraiment la tête de l'emploi, n'est-ce pas ?

— Non. On dirait plutôt un ancien jockey, ou un comique de music-hall.

— La femme à droite est Mercedes quelque chose. Ici, on ne sait jamais le nom de famille des femmes.

Mercedes évoquait une petite poule noire et nerveuse, la quarantaine déjà bien entamée.

— L'autre est Mme Revost, qui tient une merveilleuse petit boutique dans la ruelle. Elle vend des céramiques et des émaux qu'elle fabrique elle-même, croyez-le si vous voulez. Pendant la saison touristique, elle fait de très bonnes affaires.

Pamela et Hester semblaient un peu envieuses.

Hester déclara courageusement :

— Elle voudrait que je lui confie quelques aquarelles pour les proposer aux clients.

— J'aimerais bien avoir du talent, dit Pamela. Être vraiment intelligente…

Mme Revost devait avoir dans les trente-cinq ans, grande et bien faite, malgré un visage aux joues légèrement creuses. Ses gestes étaient nerveux et saccadés.

À l'autre table, une des élégantes se leva. Il y eut des baisemains et des saluts, puis elle agita la main d'un air languissant et s'en alla.

— Et qui sont ces gens ?

Pamela jeta un coup d'œil indifférent vers la table.

— Nous ne les voyons pas souvent. Ce sont le comte et la comtesse Paladini, et le marquis Fidoglio. Ils possèdent un hôtel à Praiano, je crois. Des gens assez vulgaires, en fait – prétentieux, comme tous ces Italiens.

Blaine descendit de son tabouret et s'approcha de notre table.

— Hello, dit-il. Ça vous ennuie si je me joins à vous une minute ?

— Non, pas du tout, installez-vous.

Au bar, la comtesse Margaret et la brune maussade étaient encore plus affaissées sur le comptoir. Blaine suivit mon regard.

— Elles sont en train de se soûler, et elles deviennent mauvaises. Il va y avoir une émeute quand elles vont vouloir partir d'ici. La comtesse s'est mis bêtement dans la tête que j'étais prêt à payer sa note de bar, et elle n'arrête pas de commander du cognac français. Du Hennessy, excusez du peu.

— Tss, tss, fit Pamela.

— Alma est plus raisonnable. Elle s'en tient au tord-boyaux local. J'ai donné à Giovanni la consigne stricte de mettre mes consommations sur ma note, et de compter les leurs à part. Il va y avoir des hurlements qu'on entendra jusqu'en haut de la colline.

Alma : encore un nom sur la liste – une assez belle femme, avec un petit visage aux traits bien marqués et des cheveux coupés court. Elle portait un tailleur vert un peu chiffonné, et se versait de l'alcool dans le gosier comme un automobiliste en panne sèche dans la Vallée de la Mort vide son jerrycan de secours dans son réservoir.

— Eh bien, Chuck, dit Blaine, vous vous êtes fait deux amies, à ce que je vois. (Et il ajouta tristement :) Ah, si je pouvais être à nouveau jeune…

— La jeunesse, rétorqua Pamela, c'est dans la tête.

— À ce compte-là, dit Blaine, je suis un poulain de l'année, jusqu'à ce que je commence à lutter contre la gueule-de-bois. (Il grommela :) Je devrais arrêter une bonne fois pour toutes de boire ce cognac italien…

— Vous avez un roman en chantier ? demanda Pamela – un écrivain s'intéressant à un autre. Moi, je n'ai pas écrit un seul mot depuis vendredi matin. Je suis terriblement paresseuse.

Ils discutèrent dix minutes de leur travail, tandis que Hester et moi nous contentions d'écouter. Pamela avoua qu'elle était incapable de réussir ses dialogues. Ils avaient toujours un côté un peu trop théâtral.

Blaine lui dit qu'elle devrait se soûler plus souvent. Lui-même, quand il était vraiment parti, il entendait des voix qui lui dictaient des histoires entières, qu'il s'empressait de noter avant que sa brume alcoolique ne se dissipe.

— C'est pour ça que ma note de bar est aussi salée. Si je pouvais arnaquer quelqu'un d'autre que moi-même, je passerais mes consommations en note de frais.

Pamela eut un rire incrédule.

— Non, vraiment ?

— Absolument. Je peux même choisir, comme quand on cherche une station de radio.

— Non, *vraiment* ? s'exclama Pamela.

Blaine hocha la tête d'un air solennel.

— Quand je me soûle au vin rouge, j'écris dans le style dur-à-cuire, avec des maisons de passe, des gangsters, des vieilles femmes violées, des balles dans le ventre.

« Avec le cognac, si c'est de l'italien, j'écris dans le genre confessions criminelles authentiques. Le bon alcool français m'amène à écrire un de ces thrillers psychologiques où l'intérêt n'est pas tant de savoir qui couche avec qui ni qui est tué, mais plus précisément comment, où et pourquoi.

« Et quand c'est au whisky... ah ! (Il leva au ciel ses yeux jaunes.) Là, je m'échappe de ce bas monde. Je me libère. J'écris de la littérature, du William Faulkner. (Il se tourna vers le bar.) Hé, vous deux ! Venez par ici, mes mignonnes. Joignez-vous à la fête.

Les deux femmes échangèrent quelques marmonnements. Je crus qu'elles allaient l'ignorer complètement, mais elles finirent par se glisser à bas de leurs tabourets et s'approchèrent d'une démarche instable. Blaine fit preuve de galanterie en les aidant à s'asseoir. Le comte et la comtesse Paladini, le marquis Fidoglio et la femme inconnue, nous jetèrent nonchalamment un coup d'œil dédaigneux.

— Je suis complètement gelée, déclara Alma.

Elle me balaya du regard – un regard dur et froid. Elle ressemblait de façon troublante à un serpent – une petite tête plate avec des yeux marron dénués d'expression. Elle se tourna vers Blaine – je ne l'intéressais pas : trop neutre, trop réservé. Elle se frotta le haut des bras.

— Quand est-ce qu'ils se décideront à chauffer ce boui-boui ?

Pamela et Hester étaient à présent tendues et distantes. La présence de la comtesse Margaret et d'Alma n'avait pas fait partie de leurs projets. Blaine entra dans un débat avec la comtesse Margaret à propos du temps, tandis que Pamela me parlait avec volubilité des Italiens du village :

— Ils sont honnêtes à leur manière, mais ils vous dépouilleront si vous leur en laissez l'occasion. Vous devez compter la moindre lire…

Je remarquai que l'un des joueurs de cartes dans l'arrière-salle était Luigi, l'employé de la Signora Umberto.

Un autre jeune Italien entra dans la salle. Celui-là était d'un genre différent : mince, des cheveux auburn bouclés, un visage comme un bronze de la Renaissance. Il portait un pantalon moulant gris-mauve et une chemise jaune – une tenue assez particulière. Il s'arrêta à côté des joueurs, qui ne lui prêtèrent aucune attention.

Luigi finit par lever les yeux et lui fit une brève remarque. Le nouveau venu se pencha vers lui d'un air interrogateur. Luigi ajouta quelques mots, et les autres éclatèrent de rire. Le nouveau venu se redressa aussitôt, comme vexé. Il balaya la salle des yeux, et son regard se fixa sur moi.

La comtesse Margaret se pencha brusquement vers moi et dit d'une voix grinçante :

— Vous l'avez repéré drôlement vite. Pas de doute, vous autres, vous avez un sixième sens.

Pris de court, je la regardai fixement, avec ses cheveux blonds qui pendaient sur son visage bouffi, ses yeux bleus stupides dans lesquels brillait une lueur de haine. Pourquoi s'en prenait-elle à moi ? Je ne voyais vraiment pas en quoi je l'avais provoquée. J'espérais qu'elle n'allait pas faire une scène. Je fus agacé de voir que le groupe avait les yeux braqués non sur la comtesse, mais sur moi. Blaine était impassible, Alma méprisante, Pamela et Hester embarrassées. Ils semblaient tous rangés aux côtés de la comtesse. J'étais l'étranger, l'intrus.

— Qu'est-ce qui se passe ? demandai-je. Quelqu'un peut-il m'expliquer la plaisanterie ?

D'une voix douce comme de la soie, Alma répondit :

— Vous ne le savez sans doute pas, mais Chi-Chi est l'ami… spécial de Kex.

— Ah, je vois… Eh bien, ce n'est pas que ça vous regarde, mais je ne suis pas venu ici en tant qu'ami spécial de Kex.

La comtesse Margaret ricana.

— Je me fiche pas mal de savoir de qui vous êtes l'ami. C'est juste que je ne supporte pas les gens de votre espèce.

Blaine intervint avec véhémence :

— Mais il n'en est pas, Marge ! Je te demande un peu : est-ce que Chuck en a l'air ?

Ils me regardèrent tous.

— Bien sûr que non, conclut Blaine. (Il se tourna vers moi comme pour me faire une confidence.) Marge ne supporte pas les homos depuis que son vieux s'est tiré avec un Bulgare talentueux.

— J'avais autant de talent que lui, marmonna la comtesse Margaret.

— Forcément pas, rétorqua Blaine, sinon, tu aurais encore ton mari. La preuve est faite.

Alma me regarda avec ses yeux de serpent sournois.

— Mais si c'est vrai, comment ça se fait qu'il habite l'appartement de Kex ?

— Ça, je n'en sais fichtre rien, répondit Blaine. Je crois que c'est son affaire.

Tous les regards se braquèrent de nouveau sur moi.

Je commençais à en avoir assez. Je voulais les choquer. Je cédai à une pulsion perverse et assez puérile :

— En fait, je suis venu ici pour être James Hilfstone.

— Qui ça ? demanda Hester en se penchant vers moi comme si elle était dure d'oreille. Qui ça ?

Je répétai le nom et vis que les visages des joueurs de bridge s'étaient tournés vers moi.

— Je me fiche pas mal comment vous vous appelez, maugréa la comtesse Margaret. Je ne supporte toujours pas les homos. Ils me font vomir. C'est pour ça que Positano me fait vomir. Ici, ils pullulent comme des mouches.

— Chacun ses goûts, déclara Blaine. Voilà ce dont le monde a besoin, un peu de tolérance envers son prochain. Moi, en tout cas, je ne passe pas mon temps à citer la Bible et à dire aux autres ce qu'ils doivent faire.

— Ma foi, dit Pamela, dans une certaine mesure, vous avez peut-être raison... mais il y a quand même certaines circonstances où notre devoir est clairement tracé...

— Comment puis-je savoir s'il est aussi clairement tracé que ça ? Je vous regarde, votre sœur et vous, et je me dis : ces deux dames auraient chacune bien besoin d'un homme. Pourquoi ne vont-elles pas demander à l'un de ces jeunes gars du coin, qui seraient ravis de leur rendre service ?

— Non, vraiment... protesta Hester d'une voix douce.

Pamela prit deux ou trois profondes inspirations.

— Mais vous voyez, reprit Blaine, je ne dis rien de la sorte. Je ne sais pas si c'est vraiment ce qu'il leur faudrait. Ce n'est peut-être pas le genre de chose à laquelle elles sont habituées, et par conséquent, je la boucle.

Alma lui fit un petit sourire secret.

— Et à moi, Buster, qu'est-ce que tu dirais ?

— Ah, ma chérie, tu ne voudrais pas vraiment l'entendre. Pas ici.

Il y eut du bruit à l'extérieur, des pas précipités. À travers les panneaux vitrés de la porte, je distinguai un pull marron, une chemise blanche, des cheveux blonds.

Pamela et Hester avaient bu leur vin. Elles étaient silencieuses, chacune jouant avec son verre, contemplant les reflets du feu de bois.

Arturo s'approcha.

— Je vous sers quelque chose, mesdames, messieurs ?

— Apporte-moi un cognac soda, dit la comtesse Margaret. Tu sais bien ce que je bois.

— Oui, madame.

— La même chose pour moi, dit Alma.

Blaine les regarda d'un air interrogateur.

— Vous avez dû faire un héritage, toutes les deux.

Alma sourit doucement en examinant ses ongles. La comtesse Margaret releva brusquement la tête.

— Comment... (Elle s'interrompit en se mordant la lèvre, puis elle reprit :) La dernière fois qu'un gentleman m'a invitée dans un bar...

— La dernière fois qu'une dame m'a entraîné dans un bar, dit Blaine, c'est elle qui a payé, et ensuite, je lui ai offert deux tournées dans mon appartement.

— Technique de séduction façon Blaine, déclara Alma. Tout en douceur...

— Hé, mesdames, il ne faut pas se faire d'illusions ! Dans ce monde, la concurrence est féroce, et chacun doit se débrouiller comme il peut. De toute façon, je n'appelle pas ça de la séduction. Je n'ai jamais séduit personne de ma vie. J'ai peut-être ré-duit, peut-être in-duit, mais jamais sé-duit. Je laisse ça aux étudiants dans les universités. Je suis juste un homme qui connaît sa propre valeur. J'appelle simplement un chat un chat. Et quand je dis que j'offre à l'une des dames ici présentes deux ou trois verres d'une bouteille de Courvoisier que j'ai dans mon appartement, c'est strictement ce que je veux dire. Si, par hasard, elle décide de rester encore un petit moment après, ça ne regarde personne.

Et il se cala sur sa chaise, attendant patiemment.

Pamela se mordilla la lèvre d'un air pensif. Hester fit tourner son verre vide. Leurs regards se croisèrent, et Pamela dit :

— Je crois que nous ferions mieux de partir, Hester.

— Oui, je le pense aussi.

Elles hésitèrent encore un instant, comme si c'était à regret qu'elles lâchaient leur verre. Pamela fit enfin signe à Arturo :

— *Conto.*

Quand elles se dirigèrent vers la sortie, je vis de nouveau le pull marron, la chemise blanche et un visage aux cheveux blonds qui regardait par le panneau vitré.

C'était moi que l'homme regardait. Il ouvrit brusquement la porte et entra d'un pas décidé – jeune, grand, le teint brun comme une théière, avec des cheveux blonds bien fournis, coupés en brosse. Il s'arrêta net et me regarda avec une expression particulière – une rage aveugle. Je me tournai vers Blaine :

— Qui est ce type ?

— C'est Freddy, répondit simplement Blaine.

Freddy traversa la salle en quelques longues enjambées et se dressa au-dessus de moi :

— Venez dehors, dit-il d'une voix rauque. J'ai à vous parler.

— Me parler ? De quoi ?

— Je vous le dirai dehors.

— Je ne vous connais ni d'Ève ni d'Adam.

Il crispa les poings. Ses lèvres pâlirent et se mirent à trembler. Il semblait au bord des larmes. Blaine lui demanda :

— Qu'est-ce qui te prend, Freddy ?

Le jeune homme répondit d'une voix chevrotante en me montrant du doigt :

— Ce foutu salopard… (il s'arrêta et m'examina plus attentivement. Il ouvrit de grands yeux.) Bon sang, qui êtes-vous ?

Ce type était manifestement hors de lui.

— Un foutu salopard, à ce qu'on dirait…

Alma intervint de sa voix la plus sucrée :

— C'est James Hilfstone – à ce qu'il dit.

Freddy sursauta, recula d'un pas et me regarda avec dégoût.

— Ah, nom de Dieu, vous avez un sacré culot de…

— Calme-toi, Freddy, dit Blaine.

— Non, laisse-le faire, dit la comtesse Margaret. S'il veut tabasser une tapette, ça le regarde.

Freddy recula.

— Si j'avais une arme, je vous abattrais.

Il fit un grand moulinet du bras et balança son poing dans ma direction. Je m'écartai et pris une chaise par le dossier, tel un dompteur de fauves.

— Quelqu'un peut me débarrasser de ce dingue ? lançai-je à la cantonade.

Arturo le prit par un coude, Giovanni par l'autre, et ils l'emmenèrent avec délicatesse jusqu'à la sortie.

Je reposai la chaise. Un peu déçus, les bridgeurs se remirent à leur partie. Les quatre aristocrates se détendirent et échangèrent quelques remarques. Mes mains tremblaient, et j'avais une sensation désagréable au creux de l'estomac.

— Il est parti chercher son arme ? demandai-je à Blaine.

Celui-ci répondit :

— Je ne vois pas où il pourrait en trouver une.

— Tant mieux. (Je me rassis.) Il est toujours comme ça ?

— Heu, non. C'est-à-dire que, voyez-vous, il est un peu bizarre. Rien de grave, de *vraiment* grave. Disons que ce n'est pas un grand penseur. Un peu simple d'esprit, quoi. Mais je ne l'ai jamais vu devenir méchant.

— Bah, fit Alma en allumant une cigarette. (Elle était très déçue, et son expression était redevenue maussade.) Il s'est battu avec Dino à propos de sa sœur.

— Oui, bon, mais ça, c'est normal, compte tenu de la réputation de Dino. Un sacré gigolo, et franchement pas très net.

La comtesse Margaret eut un petit ricanement de mépris.

— Il ne lui aurait pas fait des avances si elle ne lui avait pas envoyé le signal…

Blaine haussa les épaules.

— Peut-être bien. Mais ce que je veux dire, c'est qu'un type qui s'en prend à un autre parce qu'il fait du gringue à sa sœur n'est pas forcément un méchant.

— Je n'ai pas fait de gringue à sa sœur, précisai-je. Je ne la connais même pas.

— Eh bien, n'essayez pas, dit Blaine. C'est une drôle de famille. Ils ne se lient avec personne.

— Ils sont tous dingues, maugréa la comtesse Margaret.

— Après tout, dit Blaine, qui parmi nous ne l'est pas un peu ? Sinon, nous ne serions pas terrés dans ce trou à rats.

— Ah, bon Dieu ! s'exclama Alma. Je hais Positano, ce… (elle crachait les mots comme des balles de revolver)… foutu village de merde, plein d'homos, de poivrots, d'escrocs, d'artistes à la noix, d'écrivaillons…

— Ma chère amie, dit Blaine.

— … de voyous, d'intellos bidon…

— D'alcooliques, proposa Blaine.

— Et alors ? lança-t-elle. Il faut bien faire quelque chose pour ne pas devenir fou. Montre-moi quelqu'un ici qui a un meilleur vice.

Blaine me fit une grimace amusée.

— Ne ricane pas ! s'écria Alma. Tu coucherais avec ta grand-mère !

— Hé, fit Blaine, je coucherais avec une truie s'il n'y avait rien de mieux à me mettre sous la dent. Et j'aurais l'impression de lui faire une fleur. Pas vrai, Chuck ?

— Je continue de me demander pourquoi Freddy s'est attaqué à moi.

— Il a dû vous prendre pour quelqu'un d'autre.

— James Hilfstone, dit Alma d'une voix chargée de malice.

— Mais qui est ce James Hilfstone, à la fin ? demandai-je.

Il y eut un petit silence.

— Aucune idée, dit enfin Blaine. Je n'ai jamais vu ce type. (Il me regarda en inclinant la tête de côté, avec une expression plaintive.) J'aimerais juste éclaircir un point – même si ça n'a pas vraiment d'importance. Votre vrai nom, c'est Musgrave ou Hilfstone ?

— Bon, juste pour vous faire plaisir – c'est Musgrave.

— Il cache quelque chose, dit sèchement la comtesse Margaret.

Alma étouffa un bâillement.

— Quelle différence ça peut faire ? (Elle se tourna vers Blaine avec un air rusé.) Alors, tu m'offres un verre ?

— Non, pas ici.

Elle posa les mains sur la table et le regarda froidement. Ses boucles d'oreilles s'agitèrent.

— Ah, bon sang, c'est triste d'en arriver là… devoir me débattre avec toi pendant une heure rien que pour avoir un verre.

— Tu seras encore plus triste le jour où je t'offrirai un verre par pure charité.

Alma détourna les yeux, la tête penchée en avant.

— Bon, alors, tu viens ?

— Je te suis.

La comtesse Margaret les regarda partir. Son visage était blême, avec une peau tachetée et fripée comme un mouchoir sale.

— Pouffiasse… dit-elle sans enthousiasme.

Elle se tourna vers moi, contempla son verre vide…

Je me levai.

— Je crois que je vais y aller, moi aussi. Bonne nuit.

— Bonne nuit.

Je sortis et commençai à marcher sur la promenade de bord de mer. C'était l'heure où le matin n'était encore qu'une idée lointaine, quand la nuit semble devoir se prolonger pour toujours. La ville était comme une crypte inversée, avec des maisons pâles comme de vieux ossements. La lune était allée se cacher derrière la colline, les vagues grondaient sur la plage, et toutes les habitations empilées sur le flanc de la colline observaient les flots avec stupeur, comme si elles y voyaient des choses que je ne pouvais même pas imaginer.

Je gravis des marches et parcourus des ruelles sombres, puis gravis d'autres marches, toujours des marches, jusqu'à atteindre la route. Un parapet dominait le village et la mer. Je m'arrêtai un instant pour reprendre mon souffle. Il y avait encore une ou deux lumières dans le Vistamare. Partout ailleurs, c'était l'obscurité, à part quelques malheureux réverbères. Tous les indigènes – pêcheurs, commerçants, fermiers, ouvriers – étaient plongés dans la douce torpeur du sommeil. Seuls les aristocrates et les étrangers inquiets se tournaient et se retournaient dans leur lit, ou restaient assis sur une chaise à contempler leurs verres d'alcool.

Kex m'avait commandé une série de dessins des habitants locaux, les Italiens. Je me dis qu'il serait plus intéressant de dessiner les étrangers. J'imaginai Blaine, avec son long visage et ses jambes interminables, croqué en une série de longs traits au fusain. Le visage boudeur d'Alma, de profil devant un cocktail, montrant ses dents pointues. Oleg... je n'avais pas d'image précise d'Oleg. La blonde dans l'autocar... je n'arrivais pas non plus à bien m'en souvenir, sauf qu'elle était assez jolie – dans un genre non conventionnel – et qu'elle se déplaçait comme mue par une série d'impulsions nerveuses. Mais j'aimerais bien la dessiner, elle aussi.

Je repris mon chemin dans la rue. Devant moi, une ombre pâle bougea. Je l'avais déjà repérée, inconsciemment. Je savais qu'un peu plus loin dans la rue, il y avait une silhouette indistincte.

Maintenant, je la voyais... et elle disparut, devant la porte menant à l'appartement de Kex.

Je continuai de monter lentement. Plus de silhouette. Sans doute mon imagination. J'ouvris la porte et actionnai l'interrupteur. La lumière s'alluma – mais très faiblement. Il faisait beaucoup plus sombre que dans mon souvenir. L'escalier était plongé dans l'obscurité. J'hésitai un instant, saisi d'une certaine appréhension. Bizarre. Je me trompais peut-être. Je commençai à descendre les marches, quand mon pied buta contre quelque chose. Je trébuchai, et mon autre pied se trouva coincé à son tour. Je basculai en avant : devant moi, il n'y eut plus que le vide. Les angles des marches en béton frappèrent mes épaules, ma tête, mes genoux, mes coudes, dans un tourbillon de formes et d'ombres. Je ne savais plus où étaient le haut et le bas, des ondes de douleur me traversaient le corps. J'atterris sur les épaules et roulai à terre.

Je restai allongé, encore conscient – ou l'étais-je vraiment ? Je ne pouvais pas bouger, je ne voyais rien, je ne sentais rien, à part le calme de l'immobilité.

Cric-swish... Cric-swish... Cric-swish...

Mais j'étais encore capable d'entendre. Un discret bruit de pas. *Cric-swish...* Je tentai de me redresser sur un coude. *Cric-swish... Cric-swish... Cric-swish...* et soudain, une pluie de coups. Des coups de pied. D'abord lents et délibérés, ils s'accélérèrent sous l'empire de la rage. L'homme visait mes épaules, ma tête, mes côtes. J'étais face au mur, il ne pouvait pas atteindre mon bas-ventre. L'inconnu se mit à haleter, de fatigue ou d'excitation. Je fis une faible tentative pour me retourner, cherchant sans doute instinctivement à identifier mon agresseur.

Il recula, se retourna et remonta précipitamment les marches. S'il avait eu l'intention de me tuer, c'était raté. Je réussis à me mettre à quatre pattes, et je retombai à plat ventre. Je pus tout juste apercevoir quelque chose de jaune, couleur sable, disparaissant par la porte du haut.

CHAPITRE VI

Après cinq minutes de récupération, je me relevai péniblement et entrai dans mon salon en titubant. J'avais mal partout, mais apparemment rien de cassé.

J'allumai la lumière et me laissai tomber sur le divan. Qui était-ce, qui était-ce ? Qui avait pu accumuler une telle rancœur pendant les quelques heures depuis mon arrivée ? Je pensai à Freddy, naturellement. Je levai doucement mon poignet et regardai ma montre. Le verre était fendillé. Il était une heure trente du matin.

En grognant et en grimaçant, je me déshabillai. Mes coudes étaient affreusement douloureux, et chaque respiration était un coup de poignard dans les côtes. Ah, Freddy, songeai-je, si c'est toi, tu me le paieras – que tu sois à moitié débile ou pas.

En chancelant, je me rendis dans la chambre et grimpai dans le lit. Je baignais dans un océan de douleur, et je commençai à me demander si, finalement, je n'avais pas quelque chose de cassé. Je devrais peut-être faire venir un médecin... Mais qui pourrais-je envoyer le chercher ? Et si j'avais un foie ou un rein éclaté, le genre de trucs qu'on appelle des lésions internes... ? Mais la douleur semblait concentrée dans mes os, comme de la moelle. Je me dis que je n'allais pas mourir. J'avais envie d'aspirine, ou d'alcool, n'importe quoi.

La colère monta en moi, au point que je commençai à m'agiter et à me tortiller dans mon lit, ce qui ne fit qu'augmenter la douleur. Kex ! Derrière tout ça, il y avait Kex, c'était lui le responsable. Kex ! Est-ce qu'il paierait la note du médecin ? me demandai-je amèrement, Est-ce qu'il me paierait un cercueil si je mourais ? Mon accès de rage finit par passer. Je restai allongé calmement, malgré les douleurs qui pulsaient dans mes os. Bon, de toute façon, pour moi, c'était terminé : je ne voulais plus jouer aux petits jeux de Kex et lui tirer les marrons du feu.

Je finis par sombrer dans un sommeil agité.

Des bruits discrets dans la cuisine me tirèrent de ma torpeur, et le grincement d'un moulin à café acheva de me réveiller. J'en déduisis que ma cuisinière était au travail.

Je levai le poignet pour regarder l'heure, et sentis un coup de poignard dans mon épaule. Des bleus, des ecchymoses, des douleurs – partout. Comment ? Pourquoi ? Les souvenirs me revinrent et je sifflai entre mes dents… Un cauchemar, le genre de cauchemar qui vous laisse des marques.

On tapota à la porte. Une femme replète avec des joues d'écureuil passa la tête dans la chambre.

— Vous voulez le petit déjeuner ?

Je me calai sur un coude et me tâtai le visage. Tuméfié, spongieux comme du pain fraîchement sorti du four.

— Juste du café, marmonnai-je. Noir, sans sucre, pas trop fort.

— Vous avez eu un accident, on dirait.

— Je suis tombé dans l'escalier.

— Oh ! C'est terrible ! Vous êtes tombé, hein ? Trop de *vino*, peut-être ?

— C'est ça, trop de *vino*.

Elle eut un petit rire indulgent, celui d'une femme qui connaît bien les hommes et leurs manières, et elle retourna dans la cuisine. Trois minutes plus tard, elle apporta une grande tasse de café et resta sur le seuil pour me regarder boire.

— Vous restez ici longtemps ?

— Je ne sais pas.

— L'appartement est bien, non ? Juste comme en Amérique.

— Très bien.

— Vous êtes ami de Kex, hein ? demanda-t-elle en inclinant légèrement la tête de côté.

— Non… pas spécialement.

Elle rit de bon cœur, en se trémoussant comme si on la chatouillait.

— Vous êtes un bon garçon, hein ?

Je ne dis rien. Elle ne semblait pas s'attendre à une réponse.

— Vous voulez quoi pour déjeuner ?

— Ce que vous voudrez.

— Vous aimez une bonne côtelette de veau ?

— Ça m'a l'air bien.

— J'ai un morceau de porc. Vous aimerez comme je le fais.

Je m'allongeai de nouveau en fermant les yeux. Je les ouvris un instant plus tard, et je la vis penchée sur moi avec un air très intéressé.

— Vous êtes bien amoché, dit-elle avec admiration.

Je lui tendis ma tasse.

— Il en reste ?

Elle revint avec la cafetière, et comme tout à l'heure, elle resta sur le seuil pour me regarder boire tout en bavardant. J'appris qu'elle s'appelait Ignazia. Elle était née à New York, et on l'avait ramenée en Italie alors qu'elle avait douze ans. Son mari était un marin pêcheur qui lui rapportait le meilleur poisson de Positano pour pas cher.

— C'est un idiot, dit-elle. À New York, on dit un idiot de Rital. Il n'est jamais sorti de Positano. Il ne sait pas parler américain, il ne sait même pas parler en bon italien.

Je lui rendis ma tasse vide et me recouchai.

— Vous ne voulez rien ? Du bacon ? Des œufs ?

— Non, pas maintenant. Je vais juste rester comme ça, essayer de dormir.

Je fermai les yeux, et quand je les rouvris trente secondes plus tard, Ignazia était encore penchée sur moi et examinait mon visage.

— Je vous apporte un linge chaud, pour les bosses.

Sans attendre de réponse, elle retourna dans la cuisine, et quelques minutes plus tard, elle m'ébouillantait la figure avec des compresses.

Dormir semblait hors de question. Dès que l'eau des compresses fut suffisamment refroidie, je me levai tant bien que mal, enfilai une robe de chambre de Kex et sortis sur la terrasse en clopinant. Ignazia déplia une chaise longue au soleil, et je m'y installai en poussant un ou deux grognements.

Ignazia retourna à l'intérieur pour laver la cafetière et la tasse, puis elle revint m'annoncer qu'elle s'en allait, et qu'elle reviendrait à midi pour s'occuper du déjeuner.

J'avais un peu réfléchi entre-temps.

— Attendez deux secondes, lui dis-je.

J'allai chercher un papier sur lequel j'écrivis :

AVIS AUX PERSONNES INTÉRESSÉES

Je m'appelle Clarence Musgrave.
Je ne suis pas James Hilfstone,
et je ne le connais pas.
Allez persécuter quelqu'un d'autre.

— Tenez, dis-je à Ignazia, punaisez ça sur la porte.

— OK. (Elle lut le papier à voix haute.) Qu'est-ce que ça veut dire ?

— J'aimerais bien le savoir moi-même.

Pas très fort, comme repartie, mais je n'étais pas en état de faire mieux. Elle hocha la tête comme si j'avais dit quelque chose d'intelligent, et elle sortit. Je retournai m'asseoir au soleil dans l'espoir que ça ferait du bien à mes muscles.

Le soleil monta dans un ciel d'un bleu parfait. La mer brillait et scintillait. Voilà ce que ça voulait dire quand les gens parlaient d'hiverner en Italie… C'est alors que des nuages apparurent rapidement au-dessus de la montagne. Cinq minutes plus tard, le ciel était comme l'intérieur d'un matelas en plume. Je poussai un juron et attendis dix minutes, mais les nuages s'épaissirent de plus en plus. Dégoûté, je retournai dans le salon en boitillant.

Ignazia avait disposé des bûches dans la cheminée. Je me penchai au-dessus tel un vieillard perclus de rhumatismes, je grattai une allumette pour démarrer le feu, et je me réinstallai sur le divan.

Le sommier était très mou, et il flottait comme un parfum de musc dans la pièce. Je me levai pour jeter un coup d'œil à la bibliothèque. Un éphèbe nu, en bronze, avec des membres étirés et un visage lugubre à la El Greco, me regarda fixement. Je le tournai pour que sa nudité distraie un peu moins mon attention, et je me penchai pour examiner les livres. Comme tout ce qui appartenait à Kex, c'étaient manifestement des ouvrages de prix, luxueusement reliés en cuir ou en tissu épais. Les titres ne m'étaient absolument pas familiers : *Le Pavillon des Délices*, *Un Ange en Enfer*, *Encyclopédie érotique*, *Suramâit*, *Les Fleurs de Passion*, *Les Amours de Danaé*…

— Ah, bon sang de bois ! m'exclamai-je.

Je poursuivis mon exploration. *Cinq Petites Vierges et comment elles grandirent, Dix Nuits à Tanger, Le Portail de l'Extase, Le Trésor du Roi Granion, Les Secrets d'un pensionnat de jeunes filles.* J'en arrivai à une section de livres en français : *L'Amour sacré et profane, Érotisme chinois, Fleurette et Flamond, Fantasme, Aphrodite.* Je pris un grand volume plat intitulé *Les Sylphides.* De très jolies filles nues, certaines très jeunes. De la pornographie, mais de catégorie supérieure, réservée aux connaisseurs. Les filles étaient fraîches comme des marguerites, avec cet air d'innocence perverse qui peut être profondément troublant.

Je feuilletai quelques ouvrages au hasard. *À la manière des Dieux* – vraiment très bizarre. *Chounzy* – des enfants noirs, garçons et filles, photographiés en Haïti. *Arcana Erotica, Le Mont de Vénus, Le Manuel de McMurdo, Rife va à un bal de travestis.* Bon, ça suffisait comme ça.

J'entendis des pas et reposai aussitôt le livre sur l'étagère. Ignazia revenait plus tôt que prévu. Mais ces pas étaient hésitants, rien à voir avec la démarche décidée de ma cuisinière.

Une silhouette grise passa devant la fenêtre. Je me penchai avec incrédulité. On frappa à la porte. Je me frottai le visage. J'étais décoiffé, les yeux rougis, le visage tuméfié, pas rasé…

J'ouvris la porte, et je vis devant moi la jeune femme blonde. Elle était très pâle, et ses lèvres étaient serrées au point d'être blanches.

— Hello, dis-je à tout hasard.

— Hello, répondit-elle en regardant par-dessus son épaule comme si elle craignait d'être vue. Puis-je entrer ?

Elle faisait un gros effort pour parler calmement. On sentait qu'elle s'était tellement préparée à cette rencontre qu'elle était tendue comme un câble prêt à se rompre.

Je l'examinai. Elle n'avait pas de sac. Je m'approchai d'elle pour lui tâter les poches. Surprise, elle recula.

— Entrez, lui dis-je. Je ne sais pas ce que vous voulez, mais plus vite on aura réglé cette affaire, mieux ce sera.

Elle avança en hésitant, et je refermai la porte. Elle jeta un coup d'œil à droite et à gauche, comme si elle cherchait à s'enfuir.

— Asseyez-vous.

Elle examina rapidement la pièce. Quoi qu'elle pût penser du décor, rien sur son visage ne le laissait transparaître. C'était d'ailleurs un joli visage, dans un genre non conventionnel. Ses cheveux formaient un casque d'or, elle avait des yeux en amande, une bouche généreuse, des pommettes assez fines. Elle semblait avoir à peine vingt ans, et se comportait avec toute la nervosité d'une adolescente.

Je m'approchai de la cheminée. Elle me suivit et s'assit lentement sur le divan, sans me quitter un instant des yeux.

— Que puis-je pour vous ? lui demandai-je.

— Vous pouvez me dire pourquoi vous êtes venu ici !

— C'est facile. D'abord, je ne suis pas James Hilfstone…

— Ça, je le sais. Je le vois bien.

— … et ensuite, je ne suis pas gay. Apparemment, ce sont les deux éléments qui font que tout le monde s'en prend à moi.

— Qu'est-ce que vous faites ici ?

Sa voix était plus aiguë, comme si elle commençait à perdre le contrôle.

Je m'assis sur le divan en face d'elle.

— Je suis ici parce que… (je ne pus m'empêcher d'éclater de rire)… j'ai été embauché pour ça.

Ses mains – des mains fines et bronzées – se crispèrent.

— Mais qui vous a embauché ?

— Vous ne savez pas qui est le propriétaire de cet appartement ?

— Non… En passant devant, j'ai vu votre mot épinglé à la porte. J'ai su que c'était vous. Je suis descendue… (elle hésita)… pour en savoir plus sur…

— Allez-y, je suis aussi curieux que vous. Pour en savoir plus sur quoi ?

Elle se passa la langue sur les lèvres et contempla le feu dans la cheminée.

— C'est une longue histoire. Mais nous… ma famille a eu quelques ennuis avec James Hilfstone. C'est une étrange coïncidence que vous lui ressembliez autant, et que vous passiez votre temps à affirmer que vous n'êtes pas lui… à moins que, vous aussi, vous n'essayez de causer des ennuis.

— Ce n'est pas une coïncidence, et je ne cherche pas à causer d'ennuis. Mais il y a quelqu'un qui voudrait bien.

— Qui donc ?

— Kex.

— Kex ? N'est-ce pas l'Américain, la cinquantaine, avec une moustache et des cheveux blancs ?

— Oui, c'est bien lui.

— Mais pourquoi voudrait-il s'en prendre à nous ? Nous ne le connaissons même pas.

— C'est peut-être simplement parce que ça l'amuse.

Elle me regarda avec une hésitation mêlée de soupçon.

— Mais qu'est-ce que vous faites ici ?

Mes explications ne semblèrent pas la rassurer. Elle se mordilla la lèvre et prit un air pensif.

— Mais pourquoi avez-vous mis ce mot sur la porte ?

Je me tâtai le visage.

— Vous voyez ça ?

— Quoi ?

— Ces bleus, ces bosses… Ce n'est pas mon aspect normal.

— Oh…

— C'est la nuit dernière que je les ai récoltés. Au Vistamare, une espèce de cinglé du nom de Freddy a voulu me tabasser. Il s'est fait jeter dehors, et il est revenu ici pour me préparer une petite surprise – un fil tendu en travers des marches. Quand je suis rentré, je me suis pris le pied dedans et j'ai dévalé l'escalier. Il est descendu et il m'a bourré de coups de pied pendant que j'étais à terre.

— Freddy a fait ça ? demanda-t-elle en me regardant avec de grands yeux. *Freddy ?*

— Enfin… c'est ce que je pense. Je ne vois pas qui d'autre ça pourrait être. (Je réfléchis un instant.) Je ne pourrais pas jurer que c'était lui. J'ai juste aperçu son pull, c'est tout. Je ne pouvais pas voir grand-chose d'autre. J'ai cru que j'allais y rester.

— Ça s'est passé vers quelle heure ? demanda-t-elle d'un ton légèrement méprisant.

— Il était une heure vingt.

— Alors, ce n'était pas Freddy… parce qu'il était à la maison à minuit et demie.

— Freddy est votre… ?

— C'est mon frère.

— Ah… Mais alors, si ce n'était pas Freddy, qui était-ce ?

— Je n'en sais vraiment rien.

— Au fait, comment vous appelez-vous ?

— Betty Dannister. (Elle cessa de contempler le feu et leva les yeux vers moi.) Vous semblez étonné.

— Je ne devrais pas l'être. Heu… qui est Hortense ?

— Je pense que c'est la femme qui tient la boutique de cadeaux, avec toutes sortes de céramiques.

— Ah, c'est elle…

La grande femme aux joues creuses qui jouait au bridge. Mme Revost.

— Si vous la connaissez, pourquoi me poser la question ? fit Betty.

— Je ne la connaissais pas de nom.

— Vous semblez déterminé à faire un mystère de tout.

— Ce n'est pas si mystérieux que ça. J'ai entendu quelqu'un parler d'une certaine Hortense, et je me suis demandé qui c'était. Parlez-moi un peu de vous. Vous habitez ici à demeure ?

Elle se replongea dans la contemplation du feu.

— Oui.

— Vous êtes américaine, n'est-ce pas ?

— Mon père est américain, ma mère est anglaise. J'ai fait mes études en Suisse.

— Mais pourquoi habitez-vous ici ? C'est un endroit à devenir fou.

Elle continua de regarder les flammes pendant quelques secondes, puis elle dit d'une voix éteinte.

— Je n'ai pas le choix. Ma mère est d'une santé fragile, et Freddy a besoin qu'on s'occupe de lui. Et puis, de toute façon, nous sommes très heureux à Positano, c'est un village magnifique.

— Plutôt calme.

— Oui. Il n'y a pas grand-chose à faire, ici.

J'ajoutai deux bûches dans le feu.

— Ce James Hilfstone – c'est quel genre de type ?

— Je ne veux pas en parler.

— Mais bon sang, je suis censé me faire passer pour lui ! J'aimerais savoir comment il est.

Elle me regarda avec une lueur de mépris dans les yeux.

— Rien ne vous empêche de partir.

— Oui, bien sûr, mais tant que je reste ici à faire des croquis au fusain, je gagne dix mille lires par jour. C'est beaucoup d'argent pour un étudiant en beaux-arts. Je ne cherche pas à me faire passer pour qui que ce soit, bien au contraire. Si quelqu'un veut croire que je suis un autre, c'est son affaire. Et j'aimerais bien savoir aussi qui m'a agressé la nuit dernière.

— Vous pourriez être victime d'une autre attaque.

— Cette fois, je me débrouillerais pour rendre moi-même quelques coups. Est-ce que ce Hilfstone habite dans le coin ?

— Je ne crois pas. Aux dernières nouvelles, il vivait en Angleterre.

— Y a-t-il quelqu'un d'autre par ici qui le connaisse ?

— Je ne sais pas. Je ne pense pas… Ça me fait peur.

— Pourquoi auriez-vous peur ?

— Je crois qu'il va se passer quelque chose de terrible.

— Mais pourquoi ?

Elle me lança un long regard.

— Pourquoi vous sentiriez-vous concerné ?

Je lui fis un sourire niais.

— Vous me prendriez pour un fou si je vous le disais.

Elle s'agita sur le divan.

— Je ne sais pas de quoi vous parlez.

— Quel âge avez-vous, Betty ?

— Dix-neuf ans.

— Vous connaissez des garçons de votre âge ?

— Non.

— Vous ne vous sentez pas un peu seule, quelquefois ?

— Je n'y pense jamais… Je crois que je ferais mieux de m'en aller.

— Non, attendez… Ne partez pas tout de suite.

Elle sembla intriguée.

— Pourquoi ?

— Oh, dis-je en faisant un vague geste de la main, j'aime bien votre compagnie.

Elle retourna à sa contemplation des flammes dans la cheminée.

Je repris :

— Il y a peut-être quelqu'un par ici qui en veut à James Hilfstone ?

Elle redevint attentive.

— Qu'est-ce qui vous fait dire ça ?

— C'est à cause de la nuit dernière. Je n'arrive pas à imaginer d'autre raison… (Je repensai à la comtesse Margaret.) Il y a une femme qui ne m'aime pas, elle croit que je suis gay. Apparemment, son mari l'a abandonnée pour partir avec un homme.

— Qui est-ce ? demanda Betty en fronçant les sourcils.

— La comtesse Margaret d'Egliari, l'Américaine blonde qui a l'air d'être faite en pâte à modeler.

— Ah, elle… dit Betty avec un petit rire. Cette horrible créature a essayé de séduire le pauvre Freddy – je ne l'imagine pas vous tendant un piège.

— Moi non plus. Et puis, elle était encore au Vistamare quand je suis parti. Ce n'était pas la comtesse, mais j'ai ma petite idée…

Elle se leva.

— Il faut que j'y aille.

— Restez déjeuner avec moi.

Elle regarda autour d'elle.

— Non, je préfère ne pas… Cette pièce m'étouffe.

— Je ne l'aime pas non plus.

— Mais alors, pourquoi restez-vous ici ?

— À cause de l'argent, ma chère demoiselle, de l'argent.

— On dirait que les gens ne pensent à rien d'autre.

— Avez-vous déjà été obligée de travailler pour vivre ?

— Non.

— Votre père a beaucoup d'argent ?

— Oui, je crois.

— Alors, vous n'êtes pas vraiment bien placée pour parler de pauvreté et de cupidité.

Elle éclata de rire.

— Non, vous avez raison. Mais je donnerais tout cet argent et cette sécurité pour…

Elle s'arrêta. Je commençais à voir venir ces hésitations. Elles survenaient quand elle était à deux doigts de passer de généralités à des sujets plus personnels.

J'insistai patiemment :

— Pour quoi ?

— Oh, je ne suis pas vraiment sûre.

Elle se dirigea vers la porte.

— Quand pourrai-je vous revoir ? lui demandai-je.

Elle se retourna.

— Pourquoi voulez-vous me revoir ?

— Parce que vous êtes jolie, agréable et charmante.

Elle frissonna.

— C'est mal de dire ça ? demandai-je.

— Non, sauf que… je ne suis pas faite comme ça.

— Vous êtes très bien faite.

— Je… je ne vous aime pas. Vous ressemblez trop à Hilfstone.

— Vraiment ?

Elle réfléchit un instant, comme si elle tenait à me rendre justice.

— Non, vous ne lui ressemblez vraiment pas. En tout cas, pas quand je vous vois de près. De loin, c'est surprenant. Mais de près, vous êtes une personne tout à fait différente. (Elle ouvrit la porte.) Au fait – ne dites à personne que je suis venue ici, je peux compter sur vous ?

— Oui, bien sûr. Je n'ai aucune raison d'en parler.

— Surtout pas à Freddy.

— Il y a peu de chances que je papote beaucoup avec lui. Mais pourquoi surtout pas à Freddy ?

— Oh, comme ça.

— Je ne le dirai à personne. Mais quand puis-je vous revoir ?

— Je ne sais pas. Je vais être très occupée.

— Est-ce que je peux venir chez vous ?

— *Non !*

— Très bien. Excusez-moi de ne pas vous raccompagner jusqu'en haut de l'escalier.

— Pas de problème. Au revoir.

— Au revoir.

Je regardai la mince silhouette traverser la terrasse et commencer à gravir les marches, puis je retournai à l'intérieur et refermai la porte. Ignazia allait arriver dans une demi-heure, et je me rendis compte que j'avais faim.

CHAPITRE VII

Ignazia était en retard, et je commençai à m'impatienter. J'allai sur la terrasse. De lourds nuages de pluie obscurcissaient le ciel. Je retournai dans le salon pour me réchauffer un moment le dos devant la cheminée avant de m'installer sur le divan.

Mes articulations étaient plus douloureuses que jamais. J'envisageai un instant de m'allonger, mais je ne tenais pas en place. Je me relevai pour parcourir quelques titres de la bibliothèque : *Chroniques d'un bordel, Les Escapades de Harry Thaw, La Phalange d'or, L'Odalisque, Magie noire, rouge et violette, Le Pyjama de Patchouli, Le Nécronomicon* de l'Arabe dément Abdul al-Hazred. Sur les étagères du bas se trouvaient des éditions luxueuses de grands classiques : *L'Âne d'or* d'Apulée, Pétrone, Rabelais, Chaucer, Boccace. Et juste à côté, en un contraste saisissant – certainement une petite blague de Kex –, une dizaine d'albums de pastiches de bandes dessinées : *Maggie et Jiggs, Tillie the Toiler, Li'l Abner* et *Daisy Mae*. Kex avait décidément des goûts très éclectiques en matière de pornographie.

Je regardai quelques images, mais je finis par me lasser de la futilité totale de ces livres. Un homme raisonnable n'a pas envie de lire des histoires de sexe, pas plus qu'un homme qui a faim ne veut lire des livres de cuisine. La stimulation qu'ils apportaient était peut-être essentielle pour Kex, mais pas pour moi. C'était comme porter de l'eau à la rivière. Et je pensais à Betty Dannister, qui m'intéressait vraiment beaucoup. Pourquoi ne pas lui rendre visite ? On était au vingtième siècle. Était-ce parce que je ressemblais tant à Hilfstone ? J'y réfléchis un moment, et décidai que ce n'était pas ça. Elle avait été tellement véhémente, tellement inquiète, qu'une telle explication était insuffisante.

Bien sûr, j'ignorais tout de Hilfstone et de ses liens avec les Dannister. Il y avait là un mystère, mais j'étais infichu d'imaginer pourquoi je devrais être traité comme lui alors que je n'étais *pas* lui, mais le simple occupant innocent de l'appartement de Kex.

J'entendis les pas précipités d'Ignazia dans l'escalier. Elle entra sans frapper et s'arrêta net sur le seuil.

— Alors, comment ça va ? me demanda-t-elle avec un large sourire.

— Bien.

— Vous avez faim ?

— Très faim.

— Bon, j'ai un beau morceau de porc. Vous aimez les brocolis ?

— J'aime tout, sauf les huîtres et la cervelle.

— Ça n'est pas des cervelles, c'est des brocolis. Vous voyez ? (Elle brandit une énorme botte de légumes.) Dix lires pour le tout. Pas cher, hein ? À New York, ça coûte trente *cents*. Ici, dix lires. Et maintenant, je vais faire la cuisine.

Je la regardai s'occuper de ses préparatifs. Elle remplissait presque la cuisine.

— Dites-moi, Ignazia, vous connaissez M. James Hilfstone ?

— Non, pas du tout.

— Vous connaissez tous les amis de Kex ?

— Oui, bien sûr, cette bande de *finocchi*. Des bons à rien. (Elle me lança un regard en coin.) J'oublie. Vous êtes un ami de Kex.

— Non, non, pas moi. Je le connais à peine.

— Ah. (Elle hocha la tête, et ses joues d'écureuil tressautèrent.) Je le dis à la vieille – c'est ma mère, la Signora –, je lui dis que vous n'êtes pas un *finocchio* comme Kex. Elle me dit, comment tu le sais ? Je lui dis…

— Ignazia, vous connaissez les Dannister ?

— Dannister, hein ? Il a la maison de l'autre côté de la colline, sur la plage. Grande maison, des tas de chambres, beaucoup d'argent. C'est quelqu'un de très important.

— Il y habite toute l'année ?

— Oui. C'est une belle maison. Un bateau, une grosse voiture, tout ce qu'il y a de mieux.

— Il vient souvent en ville ?

— On ne le voit pas beaucoup. Le personnel n'est pas de Positano. Ils ont l'Allemande, elle ne parle pas italien.

— Et Freddy ?

— Ah, celui-là… Il est fou, il conduit la voiture comme s'il voulait se tuer.

— Et la fille, Betty ?

— Elle est bizarre. Pas folle comme Freddy, une autre folie. Elle ne reste pas chez elle, elle ne vient pas en ville, elle se promène partout dans les collines. Ça n'est pas bien. Il y a des hommes toujours prêts à… Les filles italiennes, elles se méfient. Elles restent à la maison.

— Une famille plutôt bizarre.

Ignazia haussa les épaules avec tolérance, comme pour dire qu'un comportement bizarre chez des étrangers n'était pas vraiment une surprise.

— Ils ont plein d'argent. La fille, elle a juste fini ses études en *Svizzera* – chez les Suisses –, c'est le bon moment pour se marier, mais elle n'a pas d'hommes qui viennent la voir.

— Et Freddy ?

— Ha ! Lui ! (Elle fit claquer ses doigts d'un air méprisant.) Il court après toutes les filles. Elles ne l'aiment pas, il leur fait peur. Les filles bien, en tout cas. Les filles pas bien… elles ne parlent pas.

— Et Kex, il parle quelquefois des Dannister ?

— Kex parle de tout. Il est drôle, Kex, c'est le meilleur *finocchio* de Positano. Il dépense beaucoup d'argent, il donne des gros pourboires, tout le monde l'aime bien – tous les Italiens.

Je retournai dans le salon pour me réchauffer devant le feu, et au bout d'un temps remarquablement court, Ignazia me servit des spaghettis à la sauce tomate, une côtelette de porc accompagnée de brocolis, une salade verte, des crackers et du fromage, le tout arrosé d'un vin rouge léger.

— Qu'est-ce que vous voulez pour le dîner ? Vous aimez le poisson ? Le poulet ?

— Tout ce que vous voudrez. Du poulet, ça me paraît très bien.

— Je vais peut-être faire un bon poisson.

Je tisonnai un peu le feu, puis je m'allongeai sur le divan où je m'endormis. Quand je me réveillai, vers trois heures de l'après-midi, la pièce était baignée de soleil. Le feu s'était éteint, j'avais les membres ankylosés et un sale goût dans la bouche.

Je m'assis et allumai une cigarette. Ignazia était partie, mais quelque chose mijotait dans la cuisine. Ça sentait très bon.

Au bout d'un moment, je sortis sur la terrasse et jetai un coup d'œil dans l'escalier. Je m'imaginai dégringolant les marches. C'était un miracle que je ne me sois pas brisé le cou. Je montai péniblement jusqu'en haut et examinai soigneusement l'endroit où un fil avait été tendu en travers. Deux clous avait été plantés de chaque côté, dans des fissures. On voyait encore des bouts de ficelle attachés. Une fois de plus, je sentis la rage bouillonner en moi : quelle injustice ! Moi, un pauvre étudiant en beaux-arts, innocent, qui ne voulait de mal à personne ! Au cours de ma première soirée à Positano, j'avais été précipité dans un escalier et bourré de coups de pied. J'étais bien décidé à apporter une conclusion satisfaisante à cet épisode !

Le problème était d'abord d'identifier le coupable. De quels éléments disposais-je pour avancer ? Il était essentiel de faire un travail de détective. J'examinai les clous en me demandant ce que Sherlock Holmes en aurait déduit… Pour moi, c'étaient des clous ordinaires. La ficelle était de la ficelle ordinaire, attachée par de simples demi-nœuds. Rien d'intéressant dans tout ça.

Je me relevai et me frottai le menton. La porte. Elle était fermée à clé, avec une serrure moderne. J'avais une clé, Ignazia avait une clé, et Kex en avait certainement une, lui aussi. Ou il l'avait peut-être laissée chez la Signora Umberto. Je ne pensais pas que l'épicière ait pu me tendre un piège, ni Luigi, Ignazia ou Kex. Quelqu'un d'autre devait avoir la clé de cette porte, et je pourrais peut-être remonter sa piste grâce à ça.

Quel autre indice pouvais-je avoir ? J'avais vaguement aperçu un pull beige – ou était-il blanc ? Il n'y avait pas eu beaucoup de lumière… L'ampoule ! Je redescendis en boitillant et je l'examinai : elle avait été enveloppée de papier, une demi-feuille d'un journal italien.

J'examinai le journal. Pas d'adresse d'abonnement. Je n'avais aucun moyen de trouver d'où il venait. Il y avait peut-être des empreintes digitales, mais je ne pouvais rien en faire.

Quoi d'autre ? Des empreintes de pied ? Oui, sur mes côtes, peut-être, mais ce serait difficilement utilisable. Je passai un moment à descendre et remonter les marches à la recherche de quelque chose que l'intrus aurait pu laisser tomber. Mais il se montrait beaucoup moins coopératif que les criminels dans les romans, et n'avait laissé aucun souvenir de sa présence.

Je retournai dans l'appartement. Je trouvai du petit bois et je rallumai le feu. Assis sur le divan, je passai en revue l'épisode en détail : la ficelle contre ma cheville, la dégringolade au bas des marches, la perte de conscience partielle, le bruit de pas... *Cric-swish*... *Cric-swish*... *Cric-swish*... J'avais donc un autre indice : trouver un homme avec des chaussures qui couinaient. Ce n'était certainement pas Freddy. Je me souvenais très bien qu'il portait une paire de mocassins marron avec d'épaisses semelles de crêpe.

En poursuivant mes réflexions, il me revint que, dès que j'avais commencé à reprendre conscience, mon agresseur avait déguerpi. Soit il avait peur de moi, soit il craignait d'être reconnu. Il aurait facilement pu me tuer avec le piège qu'il m'avait tendu : pourquoi n'avait-il pas achevé le travail ? J'avais été totalement impuissant, incapable de bouger. Mais au lieu de me fracasser le crâne, il m'avait bourré de coups de pied – un acte de rage plus que de détermination. Un signe de faiblesse plutôt que d'intention meurtrière.

Le portrait de mon agresseur commençait à prendre forme. Il fallait que je cherche un homme vêtu d'une chemise ou d'un pull clair, avec des chaussures qui couinaient et une clé de l'appartement de Kex. Un homme faible, facilement emporté et au tempérament excessif.

La journée passa lentement. Ignazia arriva vers 18 h 30. À 19 heures, elle servit le dîner : un potage au vermicelle et au persil, quatre poissons roses comme des hochets, frits entiers, y compris la tête et la queue, des frites, des haricots dans une huile aillée, du vin blanc, une salade de laitue et d'échalotes, des petits choux à la crème, et pour finir, des fruits, du fromage et du café.

À 21 heures, je me mis au lit avec un des livres de Kex, *Psychopathie sexuelle*, de Krafft-Ebing. De la pornographie solennellement déguisée en science, mais de façon transparente. Je passai une heure et demie dans un étrange monde de perversions.

Le lendemain matin, j'étais en partie remis. Mes hématomes étaient à présent jaunâtres, je marchais avec juste un léger boitillement et mes côtes me faisaient beaucoup moins mal. Après un solide petit déjeuner d'œufs au bacon, je pris ma boîte de fusains et mon carnet de croquis, et je me mis en route vers la plage.

Le temps était venteux. Le ciel était une grande étendue de bleu pommelée de nuages blancs, derrière lesquels le soleil jouait à cache-cache. Je descendis de vieilles marches de pierre en longeant des murs de stuc blanc tachetés de gris, et j'atteignis enfin la promenade de bord de mer. La mer était agitée et de fortes vagues s'abattaient sur la plage. Les bateaux avaient été remontés à l'abri. Je jetai un coup d'œil à l'alignement de cafés et de restaurants : personne en vue. J'achetai un journal au kiosque, un numéro du *Daily Mail* datant de quatre jours, et je décidai d'aller m'asseoir à la terrasse du Vistamare, où deux murs me permettraient de profiter du soleil à l'abri du vent. Un jeune couple resplendissant de santé, que je ne connaissais pas, buvait du café. Ils semblaient absorbés dans une contemplation mutuelle – peut-être des Américains en voyage de noces.

Je m'installai à une table en fer forgé. Arturo vint prendre ma commande. Je lui demandai un café et commençai à feuilleter mon journal. Cinq minutes plus tard, un homme en pantalon de velours gris et veste de sport vert moutarde apparut : Oleg Vroznek, le réfugié polonais.

Il hésita un instant avant de s'approcher :

— Vous permettez ?

— Bien sûr, installez-vous, je vous en prie.

Il posa les deux mains sur la table et s'assit lentement. C'était un homme grand et maigre au teint pâle, encore relativement jeune. Il évoquait un hibou déplumé, avec ses grands yeux solennels et son air perpétuellement interrogateur.

— Vous êtes le type qui habite chez Kex en ce moment, n'est-ce pas ?

Il parlait anglais avec un accent universitaire.

— Oui, c'est ça. Je m'appelle Chuck Musgrave. Je ne suis pas James Hilfstone, et je ne suis pas gay.

Oleg me regarda d'un air très sérieux.

— Je m'appelle Vroznek. Oleg Vroznek. Moi non plus, je ne suis pas gay,

— Je crois que nous pourrions fonder un club.

Oleg rit. Un étrange rire haletant et presque silencieux. Arturo réapparut pour prendre sa commande, et il demanda un jus d'orange.

— Je dois faire attention à mon régime, me dit-il. Fritures, sucreries, thé et café me sont interdits, et je me limite à un demi-litre de vin par jour.

Il entreprit de me parler de son problème de santé, des brûlures d'estomac qu'il soignait en suivant les recommandations d'un herboriste finlandais qui résidait maintenant à Nice. Puis il ajouta brusquement :

— Il paraît que vous avez eu un accident, la nuit dernière ?

— Ma foi, oui, c'est vrai… Mais comment le savez-vous ? je ne l'ai dit à…

Il sourit de toutes ses dents – des dents trop blanches pour être des vraies.

— Ici, à Positano, vous n'avez pas besoin de dire quoi que ce soit. Tout le monde sait, simplement.

— Alors, vous savez peut-être ce qui s'est passé ?

Arturo apporta son jus d'orange. Il prit le verre, baissa la tête, écarta les coudes et sirota une gorgée. Une gymnastique considérable pour une simple gorgée.

— J'ai entendu dire, répondit-il lentement, que vous aviez fait une chute dans un escalier. À Positano, ce genre d'accident est banal. On n'y meurt pas de tuberculose, ni de pneumonie ou d'un cancer. On meurt de dévaler cinquante mètres de marches en pierre. Cela arrive fréquemment.

Je jetai un coup d'œil vers le sommet de la colline. Le ciel s'était brusquement dégagé et brillait comme un bassin d'eau bleue. Les maisons se découpaient dans la lumière éblouissante, des blocs roses, bleus, beiges et blancs, avec les trous noirs des fenêtres précisément dessinées. J'essayai d'estimer la hauteur d'une volée de marches, en me tordant le cou pour distinguer le haut.

— Je n'aimerais pas être le facteur.

Oleg pointa vers le sommet de la montagne, au-delà de Positano et d'une douzaine d'oliveraies en terrasses, vers une crête en selle de cheval.

— Vous voyez, là-haut ? C'est Montepatuso, un petit village sans aucune rue. Que des marches. Tout doit être acheminé par les escaliers. Certains villageois ne sont même jamais descendus à Positano.

— Que font-ils pour se distraire ?

— Ha ! fit Oleg en agitant le doigt. Ils ont leurs distractions à eux : leur église. L'Église joue un grand rôle dans la vie de ces gens-là.

— Les pauvres diables… Au lieu de gaspiller leur argent dans la religion, s'ils l'investissaient dans de bonnes écoles, un institut agronomique, une université professionnelle, ils pourraient descendre de temps en temps à Positano – peut-être même jusqu'à Sorrente.

— Ha ! Ha ! s'exclama Oleg, enchanté. Mon ami, vous faites preuve de la fixation typique des Américains, le pragmatisme fallacieux sous sa forme la plus caractérisée. Pardonnez-moi si je m'exprime brutalement.

— Allez-y, soyez aussi brutal que vous voudrez.

— Ici, en Europe, nous sommes une race plus ancienne, nous avons une tradition spirituelle que vous autres, habitants du Nouveau Monde, avez abandonnée. L'église est ce qu'il y a de plus cher au cœur de ces gens. Si vous la détruisiez et si vous leur donniez une salle de bain à chacun, et des cuisines avec des réfrigérateurs, et de grosses voitures américaines, vous détruiriez leurs vies.

Et il se remit à siroter son jus d'orange en me regardant d'un air solennel.

— Pardonnez-moi si je m'exprime brutalement, dis-je à mon tour.

— Allez-y, je vous en prie.

— Vous tombez dans le travers typique des Européens, l'idée que les Américains, en évitant la pauvreté pittoresque, ont renoncé à leur âme. Vous nous jugez selon vos propres critères. Vous pensez que nous produisons des cuisines, des salles de bain et de grosses voitures comme si c'était pour nous une fin en soi, des articles de consommation ostentatoire, comme disait Veblen. Eh bien, c'est une erreur : nous les produisons pour nous en servir. Un riche Européen tient à ce que tout le monde sache qu'il est riche, son but est d'atteindre une classe sociale plus élevée. Sinon, pourquoi être riche ? Il a amassé sa fortune, et il en fait étalage. Il achète des produits de luxe. Aux États-Unis, nous n'avons pas la même approche. Nous achetons des réfrigérateurs pour conserver notre viande et tenir nos légumes au frais. Nous aimons les grosses voitures parce qu'elles sont plus confortables. Nous installons de bons équipements sanitaires dans nos maisons parce que c'est confortable, et aussi parce que nous aimons rester propres. Nous portons des vêtements de sport. S'il n'y avait pas quelques snobs, les boutiques de mode auraient toutes mis la clé sous la porte depuis longtemps. Les tailleurs s'arrachent les cheveux parce qu'ils ne peuvent pas vendre aux Américains des sous-vêtements fantaisie.

Oleg cligna des yeux.

— Si c'est le cas, pourquoi mettez-vous tout ce chrome sur vos voitures ?

Je fis la grimace. Il avait touché un point sensible.

— Je dois reconnaître que quand on voit l'avant d'une voiture américaine, on dirait qu'elle a embouti un camion de quincaillerie et qu'elle s'est enfuie avec le butin.

— C'est très vulgaire. Tape-à-l'œil.

— Presque aussi tape-à-l'œil que l'intérieur de la basilique Saint-Pierre de Rome. Pratiquement autant que les robes des couturiers parisiens, et aussi vulgaire que les bibelots sur un manteau de cheminée anglais.

Oleg balaya la remarque d'un geste.

— Oui, mais là, vous parlez de nos classes moyennes.

— À qui croyez-vous donc que les voitures américaines soient destinées ? Toutes ces Cadillac, Packard, Chrysler et Lincoln sont des voitures pour les classes moyennes.

— Et vos classes supérieures, qu'est-ce que vous en faites ?

— Mon cher Oleg, nous n'avons pas de classes supérieures.

— Hem… fit Oleg. Ah, voilà Munton.

Munton. Numéro 1 sur la liste, l'homme de tête. Il se dirigea vers notre table, dodu et léthargique, avec un gros crâne chauve, une moustache rousse, un teint de la couleur d'un savon de Marseille. Il portait un costume en tweed épais, marron gris, une chemise marron, une cravate à rayures. Oleg fit les présentations. Munton me salua d'un simple hochement de tête sans me tendre la main. Je ne la lui tendis pas non plus.

— Asseyez-vous, asseyez-vous, dit Oleg. J'ai une discussion particulièrement passionnante avec M. Musgrave, et j'aimerais beaucoup avoir votre avis.

— Juste une minute, je ne peux pas rester longtemps… Arturo ! (Munton fit un geste impérieux.) Cinzano.

Arturo s'inclina très bas et s'éclipsa. Munton me lança un rapide coup d'œil. Il avait de petits yeux de lézard enfoncés dans leurs orbites.

— Quel est le sujet de la discussion ? C'est l'ami de Kex, hein ?

Je ne jugeai pas nécessaire d'expliquer que je m'appelais Musgrave et que ma vie sexuelle suivait un profil que même la plus pointilleuse des tantes de Munton ne saurait manquer d'approuver.

Oleg était en train de dire :

— Comme vous pouvez le voir, M. Musgrave est américain. Il défend la conception américaine de la vie. Je défends l'européenne.

— Hmm... (Munton nous regarda, parfaitement immobile, seuls ses yeux passant de l'un à l'autre.) Largement de quoi ne pas être d'accord, je dirais.

— M. Musgrave ne croit pas que, d'un point de vue spirituel, les Américains aient souffert de leur période de prospérité sans précédent.

— Je ne vous comprends pas, dit impatiemment Munton en fronçant les sourcils. Qu'entendez-vous par « point de vue spirituel » ? Du diable si j'ai jamais entendu deux personnes se mettre d'accord sur le terme. Il est vrai que les Américains ont beaucoup à apprendre. Dans l'ensemble, ils sont assez instables, je dirais. Hollywood, leur musique de nègres... ils ont besoin d'être pris solidement en main. Quand ils auront perdu deux ou trois guerres et qu'ils sauront ce que c'est, ils s'en porteront beaucoup mieux.

— Hum, intéressant, dit Oleg d'un air songeur.

Il m'interrogea du regard, mais j'étais en train d'observer cinq jeunes gens sur la plage. Vêtus de shorts très moulants, ils se tenaient en cercle et jouaient à maintenir un ballon en l'air à coups de pied et de tête, en faisant preuve d'une grande agilité. Parmi eux se trouvait Chi-Chi, le petit ami de Kex, souple comme une anguille, dansant, sautant, frappant de la tête et du pied avec énergie. Le ballon vola cinq mètres au-dessus de sa tête, ce qui ne l'empêcha pas de bondir pour tenter de l'intercepter. Il retomba accroupi dans le sable, puis il s'élança vers la terrasse, où il ramassa la balle. Il leva les yeux vers moi. Nos regards se croisèrent un instant – une longue, très longue seconde. Son visage exprimait de la curiosité, une interrogation. J'ignore ce qu'il pouvait lire sur le mien. Il se retourna et renvoya le ballon d'un formidable coup de pied.

Mon café avait refroidi, mais je le bus quand même.

Munton regarda sa montre.

— Le courrier est en retard, comme d'habitude. J'attends une lettre très importante de mon notaire. Une vente d'animaux de race. Je possède un grand élevage dans le Hampshire. (Il me lança un rapide coup d'œil.) Quelles nouvelles, pour Kex ? Il descend bientôt ?

— Je ne sais rien avec certitude.

— Ah. Vous n'êtes pas venu ici pour l'attendre ?

— Non.

Munton avait toujours une expression furtive. Je repris :

— Je suis ici pour mes propres affaires, c'est-à-dire pour peindre. Kex me prête son appartement.

Oleg avait un comportement assez étrange. Dès que le nom de Kex avait été prononcé, il s'était tassé dans son fauteuil et sirotait son jus d'orange en contemplant la mer d'un air songeur.

— Tiens, tiens, fit Munton. Kex a une âme généreuse, malgré toutes ses excentricités.

— De quel genre ?

Munton jeta un coup d'œil vers Oleg, toujours plongé dans ses méditations.

— Kex aime bien s'amuser, et se moque pas mal de ceux que ça peut gêner. Ça va finir par lui causer des ennuis. (Il tapa sèchement sur la table.) Heureux de vous connaître, Musgrave. Il faut que j'y aille. (Il se leva.) Bonne journée.

— Bonne journée, répondit poliment Oleg.

Munton s'éloigna, et Oleg dit pensivement :

— Un homme avec qui il est difficile de parler, Munton. Un type étrange.

— Il se voit comme un *pukka sahib*, le militaire sportif.

— Oui, peut-être, dit Oleg d'un air sceptique. Mais je crois qu'il y a quelque chose de plus profond. J'imagine Munton comme un homme qui est devenu mou à l'intérieur – mou comme un œuf. (Il examina son jus d'orange. Manifestement, il adorait ce genre de conversation.) Il a été interné ici pendant la guerre, vous savez – il habitait Ischia, où il menait une vie très agréable, à ce que je crois comprendre. (Oleg marqua une pause.) Comme nous tous, à des degrés divers, il est en guerre avec lui-même. Il possède un domaine en Angleterre dont il nous parle tout le temps, mais il n'y retourne jamais. Je crois qu'il est incapable d'affronter l'austérité. Mais, comme vous le faites remarquer, il se voit en colon taillé d'un seul bloc, un vrai Britannique, et le spectacle de cet homme en proie à ses contradictions internes est assez pitoyable.

— Oui, vu comme ça, vous avez sans doute raison.

— C'est une de mes marottes, dit Oleg. J'aime beaucoup étudier mon prochain, calculer son point de vue, décortiquer les ressorts de son comportement. (Il hocha la tête.) Elle, par exemple : qu'en pensez-vous ?

Alma approchait d'une démarche plutôt hésitante par l'une des petites ruelles menant au bord de mer. Elle portait le même tailleur vert chiffonné que lorsque je l'avais vue pour la première fois. Son visage de lézard aplati avait une expression triste et incertaine. Elle posa la main contre un mur pour se soutenir.

— Alors, quelle est votre opinion sur elle ? insista Oleg.

— Ma foi, je ne la connais pas vraiment de façon intime. Je dirais que c'est une soûlarde comme on en voit beaucoup.

Oleg me regarda d'un air étonné, légèrement déçu.

— Oui, effectivement, c'est une alcoolique. Mais pourquoi ? *Pourquoi* ? C'est cela qui est intéressant. Que se passe-t-il dans sa tête quand elle boit son premier verre de la journée – dès le réveil, à ce qu'on me dit ?

— Là, mon cher Oleg, je vous avoue que je n'en ai pas la moindre idée. Je ne sais rien d'elle, à part qu'elle ne m'aime pas et qu'elle est prête à coucher avec n'importe qui pour avoir un verre.

Oleg fit un geste d'impatience.

— C'est très superficiel. Mais j'ai un avantage sur vous, car je sais deux ou trois choses sur son passé. Par exemple, reconnaîtriez-vous en elle une ancienne pianiste de concert ?

— Elle me semble plutôt instable pour ça.

— Oui, bien sûr. Personnellement, je la trouve tout à fait repoussante. Sa tête… on dirait un serpent python prêt à frapper. (Oleg commençait à s'agiter et crispait nerveusement sa longue main pâle.) Mais maintenant, elle boit. Quand elle en a les moyens, elle se drogue. Pourquoi ? Est-ce pour oublier ? Non, au contraire : c'est pour se souvenir ! Un début d'arthrite, et voilà... (Oleg fit claquer ses doigts.) Une carrière détruite, terminée. Elle boit, et dans sa tête, elle entend la musique, les applaudissements, le triomphe...

— Intéressant. Et Blaine ?

— Ah, Blaine est un homme aux profondeurs insoupçonnées, dit Oleg en plissant les lèvres. Il est venu ici à la recherche de quelque chose, ou pour laisser quelque chose derrière lui. Il est extrêmement sensible, et je pense qu'il a très bon cœur. (Il secoua la tête avec un léger sourire.) Positano est un endroit étrange – qui sait, Ulysse est peut-être venu ici pour manger le « doux lotos » ?

— Et Kex ?

Le sourire s'effaça instantanément, et Oleg baissa les yeux.

— Kex... Ahem...

Un instant, je crus qu'il n'allait pas répondre, mais après avoir reniflé deux ou trois fois, puis s'être mouché, il but une gorgée de jus d'orange et reprit :

— Kex est la malice faite homme. Je le vois comme un des démons mineurs de l'enfer, une créature à la fois plus et moins qu'humaine. Il ne vieillit pas, il n'a jamais été jeune. Il a l'âme d'un bouc, d'un âne, d'un bouffon, d'un arlequin. Kex... (Oleg secoua la tête.) Il est cruel, ou mieux encore, insensible, avec la cruauté et l'insensibilité d'un étudiant disséquant une grenouille. Kex est généreux, mais seulement si cela lui apporte de la nouveauté... Mais je vois que je vous ennuie, et c'est un fait que Kex ne fait pas partie des gens que je préfère. En fait, je crois qu'il est né trois mille ans trop tard. Il était destiné à la période pré-Mycénienne, pour y être un satyre.

— Et les enfants Dannister ? Vous les connaissez ?

— Seulement de vue. Je n'ai jamais eu l'occasion de leur parler. La fille – un charmant lutin. Il y a quelque chose de Botticelli dans son visage. Elle fait beaucoup de marche. Il y a un poids sur son âme, mais qui ne peut venir d'elle : elle est trop jeune pour avoir vécu des tragédies personnelles – elles viendront plus tard.

— Oleg, vous êtes un pessimiste.

Il me regarda attentivement.

— Ha, mon ami, mon ami américain, vous vous attendez toujours à une fin heureuse – votre folklore national. Non, non... je n'y vois rien de répréhensible. Il vaut beaucoup mieux s'attendre au bonheur que baisser la tête en prévision du chagrin. Mais nous autres, en Europe – la petite péninsule de l'immense Asie mongolienne –, nous sommes plus lucides. Excusez-moi, voici mon courrier. C'est ici que je loge, vous savez, au Vistamare.

Arturo lui remit trois lettres, dont deux dans des enveloppes blanches manuscrites, et la troisième dans une enveloppe bleue tapée à la machine. C'est sur celle-là qu'il hésita avant de l'ouvrir. Il lut la lettre à bout de bras, la tête légèrement en arrière, en haussant les sourcils. Quand il eut terminé sa lecture, il resta parfaitement immobile un instant, puis il leva lentement les yeux et me lança un regard glacial.

— Excusez-moi, dit-il.

Il quitta la table, traversa la terrasse et disparut à l'intérieur de l'hôtel.

J'étais quelque peu étonné. Qu'y avait-il dans ce regard qu'il m'avait lancé ? Une accusation ? De l'amertume ? Ou une simple abstraction ?

Je fis signe à Arturo, et après avoir payé mon café, je décidai de retourner chez moi pour déjeuner.

En quittant la terrasse, je me trouvai face à face avec Alma. Son visage était pommelé comme un Pinto : des taches rouges, roses et blanches, des croûtes de bronzage et de peau qui pèle. Ses cheveux étaient emmêlés et sales. On aurait dit une sorcière, et son haleine évoquait une cuve de distillation.

— Hello, lui fis-je en m'écartant de son passage.

D'une voix pâteuse, elle répondit :

— Hello vous-même, espèce de salaud.

Et elle me flanqua une gifle.

Ébahi, je fis un pas en arrière. Un torrent de larmes ruisselait sur ses joues.

— Allez-y, frappez-moi, gros salopard, cracha-t-elle. Allez-y...

Sans rien dire, je me dépêchai de remonter la colline vers mon appartement.

Chapitre VIII

J'eus droit à un déjeuner typiquement italien : des *lasagne alla romana*, des couches de pâtes plates farcies de viande, de fromage et d'œufs durs, le tout baignant dans une épaisse sauce tomate.

— Ignazia, dis-je, si on me posait la question, je dirais que vous êtes une sacrée cuisinière !

Debout sur le seuil, elle me fit un large sourire.

— Vous aimez, hein ?

— Oui, j'aime. Si vous n'étiez pas une femme mariée, je vous emmènerais avec moi aux États-Unis.

Les mains sur les hanches, elle s'esclaffa :

— Le mariage, ça ne veut rien dire. Je vais où je veux, que ça plaise ou non à mon mari. Il n'est pas bon à grand-chose. Attraper du poisson… et alors, qu'est-ce que ça vaut ? Rien du tout. N'importe quel imbécile peut attraper du poisson. Il faut un cerveau pour être une bonne cuisinière. Attendez, je vous montre.

Elle se retourna et alla ouvrir un placard que je n'avais pas remarqué jusqu'ici, dans un coin sombre derrière un panneau, un endroit très secret. Elle fouilla un instant et sortit une bouteille de vin couverte de poussière.

— Ça, c'est du bon vin – du Frosinone. Kex, il a toutes sortes de vins.

— Très bonne idée, débouchez-la.

Je méritais largement une prime pour tous les maux que j'avais subis.

Nous partageâmes la bouteille et j'allai m'asseoir sur la terrasse, qui était à présent inondée de soleil. C'était une bonne occasion de passer en revue la situation. À l'évidence, ce travail que j'avais accepté dépassait de loin ce que j'avais imaginé. Si j'avais deux sous de bon sens, je devrais déguerpir, me dis-je… mais naturellement, il n'en était pas question. J'aimais bien mes dix mille lires par jour, j'appréciais la cuisine d'Ignazia et la cave personnelle de Kex. Je commençais à me demander comment cette affaire allait tourner.

Pourquoi Alma m'avait-elle giflé ? Pourquoi ce regard glacial d'Oleg ? Je repensai à une histoire que j'avais lue autrefois, *La Carte mystérieuse*. Je ne me souvenais plus du nom de l'auteur. Richard Harding Davis, peut-être. Le héros recevait dans son courrier une carte portant quelques mots en français. Il ne connaissait pas la langue, et chaque fois qu'il demandait à quelqu'un de la lui traduire, la personne étouffait presque de colère et de dégoût. Sa femme le quittait, son meilleur ami se retournait contre lui. J'avais l'impression de porter, sous la forme de mon visage, une variante de cette mystérieuse carte : quiconque le voyait avait envie de lui flanquer un coup de poing…

Ma foi, songeai-je en plissant les yeux dans le soleil éblouissant, les jours à venir promettaient d'être intéressants.

Je me levai en m'étirant et décidai de suivre les instructions de Kex en me livrant à une petite exploration de la ville. Une fois dehors, je jetai prudemment un coup d'œil dans la rue – au cas où –, et je partis en direction d'Amalfi. Je m'arrêtai un instant sur les marches menant à l'appartement des Ryen. Pamela et Hester pourraient vouloir m'accompagner dans ma promenade, ce qui me permettrait certainement d'entendre pas mal de ragots instructifs.

Je montai le petit escalier, et j'entendis des voix aiguës à travers la porte. Je ne pouvais distinguer les mots, seulement des aboiements furieux de Pamela et des sortes de longs gémissements de la part de Hester. J'hésitai à frapper. Hester se mit à sangloter tandis que Pamela s'écriait : « Non, jamais ! Jamais, jamais ! Je me fiche bien… »

Je battis en retraite et m'engageai sur la route en direction du sud.

Positano disparut derrière un monstrueux contrefort de calcaire. Au loin, des pics se dressaient, et la Méditerranée s'étendait paisiblement à leur pied. Au milieu des rochers poussaient des cactus, du romarin, toute une variété de plantes grasses, de magnifiques buissons dont les feuilles formaient comme des grappes d'étoiles.

Au bout d'un quart d'heure, j'atteignis le bord d'un ravin. Sur les parois, de petits oliviers s'accrochaient à de fantastiques terrasses perchées comme des nids d'aigle. La route se poursuivait par un pont de pierre qui enjambait le gouffre. Je m'accoudai au parapet et jouai à lancer des cailloux dans le vide. Un endroit imprégné de beauté et de calme.

Deux paysannes passèrent à côté de moi, portant des fagots de branchages. Une petite Fiat décapotable, de la taille d'une brouette, approcha en bourdonnant, telle une abeille sur des patins à roulettes. Je la regardai s'éloigner et disparaître, et le silence retomba.

Je restai là une demi-heure, puis je repris lentement le chemin de Positano en remuant des pensées moroses. Le monde semblait plein de problèmes et de chagrin...

Je passai devant l'appartement des Ryen, puis arrivé en haut des marches de mon appartement, j'hésitai un instant : aller faire un tour sur la plage, ou rentrer chez moi ? Je rejetai l'idée de la plage. Le balcon surplombait au moins une douzaine de sujets de dessins, et j'en ferais un ou deux au cas où Kex voudrait s'assurer de mes progrès.

Un homme de petite taille, dans les quarante-cinq ans, avec un gros nez grumeleux et des cheveux noirs dégarnis, se tenait négligemment près de la boutique de la Signora Umberto. Il portait un costume gris clair, fumait un gros cigare et semblait s'intéresser au vol d'une mouette au loin. Alors que je déverrouillais ma porte, il s'approcha. Je l'observai attentivement du coin de l'œil. Il apportait une note particulièrement discordante dans ce paysage, comme un policier dans un bar. Non pas qu'il ressemblât à un policier... tout le contraire, en fait.

Il s'arrêta devant moi et m'examina froidement, juste à la limite de l'hostilité.

— Vous êtes Musgrave – c'est bien ça ?

— C'est exactement ça.

— J'imagine que vous savez qui je suis, maintenant.

— Non, pas du tout.

Il continua de m'examiner à travers la fumée de son cigare.

— Je suis Piombino.

— Ah, Piombino.

Le numéro 5 de la liste. Il vit la lueur d'intérêt dans mes yeux et hocha lentement la tête, comme si je venais de confirmer une de ses suppositions.

— J'ai pensé vous épargner la peine de me chercher, dit-il.

Énigmes, mystification.

— C'est très aimable de votre part, lui répondis-je.

En jouant la prudence, j'arriverais peut-être à obtenir quelques informations. Je pourrais découvrir quelle pièce je représentais dans le jeu d'échecs humain auquel se livrait Kex. Pour l'instant, je semblais être un des pions les plus exposés.

— Comment saviez-vous que je voulais vous voir ? lui demandai-je.

Piombino pointa son cigare vers la porte.

— Si nous descendions, dit-il, au lieu de rester dans cette rue poussiéreuse ?

— Mais oui, bien sûr. Attention de ne pas vous rompre le cou dans l'escalier.

Il me lança un regard vif, comme si j'avais dit quelque chose de particulièrement significatif, puis il commença à descendre les marches avec raideur.

Une fois dans l'appartement, j'approchai deux chaises longues sur la terrasse.

— Ça vous ira ?

— Tout à fait. Je ne suis pas difficile à satisfaire. (Il s'assit et exhala un écran de fumée derrière lequel il m'observa.) Bon, alors – c'est quoi, votre histoire ? Réglons ça maintenant.

— Je n'ai pas d'histoire. C'est vous qui êtes venu me voir.

Il me regarda fixement.

— Ah, vous préférez cacher votre jeu, hein ? Qui vous a envoyé ? Joe Rocco ?

— Jamais entendu parler.

Je me calai confortablement dans ma chaise longue. Je commençais à apprécier cette conversation. On se serait cru dans un film.

La bouche de Piombino se tordit en une grimace.

— Si vous me faisiez partager vos secrets de fillette, ça ferait gagner du temps.

— Connaissez-vous Kex ? demandai-je pensivement.

— Je sais qui c'est. Pourquoi ?

— Ici, c'est son appartement. Je suis son invité, en quelque sorte.

— Bon, d'accord, il est dans le racket, et alors ?

— Qu'est-ce qui vous fait penser qu'il est dans le racket ?

— Bon sang, vous êtes là, non ? Ça ne suffit pas ?

— Oui, ça suffit, à moins que vous ne vous trompiez sur mon compte.

D'un air impatient, il souffla un nuage de fumée. Sa main tremblait et ses doigts étaient crispés sur son cigare. Piombino devenait nerveux.

— Arrêtons cette comédie. Joe Rocco veut quelque chose, et il n'y a pas droit. Avant, oui, peut-être, mais de la façon dont ça se présente, il s'en est tiré mieux que moi. Il ferait mieux de passer tout ça par pertes et profits. Je n'ai plus ce genre de moyens. Mes frais sont tout simplement épouvantables, vous ne pouvez pas imaginer.

— Tout cela est fort intéressant, mais pourquoi me le dire à moi ?

— Je prépare le terrain, vous devez comprendre ma position. Je ne sais pas comment vous m'avez repéré, et je m'en fiche. Mais ça n'a pas besoin de revenir aux oreilles de Joe. C'est un bon gars, mais ce qu'il ne sait pas ne peut pas lui faire de mal. Alors, qu'est-ce que vous en dites ?

— Pour moi, c'est du pareil au même, dans un sens comme dans l'autre.

— Ah, ça fait plaisir à entendre ! s'exclama Piombino avec une jovialité très peu convaincante. Bon, vous êtes loin de chez vous, et j'aimerais que vous en tiriez quand même quelque chose. (Il tira sur son cigare avec énergie, et demanda brusquement :) Vous vous faites combien, sur cette affaire ? Une somme fixe, ou un pourcentage ?

— Pour être tout à fait franc, je suis payé à la journée.

Il fit une grimace.

— Les gars comme vous, vous êtes prêts à faire n'importe quel boulot. Hmmf... il y a une dizaine d'années, je n'étais pas manchot non plus, mais les nerfs ont lâché. Maintenant, je ne peux plus. Je me tiens à carreau. Le fric sort, il ne rentre pas. Je suis prêt à faire un petit arrangement, juste entre vous et moi, mais tant pis pour Joe. Un accord commercial, vous comprenez ? Vous rentrez chez vous, vous ne m'avez pas vu, je suis parti aux quatre vents. Vous voyez le topo ? Vous n'avez pas pu me rattraper. La dernière fois qu'on m'a vu, je partais pour l'Afrique centrale.

Je mis la main dans ma poche, pour prendre mes cigarettes. Piombino sursauta. Je le regardai tranquillement et j'en allumai une.

— Dites-moi, lui demandai-je, pour qui me prenez-vous, exactement ?

Ma question se voulait purement littérale, mais Piombino la prit pour une réaction indignée. D'une voix douce comme le miel, il me dit :

— Je vous prends pour un gars malin, qui essaie juste de gagner sa croûte.

Il se leva, se ravisa, et s'assit de nouveau. Je décidai de mettre fin à la mascarade. Je n'obtiendrais aucune information de Piombino.

— Vous vous trompez, mon vieux. Je ne suis pas celui que vous pensez.

Encore une fois, le pauvre Piombino interpréta mes propos de travers : maintenant, il croyait que je l'avais mené en bateau. Et que j'étais en réalité un fidèle homme de main de Joe Rocco. Ses lèvres tremblèrent, son front luisait de sueur.

— Attendez demain. Je ne suis pas un radin. Et ensuite, partez. Dites à Joe, ou à Manny, à qui vous voudrez, que Piombino s'est fondu dans le paysage, qu'il est introuvable. C'est la meilleure façon pour qu'il n'y ait pas d'ennuis, et que la vie soit agréable pour tous.

— J'aimerais bien avoir une vie agréable, mais Kex n'arrête pas de mettre des chardons sous ma selle.

— Qu'est-ce que Kex a à voir là-dedans ?

— C'est justement ce que je cherche à savoir.

— Oublions Kex, bougonna Piombino. Bon, maintenant, tout est réglé. Vous ne m'avez jamais vu, on est bien d'accord ?

— C'est d'accord, je ne vous ai jamais vu. Autre chose ?

— Non, non, c'est bon. (Il poussa un grand soupir.) Très bien. Un moment, j'ai cru qu'on allait avoir des problèmes.

— Une chose n'est pas claire. Comment avez-vous entendu parler de moi ?

— Ça reste entre nous ?

— Strictement entre nous.

Il fouilla dans sa poche et en sortit une enveloppe bleue qu'il me tendit. D'après le cachet, elle avait été postée de Rome. L'adresse indiquait : M. Larry Piombino, Hotel Luxa, Positano. J'en sortis une simple feuille de papier gris, avec un message tapé à la machine :

Cher Larry,

 Ce petit mot pour te prévenir. Un type du nom de Musgrave vient juste de débarquer des États-Unis. Il est au parfum. Je ne peux pas trop en dire, mais tu me comprends. J.R. te cherche. Il ne te veut pas du bien.

K.D. Vedalia

Je relus le billet.

— Qui est Vedalia ?

— Un vieil ami à moi, murmura Piombino – sans doute le contre-coup de la tension. Aux dernières nouvelles, il était à Los Angeles. Dieu sait comment il m'a déniché.

— Piombino, cette lettre est une blague, lui dis-je en la lui rendant.

— Une blague ? Comment ça, une « blague » ? Vous vous appelez Musgrave, non ?

— Je me suis donné beaucoup de mal pour clarifier cette question. Il m'examina d'un air rusé.

— Qu'est-ce que c'est que cette histoire de Hilfstone ?

— Des gens se sont mis dans la tête que c'était mon nom…

— Le gars est chaud, hein ?

— … et j'ai été obligé de les détromper.

— Il se passe des drôles de trucs, par ici.

— Kex est le seul à s'amuser.

— Cette vieille tapette… (Il se leva brusquement.) Je crois que je vais y aller. Tout est réglé, maintenant. Vous ne m'avez jamais vu. Je me suis fait la malle, d'accord ?

— Tout ce que vous voudrez.

Il hésita.

— Ça semble un peu trop facile. (Il tira nerveusement sur son cigare.) Si vous avez encore un atout dans la manche, vous feriez mieux de ne plus y penser. Je suis un brave gars au cœur d'or, jusqu'à ce qu'on me pousse un peu trop loin. Et là, je m'énerve. Alors, ne vous faites pas trop d'idées.

— Mon cher Piombino, dis-je avec lassitude, je me tue à vous répéter que toute cette histoire est une blague.

Il hocha vigoureusement la tête.

— Ça me va. C'est comme ça qu'il faut voir les choses. Vous ne me verrez plus. Je vais vous envoyer un petit paquet demain matin.

— Que voulez-vous dire, un « paquet » ?

Il agita son cigare.

— Laissez-moi faire. Il faut que je vérifie deux ou trois trucs. Tout ce que je peux vous dire, c'est que ce sera correct. Je vais partir en voyage, prendre un peu l'air, et je tiens à ce que les choses soient réglées de façon amicale avant mon départ.

— Nous ne serons jamais plus amis qu'en ce moment, mais je dois vous dire que vous faites complètement fausse route.

— On ne va pas recommencer, hein ?

— Très bien, mon cher Piombino. Si vous tenez à laisser des paquets ici et là comme si vous jouiez à cache-tampon, c'est votre affaire.

— Bon, alors… tout baigne, ça roule ?

— Ça roule.

Il agita son cigare et disparut dans l'escalier. J'entendis claquer la porte donnant sur la rue.

Je me demandai si la lettre d'Oleg dans l'enveloppe bleue avait été postée à Rome.

Je me demandai si Alma avait reçu une lettre dans une enveloppe bleue.

Je me demandai combien d'autres enveloppes bleues étaient en circulation.

Je me demandai si un destinataire d'une lettre dans une enveloppe bleue se montrerait moins raisonnable que Piombino.

CHAPITRE IX

Il était maintenant 15 h 30. Je retournai dans le salon, où je réussis à déverrouiller le placard à alcools de Kex. J'en sortis une vieille bouteille de sherry Vicente Gomez.

Je la débouchai, et je l'emportai sur la terrasse avec un verre et un bocal d'olives. Là, j'entrepris de siroter mon vin en crachant des noyaux par-dessus la balustrade. Une pensée me fit frissonner comme un courant d'air. Cette pensée n'était pas nouvelle. J'avais déjà tourné autour deux ou trois fois. Je me redressai sur ma chaise et jetai un coup d'œil par-dessus mon épaule. Ma vie pourrait bien être en danger... Un danger très réel... Piombino aurait pu venir me voir avec une arme, au lieu de se contenter de vagues allusions à un paquet. Qu'aurais-je fait, alors ? Cette lettre avait un parfum d'authenticité. L'auteur – sans doute Kex – connaissait des détails convaincants. J'avais eu de la chance que Piombino se considère comme un homme pacifique.

Mais Piombino n'était pas seul, il y en avait beaucoup d'autres. Si je comprenais bien ses allusions voilées, il avait l'intention de me payer pour trahir mon employeur présumé, un certain Joe Rocco. Avec très peu d'efforts, je pourrais considérer cet argent comme un bonus, un cadeau du ciel. Je réfléchis aux aspects moraux de la situation... Chantage par procuration ? Extorsion passive ? Probablement. Les gens qui penchent dans cette direction ont un taux de mortalité élevé, surtout dans des endroits névrosés comme Positano... Je renverrais l'argent avec un mot poli.

Que ferait Piombino, ensuite ?

Imaginons qu'il pense que j'ai refusé de trahir Joe Rocco, et que je compte me lancer à ses trousses ... Ce serait sans doute plus simple et plus sûr d'accepter son argent et de la boucler. Mais si un véritable émissaire de Joe Rocco débarquait dans le secteur ? Je me levai d'un bond, vidai mon verre et grimpai l'escalier pour me rendre à la plage.

Cette fois, je pris un chemin légèrement différent qui me fit passer devant la boutique de céramiques de Mme Hortense Revost. Je m'arrêtai un instant pour regarder la vitrine. Une carafe à vin en forme de calebasse y était exposée, avec six petits gobelets, tous émaillés d'un violet métallique, avec quelques vagues rayures verdâtres. Au fond, un grand plat vert foncé avec trois antilopes bleu et blanc se pourchassant en cercle.

Je jetai un coup d'œil à l'intérieur : des étagères chargées d'une centaine d'autres articles, et derrière un comptoir, Hortense en personne, s'activant au-dessus d'une table.

Mû par une impulsion soudaine, je décidai d'entrer, curieux d'observer ses réactions et de tester ainsi ma théorie concernant les enveloppes bleues. La boutique était agréable, une sorte de petite grotte aux parois blanchies à la chaux, dont la seule décoration était sa marchandise. Les étagères brillaient de blancs cassés, de verts cuivrés, de jaunes et de rouges de fer, de bleus cobalt et de violets manganèse. Les spots lumineux se reflétaient sur les émaux et les vernis d'une richesse soyeuse. Même les ombres sur les murs, les innombrables paraboles, ovales et croissants projetés par les lampes, avaient des teintes subtiles.

Derrière le comptoir, il y avait un tour de potier, des bacs d'argile, des étagères de séchage chargées d'objets bruts, et une table à décorer devant laquelle Hortense était assise au milieu de pots de différentes couleurs.

Elle leva la tête en m'entendant entrer. Son regard croisa le mien, et elle baissa les yeux avec ce qui semblait une certaine perplexité. Elle reposa très délicatement son pinceau. Elle approchait sans doute de la quarantaine, mais elle avait une aura d'énergie juvénile. À vingt ans, elle avait dû être spectaculaire. Elle n'était encore pas mal maintenant : grande, presque maigre mais bien articulée, avec une grâce de ballerine. Ses traits étaient nets, fins, avec une impression d'irrégularité intéressante, même si tout semblait à sa place, sans rien d'exagéré. Son visage était peut-être un peu trop allongé, ses yeux trop rapprochés, son nez trop mince et légèrement busqué, mais ce n'étaient que des détails mineurs. Ses lèvres, légèrement écartées, lui donnaient un air de ferveur haletante qui avait dû amener les hommes à se battre pour ses faveurs ces dernières vingt-cinq années. Si je devais croire ce que j'avais entendu de la conversation de Blaine dans l'autocar, Hortense n'était pas du genre à opposer une résistance bien farouche.

— Bonjour, me dit-elle d'une voix légère et détendue. Vous cherchez quelque chose en particulier ?

— Non, non. Surtout, ne vous dérangez pas pour moi. Je jette juste un coup d'œil.

— Allez-y, je vous en prie.

Debout derrière le comptoir, elle m'observait calmement, soigneusement, en une sorte d'évaluation globale qui me faisait prendre intensément conscience d'être un homme. Les mains dans les poches, je me mis à examiner les étagères.

— Vous fabriquez tout ça vous-même ? lui demandai-je.

— Oh, non, pas tout. Je ne peux pas concurrencer les poteries de Vietri pour ce genre de choses, dit-elle en désignant une pile d'assiettes décorées de poissons, ou celles-là, avec les chiens et les oiseaux. Je fais seulement ces pièces uniques, ces services à vin.

Je pris une tasse à café grise, blanche et verte, avec une anse astucieusement conçue qui s'enroulait sans effort autour du doigt.

— Ce doit être très amusant, de fabriquer des objets comme ça. J'ai toujours eu envie de m'y essayer.

— Ça me plaît beaucoup. (Au bout d'un instant, elle ajouta :) Je vous ai vu hier soir au Vistamare, n'est-ce pas ?

— Vous auriez eu du mal à ne pas me voir, avec le jeune Freddy qui a essayé de me réduire en bouillie.

Elle rit.

— Freddy est en réalité un très gentil garçon, mais il a parfois des idées extravagantes, et alors il se transforme en chevalier vaillant… Vous comptez rester longtemps, à Positano ?

— Je ne sais pas. Le village a certains attraits.

Je la regardai avec un air plein de sous-entendus. S'empêcher de flirter avec Hortense était aussi difficile que de ne pas lécher un cornet de glace qu'on aurait à la main. Elle semblait s'y attendre, aimer ça. Sa respiration se fit un peu plus rapide, elle se pencha vers moi, les yeux brillants. Je sentis un léger effluve de parfum.

— Quelquefois, c'est très ennuyeux.

— Je ne m'y suis pas ennuyé un instant.

Elle éclata de rire.

— Si vous étiez ici depuis aussi longtemps que moi, vous verriez les choses différemment. Vous êtes américain, n'est-ce pas ?

— Ça se voit tant que ça ? dis-je en regardant ma tenue, pantalon et chemise de sport, mocassins.

Sa voix changea très légèrement.

— Vous n'avez pas vraiment l'air d'un détective.

— Un détective ?

Je fus surpris. C'était là où elle voulait en venir.

— Oui. Ce n'est pas ce que vous êtes ?

— Non.

— Dommage. Ça ne me gênerait pas si vous en étiez un. J'aime les détectives. J'ai passé quelques-uns de mes meilleurs moments avec des détectives. C'est le genre américain que je préfère. Les Anglais sont toujours très prudents, précis et drôles, comme des gamins absurdes dans un jeu. Naturellement, les Français sont insupportables. Les Italiens, encore pires.

— Qu'est-ce qui a bien pu vous faire croire que j'étais un détective ?

— Oh... (elle haussa les épaules)... les nouvelles vont vite, par ici.

— Et je suis censé enquêter sur quoi ?

Derrière sa manière désinvolte, je sentis très nettement une prudence calculatrice.

— Vous ne savez pas ?

— Je peux deviner.

— Eh bien ?

— C'était dans une enveloppe bleue, n'est-ce pas ?

Elle ne dit rien.

— Et je suis censé enquêter sur vous.

Ses pupilles se dilatèrent légèrement, se rétrécirent, et elle détourna les yeux.

— Si c'est le cas, je ne sais vraiment pas ce que vous pourriez chercher.

— Bon, n'en parlons plus. Je ne suis pas un détective. Je ne suis pas un gangster. Je ne suis pas homosexuel, et je m'appelle Chuck Musgrave.

Mon petit discours commençait à ressembler au refrain de *La Ferme de Mathurin*.

— Qu'est-ce que vous êtes, alors ?

— En général, je me décris comme un étudiant en beaux-arts pour éviter les explications interminables.

— Ah ?

Elle semblait sceptique.

Je grimaçai un sourire.

— La lettre dans l'enveloppe bleue était convaincante, j'imagine ?

Elle cligna des yeux, pinça les lèvres et prit un air buté.

— Comment savez-vous que j'ai reçu une lettre dans une enveloppe bleue ?

— Je ne peux pas en être sûr. C'est juste que je le devine. Mais quoi qu'elle dise, c'est sans doute un tissu de mensonges – pour ce qui me concerne, en tout cas.

— Imaginons… (sa voix était très douce)… imaginons qu'elle m'ait dit de me méfier d'un beau détective qui se faisait passer pour un étudiant en beaux-arts ?

— Je dirais que quelqu'un s'amuse à un petit jeu très complexe à vos dépens. Et aux miens. On me paye, mais pas assez. Je vais demander une augmentation.

Elle était vraiment sidérée. Elle jeta un coup d'œil à son sac en fronçant les sourcils.

— Si vous n'êtes pas détective, dit-elle enfin d'un air songeur, c'est encore pire…

Une ombre se dessina dans l'encadrement de la porte. C'était Buster Blaine, une grosse main posée contre le chambranle.

— Hello, Hortense.

— Hello, Buster, dit-elle d'une voix neutre.

— Hello, Chuck.

— Hello, Buster.

Il entra en se balançant. On aurait dit un pantin prêt à se disloquer. Il me regarda en plissant les yeux.

— Alors, me dit-il, tout va comme vous voulez ?

— À peu près.

— Venez donc prendre un verre chez moi.

— D'accord. (Je me tournai vers Hortense.) Au revoir.

— Au revoir.

Nous descendîmes vers l'esplanade.

— Une fille sympa, Hortense, dit Blaine d'un air dégagé. Elle a vraiment une chouette petite boutique.

— Comment fait-elle ? Elle est américaine, n'est-ce pas ?

— D'origine allemande. Son mari était un général important dans la Wehrmacht – von Revost.

— Von Revost. C'était un criminel de guerre, non ?

— C'est comme ça qu'on l'a appelé, et c'est pour ça qu'on l'a mis en prison.

Nous dûmes nous coller contre le mur pour laisser passer une bande de gamins dépenaillés portant des sacs de sable sur la tête.

— Elle l'a quitté bien avant la guerre, poursuivit Blaine, ce qui est tout à son honneur. Elle ne pouvait pas supporter ce qui se passait.

— Et ensuite ?

— Là, je n'en sais fichtre rien. L'Angleterre, les États-Unis, et puis ici. J'imagine qu'elle avait la nostalgie de l'Europe. Mais elle ne retournera pas en Allemagne.

— Elle fabrique de jolies choses.

— Elle travaille beaucoup. Pour elle, pas question de vivre en parasite comme les autres nanas du coin. C'est vraiment une chic fille. Terriblement seule, je dirais.

— Si c'est le cas, pourquoi ne quitte-t-elle pas Positano ?

— Non, elle a réussi à faire son trou, ici. Elle a des amis, sa petite boutique, elle fait partie de quelque chose.

Nous traversâmes les dalles de béton en esquivant d'autres gamins. Après avoir contourné un groupe de pêcheurs moustachus en bleu de travail occupés à réparer des filets, nous gravîmes une volée de marches débouchant sur une petite ruelle malodorante.

— Les conduites d'égout, expliqua Blaine. Quelquefois, ça sent la rose, ici, mais d'un autre côté... (il désigna un petit garçon en train d'uriner contre le mur en regardant le monde passer à côté de lui avec des yeux limpides et innocents)... ça n'aide pas beaucoup. Ah, que voulez-vous, c'est l'Italie.

Il poussa le battant d'une porte et me fit entrer dans son logement avec des gestes d'une politesse exagérée. C'était une longue pièce étroite aux murs blanchis à la chaux avec un plafond voûté et un balcon donnant sur la plage. Un divan était disposé au fond, à présent recouvert d'un dessus-de-lit qui ressemblait curieusement à un tapis navajo. De l'autre côté, une grande table ronde sur laquelle étaient posés une bouteille de cognac à moitié pleine, un cendrier débordant de mégots, une machine à écrire portative, deux ou trois livres. Une bibliothèque bancale posée contre le mur contenait une dizaine de romans policiers, un crâne humain tacheté de moisissures rouges et noires, une cartouche de cigarettes italiennes bon marché. Une casquette à la Sherlock Holmes était accrochée à une patère. Un banjo était posé dans un coin.

— Asseyez-vous, dit Blaine. Trouvez-vous une chaise. Cet endroit est un vrai bazar, évidemment. Il faut que je me trouve une femme bien.

Je pris une chaise et m'installai à la table. Blaine apporta quelques bouteilles et deux verres, en en faisant tout un cérémonial.

— Vous le prenez comment ? Sec, eau plate, eau gazeuse ?

— Eau gazeuse.

Il remplit nos verres.

— À nos santés !

Nous bûmes.

— Ah, fit Blaine. Rien de tel que le premier verre du milieu d'après-midi.

— Quand est-ce que vous travaillez ?

Il jeta un coup d'œil hésitant à sa machine à écrire.

— Deux ou trois fois par semaine, je ferme la porte à clé et je tape comme un malade, et ensuite, je me détends en attendant la crise suivante.

— Vous écrivez sous votre vrai nom ?

— Non. (Et il ajouta :) Alors, ça se passe bien, ici ?

— Oui, très bien. Tout le monde est très amical, à part le type qui...

Son visage était impassible comme celui d'une statue en bois, mais je sentis son intérêt s'éveiller. Je n'avais toujours pas l'intention de parler de ma mésaventure dans l'escalier, même si j'étais à présent certain de l'identité du coupable.

— Pour en revenir à Hortense, dis-je. Comment fait-elle pour exercer son activité ? N'y a-t-il pas une loi interdisant aux étrangers de posséder un commerce ? Comment arrive-t-elle à s'en tirer ?

Blaine plissa la moitié de son visage en un clin d'œil plein de sous-entendus.

— Facile. Tout ce dont elle a besoin, c'est d'un Italien complaisant pour lui servir d'homme de paille, payer le loyer, remplir les papiers à sa place, tromper les carabiniers. Hortense n'a jamais de problème pour trouver ce genre d'aide.

— Elle a quelque chose sur la conscience. Elle croit que je suis détective.

— C'est drôle comme les idées peuvent circuler. (Les paupières à moitié baissées, Blaine me regarda fixement.) Vous ne prétendez pas à cet honneur, j'imagine ?

D'un air dégagé, il but une gorgée d'alcool, mais par-dessus son verre, ses yeux restaient braqués sur mon visage.

— Blaine, lui dis-je calmement, vous écrivez des romans policiers. On y trouve sans doute des détectives. Est-ce que je ressemble vraiment à l'idée que vous vous en faites ?

— Les détectives dans mes romans ne ressemblent à rien de ce qui peut exister sur terre, ni même ailleurs. (Il fit pensivement tourner son cognac dans son verre.) Vous n'avez pas l'*air* d'un détective, mais... (il pointa un long doigt jauni vers moi)... ça pourrait bien être une ruse de professionnel. Pour que les gens se détendent, baissent leur garde et vous confessent tous leurs pêchés. Et ils ne se doutent de rien jusqu'à ce qu'ils se retrouvent dans le box des accusés pendant que vous murmurez des conseils dans l'oreille de l'avocat général.

Je ris avec amertume.

— Si je voulais vous prouver que je suis détective, je vous montrerais un badge. Mais je ne peux rien prouver en ne montrant *pas* de badge... De toute façon, quelle importance ? Tout le monde croit que je suis autre chose que ce que je suis. Autant laisser tomber.

Blaine nous reversa deux doigts de cognac.

— C'est une drôle de situation. La vérité... (il s'interrompit pour rajouter un peu d'eau)... c'est que vous vous êtes fait une drôle de réputation. Comme vous dites, personne ne sait très bien si vous êtes du lard ou du cochon. Par exemple… (et là, il me regarda de l'air le plus innocent qui soit)… qui est ce gars, Hilfstone ?

— Je ne sais pas, répondis-je sèchement. (Et puis, comme ça commençait à m'agacer :) Qu'avez-vous fait de la lettre dans l'enveloppe bleue ?

Blaine réagit encore plus brusquement qu'Hortense. Il sursauta comme si je lui avais tendu un pétard allumé.

— Holà, holà, dit-il d'une voix étouffée. Qu'est-ce qui se passe ? Je croyais que je vous tenais à ma main, bien tranquille… Je ne comprends pas. Comment avez-vous…

Il s'interrompit, visiblement gêné.

— Comment je l'ai su ? Simple déduction, mon ami. Comprenez-moi bien, je n'ai aucune idée de ce qu'il y a dans la lettre. J'imagine qu'elle vous avertit que le pot-aux-roses est découvert, que Musgrave est venu à Positano pour vous prendre la main dans le sac.

— Ma foi, oui, dit faiblement Blaine. C'est à peu près ça. Bon, alors, qu'est-ce que vous mijotez ?

C'en était presque trop.

— Mais bon sang, je n'ai rien à voir dans tout ça ! C'est Kex qui devrait vous inquiéter !

— Oui, naturellement, ça m'est venu à l'idée. Kex ne m'inquiète pas. En soi, il est inoffensif. C'est ce qu'il fait qui me fiche la trouille. Il démarre des trucs qu'il est incapable d'arrêter. Il appelle ça des blagues. C'est un gars à l'esprit tordu, ce Kex. Il pourrait bien trouver hilarant de nous faire tous mettre en taule. Non pas que ce soit une chose qui m'inquiète, naturellement, s'empressa-t-il d'ajouter.

— Non, bien sûr, acquiesçai-je imperturbablement.

Blaine me lança un regard interrogateur, et il alluma une cigarette.

— Comment étiez-vous au courant d'une lettre dans une enveloppe bleue ?

— J'ai deviné.

Blaine but lentement une gorgée de cognac.

— Une sacrée intuition…

Je pris mon portefeuille dans ma poche et en sortis la liste de Kex.

— Si Kex fait des blagues, voici les gens qui sont censés rire. Deux d'entre eux ont reçu des lettres dans des enveloppes bleues. Votre nom figure aussi sur la liste.

JACK VANCE

Blaine prit le papier et commença à lire les noms :
— Munton, Blaine, Leibnitz, Piombino, Vroznek, Hortense, Alma, Margaret, Pamela et Hester Ryen, Dannister. Hum... Une jolie brochette. Une sélection bien assortie. (Il fit une petite grimace en secouant la tête.) Imaginez tout ce petit monde sur une île déserte... (Il regarda l'autre côté de la feuille.) La blanchisserie de Kex. La Liste des Chemises Sales. (Il siffla entre ses dents.) Et juste encore une fois – quel rôle jouez-vous dans tout ça ?
— Eh bien, voilà comment...
Je m'interrompis aussitôt. Kex m'avait donné pour instruction de ne rien dire de mon travail, tant que j'acceptais son argent. En principe, j'étais obligé d'obéir à ses ordres. Cela étant, il ne m'avait pas ordonné de me faire passer pour un détective. S'il l'avait fait, je lui aurais demandé encore plus que ce que j'avais l'intention d'exiger de lui.
Blaine me regarda me débattre avec ma conscience, sans dissimuler son intérêt. Sa cigarette pendait au coin de ses lèvres, la fumée sortait lentement de ses narines.
Je repris :
— Ce que je vous ai dit est la stricte vérité. Je suis étudiant en beaux-arts. Kex m'a prêté son appartement – sans doute pour que Freddy et les autres Dannister me prennent pour Hilfstone et pètent un plomb. Il a envoyé des lettres dans des enveloppes bleues à tous les gens de cette liste, pour que chacun croit que je suis ce qu'ils craignent le plus... Enfin, c'est une simple supposition.
— Hum... Comme ça, a priori, je dirais que vous avez hérité d'un boulot délicat. Imaginez que quelqu'un sur cette liste soit vraiment aux abois, et prenne mal la chose ? Il y a des gens qui s'excitent facilement, par ici.
— Vous ne m'apprenez rien que je ne sache déjà. Freddy a essayé de me tabasser. Alma m'a giflé.
— Vraiment ? demanda Blaine avec un amusement admiratif. Ah, la petite tigresse alcoolo !
— Bon, toujours est-il que j'essaie de faire comprendre que je ne suis *pas* détective, *pas* homosexuel, *pas* James Hilfstone, ni Dieu sait quoi encore.

— Oui, je me mets à votre place, dit Blaine. Tenez, encore une goutte de cognac.

Dans mon agitation, j'avais vidé mon verre. Nous restâmes silencieux un moment, et je dis enfin :

— Votre enveloppe bleue n'a pas l'air de trop vous tracasser.

Il haussa les épaules avec fatalisme.

— Ce n'est que Kex. C'est idiot de s'énerver contre lui. C'est simplement dans sa nature, il est comme ça. Je ne me laisse pas contrarier par ce qu'il fait, même si je dois sans doute appartenir à une minorité. Oleg lui voue une haine viscérale. Il a de bonnes raisons pour ça, dois-je ajouter… (Il ajusta sa position dans son fauteuil, en se lovant comme une échelle de corde.) Kex est un drôle de gars, on ne peut pas dire le contraire. Nous portons tous notre croix dans la vie, et la sienne, c'est l'ennui. Il a trop d'énergie machiavélique pour se contenter de rester assis en regardant dans le vague. Il n'a pas assez de cervelle pour s'engager vraiment à fond dans les choses. Alors, il se lance dans toutes sortes de petites diableries. Il est comme un papillon : il goûte, il suce, et il passe à la fleur suivante.

— Comment fait-il pour ne pas avoir d'ennuis ?

— Ça, je n'en sais fichtre rien. Jusqu'ici, il s'en est toujours tiré. Ça ne peut pas durer éternellement. Quelque chose me dit que le moment est venu. Oleg lui aurait sans doute flanqué un coup de couteau l'année dernière, si l'occasion s'était présentée. Kex lui a joué un très vilain tour – il a embauché une jolie fille de Naples pour venir ici et séduire Oleg. Les filles du coin ne lui accordent même pas un regard, elles ne l'aiment pas. Le vieil Oleg est vraiment en manque. Alors, naturellement, quand cette jolie petite créature a commencé à lui faire des œillades, ça n'a pas fait un pli. Pendant une semaine, on les a vus se courser sur la plage, la fille se tenant toujours à dix centimètres devant lui. Oleg, le pauvre, a la langue qui pend jusqu'à terre. Il est fou amoureux d'elle, il veut l'épouser. Elle finit par lui accorder ses faveurs, et le lendemain, elle replie sa tente et rentre à Naples. La vérité, c'est qu'elle ne peut pas voir Oleg en peinture. Elle a juste fait son boulot pour la semaine en suivant la recette de Kex. Oleg réussit à retrouver sa trace à Naples, il va la voir, et il découvre qu'elle distrait chaque soir six ou sept gogos américains. Elle lui rit au nez et lui raconte toute l'histoire.

— Ah, mon Dieu... Ce n'est pas vraiment ce qu'on peut appeler une blague.

— Non, dit Blaine. On pourrait plutôt appeler ça une tragédie. Pour couronner le tout, la fille lui a refilé une chaude-pisse. Il a dû aller se faire soigner à l'hôpital.

Je secouai la tête.

— Je ne crois pas que j'aurais pu le supporter. J'aurais sans doute pété les plombs, tué quelques personnes, en commençant par Kex.

Blaine but une longue gorgée.

— Je pense que c'est ce qu'Oleg avait en tête. Kex, qui avait passé toute la semaine sur la terrasse du Vistamare, en se tortillant la moustache et en se pelotant avec Chi-Chi, a décidé de faire un peu de tourisme en Égypte. C'est un copain de Farouk, qui était alors sur le trône. Et donc, il est parti. Oleg s'est un peu calmé, mais évidemment, il ne peut toujours pas supporter la vue de Kex.

— Je suis étonné qu'il soit revenu à Positano.

— Ça demande du cran. Oleg en a, et il est comme tous les autres ici – des chevilles carrées qui cherchent leur place dans un monde de trous ronds. (Blaine reprit la Liste des Chemises Sales.) Ça, c'est du Kex tout craché. Toujours quelque chose de nouveau – un gamin avec un nouveau jouet. Kex est une cheville carrée, lui aussi. Positano est son refuge spirituel. Il finit par s'ennuyer, il s'en va, mais il revient toujours avec une nouvelle idée pour flanquer le bazar. Une fois, il a rapporté du haschisch d'Égypte. Pendant une semaine, on en a tous mangé comme si c'étaient des bonbons. La fois suivante, il ramène un hypnotiseur de Rome. On se fait tous hypnotiser jusqu'à ce que la comtesse Margaret pique une crise, que Paul Prie tire un coup de revolver sur Leibnitz, et qu'un gars qui s'appelait Mayhanks se prenne pour un chat et saute sur le toit d'une maison. La famille à l'intérieur se met à crier au meurtre, Kex n'a pas envie de s'embêter avec les migraines de tout le monde, et il s'en va à Deauville.

Blaine s'interrompit un instant pour s'humecter le gosier et allumer une autre cigarette.

— On raconte qu'une caravelle du dix-huitième siècle, chargée d'or à ras-bord, a coulé juste au large de cette île, là-bas. Kex affrète un bateau et loue un équipement de plongée, et il se lance dans la chasse au trésor. Le plus drôle – ça ne pouvait arriver qu'à lui –, c'est qu'il trouve une demi-douzaine de lingots. Le gouvernement italien les a confisqués, mais Kex s'est amusé comme un petit fou.

Blaine poussa un soupir.

— Kex et ses idées… Des fêtes à l'éther. Je suis resté aveugle pendant six heures. J'ai été obligé de marcher dans la rue à tâtons. J'y voyais moins qu'une taupe – et j'étais aussi sobre. Et puis il a organisé des bals de travelos dans son appartement. J'y suis allé une fois, j'ai dû m'habiller en femme. Je ne le ferai jamais plus… Une autre fois, il s'est mis dans la tête de faire des expériences sur Cary Johnson, il a failli le tuer. Il a commencé par le bourrer de marijuana, il l'a convaincu de passer à la benzédrine, il lui a fait renifler deux ou trois lignes de coke, et il a complété le tout avec une purée de peyotl. Vous parlez d'un feu d'artifice ! On n'a jamais rien vu de pareil. Le gars s'est mis à grimper aux murs, il a essayé de s'ouvrir la poitrine pour écouter son cœur battre. Finalement, il a hurlé à pleins poumons pendant trois heures d'affilée en se débattant contre d'horribles monstres. Quand il a repris ses esprits, il a dit qu'il voyait des choses auxquelles il n'osait pas penser, en cinq couleurs totalement nouvelles. Une quinzaine de jours plus tard, il a essayé de cambrioler une banque à Sorrente, et on l'a mis en taule.

— Ce que je ne comprends pas, c'est pourquoi on n'y met pas aussi Kex.

— Question d'influence. Kex connaît tout le monde, et la plupart des gens l'aiment bien, ceux qui ne le connaissent pas vraiment. C'est un type très aimable – modeste, calme, il prend toujours l'addition pour lui. Il n'a pas une once de malice. C'est juste qu'il aime que ça bouge, il aime les sensations nouvelles, il aime rire.

Je repris la Liste des Chemises Sales.

— Pour l'instant, je ne vois rien de drôle là-dedans.

— Impossible de dire ce que Kex mijote. (Il relut la liste de noms.) C'est une drôle de sélection. Par exemple, il a mis Munton, mais pas Kavenaw, qui le suit partout. Il y a Leibnitz, l'artiste allemand, mais pas Paul Prie, le Français. J'y suis, mais pas Maybanks. Et pourquoi diable a-t-il mis Pam et Hester, ces deux pauvres petits moineaux, et Dannister ? Je ne pige pas.

— Il a peut-être uniquement choisi ceux qui réagiraient.

Blaine haussa les sourcils.

— Pourquoi Munton ? C'est la droiture britannique incarnée. Les Ryen – innocentes comme un rêve de vierge. Et moi… (sa mâchoire s'amollit un peu, sa voix se fit plus creuse) … je n'ai rien sur la conscience à part deux ou trois bouquins que j'ai fauchés à la Bibliothèque municipale de Chicago.

Il continua de lire les noms à voix haute :

— Piombino – c'était autrefois un caïd de la drogue, il a été renvoyé en Italie avec Luciano… Alma… Hortense… Margaret. Je ne vois vraiment pas ce qu'il peut avoir sur les filles. Les Ryen. (Un claquement de langue.) Dannister. C'est là que Kex va tomber sur un os, en s'en prenant à Dannister. Ce n'est pas le genre d'homme à apprécier l'humour.

— Qu'est-ce qu'il a bien pu apprendre sur lui ?

Blaine secoua la tête.

— Aucune idée. C'est une drôle de famille. La fille est un joli petit lot. Freddy est un jeune chiot tout fou. Le vieux ressemble à un aristocrate castillan – le genre austère. Je n'ai jamais vu la dame, Mme Dannister. (Il s'interrompit, prit un air songeur.) Des tas de rumeurs circulent sur leur compte. Une différente chaque semaine.

— Par exemple ?

— Oh, des histoires fantastiques : la fille est allée en Suisse non pas pour terminer ses études, mais pour accoucher… Mme Dannister est folle… Ils enlèvent et torturent des enfants… Dannister a tué un duc français en duel et il a peur de se montrer en dehors de Positano. (En voyant mon expression, il se mit à rire.) Ce sont les habitants du village. Leur seule distraction, c'est d'observer les pitreries des étrangers. Et les histoires ne font qu'embellir à force d'être racontées. Vous devriez entendre ce qu'ils disent sur moi. (Il secoua la tête avec une mélancolie résignée.) Vous savez comment ils me surnomment ?

— Non.

— « Le bouc aux échasses ». C'est la vérité vraie. Vous vous rendez compte ? « Le bouc aux échasses » !

On frappa à la porte, un petit toc-toc-toc discret. Blaine se déplia et alla ouvrir. Un garçonnet lui remit un billet, dit quelques mots en italien. Blaine répondit, referma et vint me rejoindre.

Il hésita deux secondes avant de me tendre le billet.

— C'est pour vous, dit-il tristement.

Je regardai l'inscription : Signor C. Musgrave, Casa Umberto, dans une écriture élégante. Blaine continuait de m'observer du coin de l'œil.

— Comment diable le garçon savait-il où me trouver ?

— Quelqu'un vous aura vu entrer. Impossible d'échapper aux gens, ici.

Je déchirai lentement l'enveloppe. Le billet était signé : Alfred Dannister. Je le lus :

Cher monsieur Musgrave,

Une certaine information m'est parvenue qui rend une conversation entre nous impérative. Je vous propose de venir chez moi ce soir à 21 heures. Au cas où le lieu ou l'heure ne vous conviendraient pas, merci de me le faire savoir et je m'organiserai en conséquence. En l'absence d'une telle réponse, je vous attendrai à 21 heures.

Bien à vous,

Alfred Dannister

Je repliai le feuillet et le remis pensivement dans l'enveloppe, que je fourrai dans ma poche. Blaine suivait des yeux chacun de mes gestes. Je voyais qu'il était dévoré de curiosité.

— Rien d'important, lui dis-je d'un air détaché.

Je repoussai ma chaise pour me lever. À ma grande surprise, je constatai que le plancher tanguait comme le pont d'un navire. Blaine m'avait fait ingurgiter une quantité inattendue de cognac. Je posai les mains sur la table pour garder l'équilibre.

— Vous partez ? demanda Blaine.

— Oui. Je crois que je vais passer chez moi pour prendre une douche et me raser.

— Heu… Je peux faire quelque chose pour vous ?

Blaine gardait les yeux fixés sur la poche dans laquelle j'avais rangé le billet.

— Non, rien du tout. Merci pour le cognac.

Il me raccompagna jusqu'à la porte et me regarda m'éloigner d'un air mélancolique.

Je grimpai les marches menant à la rue et continuai de remonter la colline. Devant l'appartement de Kex, une longue décapotable était garée, d'un magnifique gris-vert métallisé. Kex était arrivé à Positano.

Je le sus de façon encore plus certaine quand je vis que mon petit mot avait été retiré de la porte – arraché, en fait, car il restait des petits bouts de papier sous les punaises.

Je respirai profondément, et soufflai des vapeurs d'alcool. J'avais des choses à dire à Kex. Nul doute qu'il avait lui aussi des choses à me dire. La discussion promettait d'être animée…

CHAPITRE X

J'ouvris la porte et je descendis lentement, délibérément, marche après marche.

Le soleil s'était couché derrière la colline. La terrasse était plongée dans l'obscurité, la porte de l'appartement entrebâillée. Je la poussai et entrai, avec une petite crispation à l'estomac. C'était comme si j'avais peur de Kex.

Il était assis à la table de la salle à manger, vêtu d'un pull à col roulé jaune et d'un élégant pantalon bleu. Ses cheveux blancs avaient été brossés au point qu'ils faisaient presque des étincelles. Sa moustache était parfaitement taillée. Une flasque de chianti était posée à sa droite, une assiette de pain à sa gauche, et devant lui, un grand bol en bois rempli de laitue, de radis et d'oignons. Il mangeait avec les doigts, en trempant des morceaux de sa salade dans une vinaigrette et en les enfournant dans sa bouche rose.

Ignazia, l'air maussade, était dans la cuisine et surveillait la bouilloire.

Kex me salua joyeusement de la main.

— Ah, vous voilà, fit-il.

— Me voilà.

— Asseyez-vous. Un peu de salade ?

Il fit un signe à Ignazia avec un air d'hospitalité pleine de sollicitude.

— Non, merci, dis-je en m'asseyant en face de lui.

— Je déjeune toujours tard, expliqua-t-il. Quelque chose de léger, en général une salade. (Il but une gorgée de vin.) Alors, Positano vous plaît ? C'est à la hauteur de la description que je vous en avais faite ?

Apparemment, Kex avait toujours l'intention de jouer son rôle d'éditeur dilettante, avec moi dans celui de l'artiste commandité.

— Un endroit très intéressant. Des gens intéressants.

Il acquiesça.

— Aussi bien les habitants que la colonie d'étrangers. Un groupe hétéroclite, mais très amical, très enthousiaste.

— Oui, j'imagine qu'on peut dire ça, répondis-je en pensant à Alma, la comtesse Margaret et Freddy… sans oublier Chi-Chi.

— Votre travail avance bien ?

Il avala une bouchée de salade en m'observant avec une curiosité bienveillante.

J'approchai ma chaise.

— Ça dépend de ce que vous entendez par « travail ».

Kex haussa les sourcils.

— Oh… mais les dessins, bien sûr.

— Ah, les dessins. Je ne sais pas si je vais pouvoir continuer.

— Ma parole ! dit Kex, légèrement surpris. Pourquoi donc ?

— Il semblerait que je me heurte à une certaine opposition. Les gens ne m'aiment pas, par ici. Aujourd'hui, une femme m'a flanqué une gifle. Le premier soir, quelqu'un m'a fait tomber dans l'escalier.

Kex secoua la tête d'un air étonné.

— Ignazia m'a dit que vous aviez eu un accident – mais je ne peux pas croire que c'était un acte délibéré !

— Ce n'est pas par accident qu'il est descendu pour me donner des coups de pied dans les côtes.

— Incroyable !

— J'ai pensé que quelqu'un se méprenait sur mon compte, et c'est pourquoi j'ai punaisé cette petite affiche sur la porte. Je vois que vous l'avez arrachée.

Kex fronça pensivement les sourcils.

— Je dois dire que je n'ai pas vraiment apprécié ce papier. Il risque de donner de drôles d'idées aux gens. Pour ce qui est des rumeurs, aucun endroit n'est comparable à Positano. Si vous vous souvenez bien, nous étions d'accord pour que, hum, nous restions discrets sur la raison de votre séjour ici.

— J'ai été la discrétion faite homme, et je me suis fait piéger le soir même de mon arrivée. Naturellement, ça ne me plaît pas du tout. En fait, dès que l'occasion se présentera, j'ai l'intention d'exercer de petites représailles.

— Ah, fit Kex. Vous savez qui est le responsable ?

— Oui, je crois bien.

— Terrible, vraiment terrible, dit Kex en me regardant attentivement.

— J'en suis venu à me dire que la chose la plus discrète pour moi, ce serait de quitter Positano.

— Non, non ! s'écria Kex, horrifié.

Je haussai les épaules.

— Si vous voulez plus de courage, ça va vous coûter plus d'argent.

Kex jeta un coup d'œil vers Ignazia, qui était en train de verser de l'eau dans une théière.

— Je dois dire que je n'aime pas beaucoup me faire extorquer.

— Vous ne vous faites pas extorquer. Vous m'avez payé pour réaliser des dessins au fusain, pas pour servir de punching-ball.

Kex termina sa salade.

— Le thé, Ignazia, et ensuite, vous pouvez partir.

Elle posa des tasses, du citron, du sucre et la théière sur la table, et elle prit congé. Elle ne semblait pas très contente.

Kex reprit d'un air pensif :

— Tout cela me semble un peu tiré par les cheveux.

Je souris.

— Je suis le mieux placé pour le savoir.

— Vous ne croyez pas que vous êtes un peu… ma foi, un peu injuste ?

— Injuste ? Comment ça ? Je suis prêt à dessiner pour vous n'importe où en Italie, n'importe où dans le monde, pour dix mille lires par jour. Mais s'il s'agit de laisser des gens me gifler, me donner des coups de pied, me tabasser, me tirer dessus, alors le prix grimpe sacrément. Pas besoin de comédie entre nous. Je ne sais pas pourquoi vous m'avez fait venir ici, mais il ne s'agit pas d'art.

— Pas tout à fait, dit prudemment Kex. Je n'irais pas jusqu'à dire ça.

— Ce n'est pas vous qui le dites, c'est moi.

Il versa du thé avec une grande concentration.

— Quel statut suggéreriez-vous, si vous ne voulez pas de celui d'artiste ? En d'autres termes…

— Je vous comprends très bien. Vous voulez savoir jusqu'où je suis prêt à collaborer avec vous.

Kex cligna des yeux et fronça les sourcils.

— Je dois dire que je n'aime ni votre ton ni vos insinuations.

Je compris que je n'avais pas utilisé la bonne approche. En aucun cas Kex ne se laisserait aller à appeler un chat un chat.

— Voici ce que je vous propose. Je reste à Positano. J'irai même jusqu'à faire des dessins au fusain, si c'est ce que vous voulez. Mais je ne me ferai passer pour personne d'autre que moi-même, aussi bien par action que par omission...

— Ma foi... dit pensivement Kex. En admettant que j'accepte ces conditions, quel salaire auriez-vous en tête ?

— Je veux mille dollars par semaine, à l'avance, plus les frais.

— *Quoi ?* rugit Kex, dont les sourcils remontèrent presque à la limite des cheveux.

Je sirotai mon thé pendant qu'il se calmait en grommelant.

— Bon sang, vous êtes fou ! reprit-il. Pour mille dollars par semaine, je peux embaucher tout Positano et la moitié de Sorrente ! Pour quel genre de gogo me prenez-vous ?

Je souris.

— Il vous suffit de dire non.

— Bien sûr que je dis non.

— Très bien. Je retourne à Rome de ce pas.

Kex crispa les poings – deux petits poings roses inoffensifs.

— Vous ne trouvez pas que vous êtes ridiculement injuste ?

— Pas le moins du monde. Mille dollars par semaine, ce n'est pas beaucoup si je me fais tuer.

Kex eut l'air sincèrement étonné.

— Vous faire tuer ? Qui parle de se faire tuer ? Nous sommes à Positano, dans un pays civilisé, pas à Chicago.

— Les gens civilisés peuvent s'énerver autant que les autres.

— Mais c'est complètement absurde, bafouilla Kex. Je reconnais que... enfin, que je vous ai embauché parce que vous ressemblez à un de mes amis.

— Hilfstone.

— Oui, Hilfstone. Et j'ai pensé que je pourrais faire une petite blague à mes amis de Positano – mais vous vous trompez du tout au tout sur la situation. Vous faire tuer ? C'est absurde ! (Aucun doute que Kex était parfaitement sincère.) Les gens ne tuent pas à cause d'une blague !

— Ça dépend beaucoup de la blague. Personnellement, je n'ai pas l'intention de prendre ce risque. J'ai dans l'idée que vous avez déjà dépensé pas mal d'argent pour cette « blague » – et je ne vois pas pourquoi je n'en aurais pas ma part.

— Mais… mille dollars par semaine ! Ça représente autant que…

Il s'interrompit. Je reformulai patiemment ma proposition :

— Si je survis, c'est un bon salaire. Si je suis tué, ce n'est rien du tout. Je suis prêt à courir ce risque – pour mille dollars par semaine.

Kex se frotta le menton, jeta un coup d'œil par la fenêtre.

— Si j'acceptais de vous verser cette somme exorbitante, vous seriez obligé de faire exactement ce que je vous dirais. Exactement.

— Pour être sûr de me faire descendre ? Non, merci bien.

Kex se renfrogna.

— Je trouve que vous exagérez. Il n'y a absolument aucun risque que ça arrive.

— Peut-être bien, mais je vais faire comme s'il y en avait un. Je ne suis prêt à accepter qu'une chose : je résiderai à Positano tant que je serai payé.

C'était une concession assez facile à faire : j'avais décidé de rester ici de toute façon, surtout à cause d'une fille blonde aux cheveux bouclés…

Kex se mordilla la moustache.

— Quand je vous ai embauché, je n'ai pas imaginé un seul instant que vous tenteriez ces manœuvres d'extorsion.

— Appelez ça de l'extorsion si vous voulez. Si vous m'aviez dit la vérité à ce moment-là, on n'en serait pas là aujourd'hui.

— Je vous paierai cinquante dollars par jour.

— Non.

Il continua de mâchonner sa moustache.

— Je n'ai pas une telle somme sur moi.

— Signez-moi un papier comme quoi vous me vendez votre voiture. J'accepterai ça pour l'équivalent de deux semaines.

— Ah, je pense bien ! s'exclama Kex avec indignation. C'est une Chrysler à cinq mille dollars !

— Mais n'oubliez pas qu'elle est maintenant d'occasion. Je veux bien aller jusqu'à trois semaines.

Kex eut un petit ricanement amer.

— Jamais de ma vie je n'ai vu un culot pareil, un tel… un tel…

— Procédons comme ça : vous me signez un certificat de vente, daté d'aujourd'hui, pour services rendus. Je vous en signe un autre, daté dans une semaine, par lequel je vous revends la voiture pour mille dollars, mais qui ne sera valide qu'avec mon reçu pour mille dollars.

Kex avait une expression mi-amusée, mi-renfrognée.

— D'une façon ou d'une autre, vous avez décidé de m'escroquer ma voiture, hein ?

— Non, j'essaie simplement de nous protéger tous les deux.

— Je me protégerai moi-même, si vous le permettez… Je vais vous faire un chèque.

— Vous pourriez faire opposition avant que je l'encaisse.

Kex prit un ton offusqué.

— Vous pensez que je suis le genre de type à faire une chose pareille ?

— Je ne sais pas très bien quel genre de type vous êtes.

— Bon, très bien… (Il détacha une feuille de son carnet et écrivit quelques lignes.) Voilà, ça vous va ?

Je lus attentivement.

— Oui, je pense que ça couvre l'essentiel.

— Alors, à votre tour.

Je lui empruntai une feuille de son carnet et rédigeai un court paragraphe.

— Voilà, dis-je enfin. Tout bien propre et légal, comme à Philadelphie… Et maintenant, puis-je avoir les clés ?

— Comment ça, les clés ? Et si j'ai besoin de ma voiture ?

— C'est la mienne, maintenant, jusqu'à ce que j'aie ces mille dollars.

— Il n'en est pas question, dit Kex avec raideur. Vous aurez votre argent dès que j'aurai pu encaisser un chèque. En attendant, je n'autorise personne à conduire ma voiture.

— Je ne veux pas la conduire, cette fichue bagnole. Je veux juste avoir quelque chose de concret sous les yeux. Au cas où vous décideriez de partir brusquement quelque part, disons en Égypte, je veux être sûr de ne pas avoir besoin de porter plainte avec cette seule reconnaissance de dette en main. En d'autres termes, j'essaie simplement de me protéger contre tous les coups tordus possibles. Si j'ai à la fois ce billet *et* la voiture, vous ne prendrez pas la poudre d'escampette.

Kex devint tout à coup jovial, ce qui était assez suspect…

— Très bien, dit-il, ça me va. Vous ne pourriez certainement pas la voler, et puis elle est assurée. (Il jeta un porte-clés en cuir sur la table.) Le monde étant ce qu'il est, j'imagine que nous devons tous nous montrer prudents. Mais maintenant que je vous paie cette somme extravagante, vous devrez coopérer avec moi, et…

— Je coopérerai en restant à Positano et dans les environs pendant autant de semaines que vous voudrez bien me payer. Il n'est pas question que je me fasse passer pour James Hilfstone. Je ne prétends pas être détective, et de plus…

On frappa à la porte. Kex et moi, nous nous regardâmes un court instant, puis je me levai.

Un garçonnet aux cheveux noirs bouclés et aux magnifiques yeux vert olive me tendit une grosse enveloppe jaune. Je la pris et lus l'inscription : « Pour C. Musgrave », griffonnée à l'encre noire.

Je donnai un billet de vingt lires au gamin et déchirai l'enveloppe. Je distinguai à l'intérieur le vert, blanc et noir de la plus belle œuvre d'art qui soit au monde – des billets de vingt dollars, une liasse d'au moins deux centimètres.

— Qui est-ce ? cria Kex. Qu'est-ce qu'il veut ?

Sans vraiment savoir ce que je ferais si j'arrivais à le rattraper, je me lançai à la poursuite du gamin, mais j'entendis la porte claquer en haut de l'escalier. Je fourrai l'enveloppe dans ma poche et retournai dans l'appartement.

— Qui était-ce ? demanda encore une fois Kex.

— Un message pour moi.

Piombino avait tenu parole. Ça me mettait dans une situation embarrassante. J'avais l'impression d'avoir un poids d'une tonne dans la poche.

Kex tourna les talons et se rendit dans son salon. Il alluma le feu et s'assit délicatement sur l'un des divans de satin vert. Il se tourna vers moi.

— Une chose doit être bien claire entre nous… commença-t-il.

Je l'interrompis en secouant la tête.

— Vous me payez pour une chose et une seule – pour que je reste à Positano. Gardez bien ça en tête : vous me payez strictement pour ma présence physique. Si je me fais tuer, vous m'aurez embauché pour vraiment pas cher.

Kex me regarda fixement une seconde, comme si de nouvelles idées venaient de lui traverser l'esprit.

— Ma foi, dit-il, d'accord… C'est très bien comme ça.

— Ce soir, je vais rendre visite aux Dannister. J'ai l'intention de leur faire comprendre clairement – si ce n'est pas déjà fait – que je ne suis pas James Hilfstone, que je ne le connais pas, et que je n'avais jamais entendu parler de lui avant que vous ne mentionniez son nom.

— Mais…

— Et comme ça, Freddy pourra vous tabasser la prochaine fois qu'il en aura envie, au lieu de s'en prendre à moi.

Le visage de Kex se crispa.

— Je ne crois vraiment pas que ce soit une bonne idée de…

— De quoi ?

— Heu, non, rien, en fait… Puis-je savoir à quelle heure est votre rendez-vous ?

— J'y vais maintenant.

— Je dois dire que ça ne me paraît pas conseillé.

— Pourquoi donc ?

Kex se gratta la tête.

— Eh bien, vous avez mentionné le mot de danger. Je pense que s'il y a un risque de danger physique, c'est chez les Dannister qu'il se trouve.

— Puis-je vous demander pourquoi ?

Kex eut un sourire indulgent.

— Je déteste les gens qui colportent des ragots. Tout ce que je peux faire, c'est vous mettre en garde.

— Merci.

Kex me regarda pensivement.

— Vous ne m'aimez pas, hein, Chuck ?

Je le toisai avec indifférence.

— Je n'irais pas jusque-là. Disons que je n'aime pas l'idée que vous vous faites d'une bonne blague. Pour le reste, je ne suis nullement impliqué dans vos affaires.

— Je ne suis pas un si mauvais bougre que ça, protesta Kex. Quand vous me connaîtrez mieux, vous vous en rendrez compte.

— Au fait, comment on s'organise, pour cette nuit ?

— Oh. (Kex réfléchit un instant.) Je vais demander à Ignazia de vous préparer un lit sur l'un des divans. Demain, vous pourrez emménager au Vistamare ou au Garibaldi. Je crois que ce sera beaucoup plus confortable pour vous.

— Très bien… Bonne nuit.

Kex se leva d'un bond, de nouveau plein de rondeur et de bonhomie.

— Je serai intéressé de savoir comment ça s'est passé chez les Dannister, si vous ne voyez pas d'objection à me le raconter ?

— Non. Disons que c'est inclus dans les mille dollars. Bonne nuit.

— Bonne nuit.

Et curieusement, alors que je gravissais les marches menant à la rue, la plus grande partie de mon ressentiment envers Kex sembla s'évaporer. Finalement, ce n'était peut-être pas un si mauvais bougre. Une victime des circonstances, frivole, égoïste, mais au fond, pas si mauvais que ça… Une sorte de gros chat persan archi-gâté, qui ne pensait qu'à ses plaisirs.

Une fois dans la rue, je m'arrêtai à côté de la voiture de Kex et je tapotai le pare-chocs massif – une splendide mécanique de six mètres de long. Ensuite, bien que j'eusse les clés de Kex dans ma poche, je soulevai le capot et retirai le Delco. Après tout, Kex avait peut-être un deuxième jeu de clés…

Il était 20 heures. L'heure de dîner dans un des restaurants de la plage, et ensuite, aller chez les Dannister. J'éprouvais un étrange sentiment d'exaltation. Finalement, Kex ne m'avait peut-être pas joué un si vilain tour que ça. Je me sentais d'excellente humeur, transporté à la simple idée d'être vivant.

CHAPITRE XI

Les magasins de Positano étaient encore en pleine activité ; des enfants jouaient dans les rues ; les quatre mille personnes qui étaient nées, s'étaient mariées et mourraient à Positano poursuivaient leurs existences, tandis que les étrangers n'étaient guère plus que des mauvaises herbes dans le jardin. Les deux groupes s'ignoraient, nous étions deux mondes reliés seulement en quelques rares points : au Vistamare, dans l'épicerie de la Signora Umberto, ou encore par des gens comme Chi-Chi. Chacun fournissait un décor coloré et pittoresque pour l'autre.

Devant le cinéma, un groupe de jeunes gens et de jeunes filles, strictement séparés, attendait la deuxième séance. À mon passage, le volume des conversations baissa. Quarante-cinq personnes m'observèrent avec une concentration fascinée, cherchant à percevoir le secret de mon existence. Il y a un peu de magie noire, dans ces regards italiens : ils absorbent, ils aspirent, ils s'attirent de la force comme un sauvage boit du courage dans le sang d'un guerrier mourant. L'Italien vous regarde comme s'il pouvait voir dans votre âme : sans vergogne, bouche bée, comme obsédé.

Je franchis l'obstacle et descendis d'un pas tranquille vers la plage.

Depuis l'esplanade, je pouvais voir la terrasse du Vistamare. Toutes les tables étaient occupées, la plupart des visages m'étaient inconnus, à part celui de Munton qui était assis avec quatre personnes que je ne connaissais pas non plus.

Je pris un plat de spaghettis au jambon et au fromage à l'autre bout de la plage. À neuf heures moins le quart, je repartis pour gravir la colline. Après l'esplanade, les escaliers commencèrent – des marches de

pierre humide faiblement éclairées par de rares réverbères, dont l'in-
clinaison variait parfois de façon abrupte. C'étaient là les dangereux
escaliers où, d'après Oleg, tous les bons Positanesi finissaient par périr.
Je passai à côté de tunnels et d'étroits passages qui, dans le noir, semblaient mystérieux et fascinants, mais dont je savais qu'ils ne sentiraient
que l'urine.

Je poursuivis mon ascension, en m'arrêtant de temps à autre pour
reprendre mon souffle. Je gravis ainsi quelque trois cents mètres sur
ces marches irrégulières. Elles plongeaient parfois sous une maison, ou
menaient à une paroi verticale avec un abîme de ténèbres au-dessous, et
de l'autre côté du ravin brillaient les lumières éparses d'autres marches,
d'allées et de passages.

Je débouchai enfin sur la route de corniche et pris la direction de
la maison des Dannister. La route montait sur une centaine de mètres,
avant de redescendre en une série de grandes épingles à cheveux. Je me
dis qu'il devait y avoir mieux à faire que grimper pour redescendre après.

Cinq minutes plus tard, je croisai deux jeunes paysannes chargées
de ballots de fourrage. Je recourus à une de mes deux phrases d'italien :

— *Dov'é casa Dannister ?*

Toutes deux pointèrent du doigt le long de la route, en parlant en
même temps. Deux cents mètres plus loin, je vis une grille en fer forgé
sur la gauche, du côté du bord de mer. Une lanterne accrochée à une
arabesque éclairait une plaque de cuivre. Dans une belle écriture cur-
sive, agrémentée de feuilles de lierre, était écrit : « Villa Sirenia », et
dessous, en plus petites lettres, « Dannister ».

J'essayai la grille : elle était fermée. Je vis un bouton, sur lequel
j'appuyai, et j'attendis. Au bout de dix secondes, de la lumière se déversa
à travers la grille, qui s'ouvrit dans un bourdonnement électrique.

Je la franchis et me retrouvai sur une terrasse au bord de la falaise,
envahie de plantes vertes. Des marches permettaient de descendre,
marquées par des globes lumineux faits de fragments de verre rouges,
jaunes et verts. L'escalier zigzaguait une bonne dizaine de fois avant
d'aboutir à une autre terrasse. Devant moi se dressait la maison.

Construite comme un château, elle était imposante et surplombait
la mer. Une faible lumière éclairait trois ou quatre fenêtres, les autres
étaient sombres. Une maison secrète, pleine d'une force maussade.

Une porte était ouverte, et dans l'encadrement de lumière m'attendait l'homme que je connaissais pour être Alfred Dannister. Il était grand et mince, et maintenait chaque muscle et chaque nerf parfaitement sous contrôle. Il portait un costume gris d'une coupe plutôt désuète, et n'était manifestement pas du genre à se livrer à des familiarités.

— M. Musgrave ? dit-il sans me tendre la main.

— Oui.

Il m'examina de la tête aux pieds, un long moment inquisiteur. Il sembla se détendre, ou plus exactement, il poussa un soupir à peine perceptible.

— Très aimable à vous d'être venu. Si vous voulez bien entrer ?

Je me retrouvai dans un hall voûté comme une crypte, et dans la lueur de lampes jaunes, je pus voir Dannister plus en détail. Il avait dans les quarante-cinq ans, cinquante tout au plus, mais il semblait appartenir à une époque plus ancienne. Son visage de marbre avait la beauté placide d'une vedette de cinéma des années 20. Une bouche aux lèvres minces lui donnait un air sévère. En aucune façon il ne semblait le genre d'homme à végéter dans un village comme Positano...

Il m'emmena dans un vaste salon aux murs lambrissés de bois foncé, sur lesquels étaient accrochés quelques tableaux de bonne facture, quoique d'un genre assez conventionnel. Un tapis oriental rouge foncé couvrait le sol, et la pièce était éclairée par des lampes à l'ancienne aux abat-jour de soie. Sur deux tables rectangulaires, placées de façon parfaitement symétrique, étaient posés tout un assortiment de magazines anglais et américains, en piles bien alignées. Des fauteuils en cuir faisaient face à la cheminée, où brûlaient doucement quelques bûches. Nous étions seuls dans la pièce.

Je regardai soigneusement autour de moi. À en croire Kex, je me trouvais à présent dans un endroit dangereux. Je ne ressentais pas vraiment d'appréhension. Il était douteux que Dannister se livre à une activité aussi plébéienne. Je jetai un coup d'œil à droite et à gauche. Où était Betty ? L'homme qui l'épouserait hériterait en prime d'une belle-famille assez encombrante. Freddy, le jeune simplet impétueux, le père inflexible, et Dieu sait qui encore.

Dannister m'invita à m'asseoir dans un des fauteuils près du feu, et s'approcha d'une desserte :

— Un scotch, ça vous ira ? Avec de l'eau gazeuse ?

— Oui, je vous remercie.

Je pris le verre dans lequel tintaient des glaçons au milieu des bulles, et je me calai dans mon fauteuil. Dannister était beaucoup plus impressionnant que je ne l'avais imaginé.

Il s'assit à son tour et entra aussitôt dans le vif du sujet.

— Ainsi donc, Musgrave, vous vous êtes mêlé de mes affaires personnelles.

Il m'observa, sans qu'il y ait quoi que ce soit d'amical dans son regard.

— Je n'ai rien fait de tel, répliquai-je.

— J'ai du mal à le croire.

— Il se trouve cependant que c'est la vérité.

Dannister eut un léger sourire.

— Si c'est un chantage que vous avez en tête, vous abordez l'affaire d'une façon très oblique. Je suis perplexe.

Je répondis assez sèchement :

— C'est parce que vous vous fondez sur des hypothèses erronées.

Il ouvrit la bouche pour parler, mais je le devançai :

— Je sais que vous vous appelez Dannister. Je sais que vous n'aimez pas un certain Hilfstone, à qui je ressemble. C'est tout ce que je sais de vous et de vos affaires personnelles.

— J'aimerais vous croire.

— Mais vous ne me croyez pas, à l'évidence.

— Dans les circonstances présentes, je ne vois pas d'autre possibilité qui s'offre à moi.

Nous nous regardâmes un moment sans rien dire, provisoirement dans une impasse. Je lui demandai enfin :

— Quelles sont ces circonstances ?

Il secoua la tête sans répondre, avec un sourire amusé flottant sur ses lèvres – il avait une bouche remarquablement sensible. Il n'était pas difficile de voir de qui Betty et Fred tenaient leur beauté.

— Vous dites que je suis un maître-chanteur, et je vous dis que je ne le suis pas. Tant que je ne commence pas à vous faire chanter – c'est moi qui ai raison.

— Certaines coïncidences particulières m'amènent à penser différemment.

— Comme quoi, par exemple ? Vous faites allusion à des circonstances et des coïncidences, mais vous n'en explicitez aucune.

Il secoua de nouveau la tête, avec la même expression d'amusement sardonique.

— Parce que je ressemble à votre ami Hilfstone ?

— En partie – bien que Hilfstone ne soit pas vraiment un ami à moi.

— Si je lui ressemble, ce n'est pas ma faute.

— Non, mais vous débarquez à Positano en proclamant que vous n'êtes *pas* Hilfstone. Pourquoi venir ici, pourquoi mentionner ce nom, si ce n'est pas parce que vous êtes tous les deux de mèche ? La réponse s'impose d'elle-même.

— Je n'aimerais pas vous avoir dans un jury qui aurait à statuer sur mon sort.

Dannister fit une légère grimace.

— Quelle autre réponse pourrait-il y avoir ?

— L'histoire de ce qui s'est réellement passé.

— Je suis prêt à vous écouter.

— Je suis venu ici parce qu'un ami m'a demandé de réaliser des dessins au fusain de Positano.

— Et qui est cet ami ?

— Kex. Il y a cinq jours encore, je n'avais jamais entendu parler de Positano, et puis j'ai fait la connaissance de Kex, et il m'a envoyé ici.

— Kex. (Dannister contempla un instant le feu dans la cheminée.) Je ne crois pas l'avoir jamais rencontré… Mais votre histoire n'explique pas certaines autres circonstances.

Cet entretien se révélait une véritable épreuve. Je m'étais attendu à ce que Dannister soit comme les autres Positanesi : vague, alangui, un peu faible. Dannister était dur et brillant.

— J'imagine, dis-je avec lassitude, que vous avez reçu une lettre dans une enveloppe bleue, me dénonçant comme maître-chanteur.

Il me regarda fixement pendant cinq bonnes secondes.

— Qu'est-ce qui peut bien vous faire penser ça ?

— Les autres membres de la Liste des Chemises Sales en ont reçu une.

Dannister eut un rire bref.

— Je ne comprends pas un mot de ce que vous dites.

— Effectivement, c'est assez incroyable. Un certain nombre d'honnêtes citoyens de Positano ont reçu des lettres me dénonçant. Je ne vois pas pourquoi on vous aurait négligé.

— Apparemment, vous vous considérez comme une victime.

— Victime – cobaye – comparse – complice – gogo.

Dannister se leva et, en deux pas rapides, il alla se placer dos à la cheminée.

— Plus vous parlez, plus vous réussissez à me plonger dans la confusion.

— J'en suis navré. Mais toujours est-il que je ne suis pas un maître-chanteur. Pour ça, vous pouvez dormir sur vos deux oreilles.

Dannister dit d'un air pensif :

— Le chantage ne me fait pas peur.

— Qu'est-ce qui vous fait peur, alors ?

Il sirota son whisky.

— Rien, répondit-il simplement. J'ai fait venir ma famille ici pour mener une existence paisible. Si quelqu'un pense pouvoir troubler cette tranquillité, qu'il prenne garde. (Et il me lança un regard d'une telle intensité que j'aurais aussitôt changé d'avis si j'avais eu l'intention de lui jouer un mauvais tour.) Ce que je ne comprends pas, c'est pourquoi quelqu'un se donnerait autant de mal pour…

— Vous ne connaissez pas Kex. Il aurait fait un excellent Néron.

— Kex, répéta doucement Dannister. Il faut que je fasse sa connaissance. (Il me regarda de nouveau, mais avec un peu moins d'hostilité.) J'espère que vous comprenez ma position.

— Oui, tout à fait. J'espère que vous comprenez la mienne.

Dannister eut son petit sourire glacial.

— Je m'excuse pour les actes de mon fils. Il est assez abrupt, et je dois dire qu'à première vue, il y a une ressemblance entre vous et… et Hilfstone. (Il ouvrit un tiroir de la desserte et en sortit une photo.) Voici Hilfstone. L'avez-vous déjà vu ?

J'examinai la photo avec un grand intérêt – c'était un petit cliché format passeport.

— Cet homme ne me ressemble pas… Il a quinze ans de plus que moi, son nez est plus long, son menton plus pointu, son cou plus épais…

Dannister m'observait attentivement.

— Vous avez raison. La ressemblance n'est que superficielle, bien que vos profils soient très similaires. Cela étant, vous lui ressemblez suffisamment pour faire illusion, comme dans le cas de mon fils et de ma fille, qui ne connaissent pas Hilfstone aussi bien que moi.

— Qui est ce Hilfstone, si je peux me permettre la question ? Je sais que ce ne sont pas mes affaires, mais j'aimerais savoir qui je suis censé incarner.

Dannister contempla les bûches.

— Hilfstone est un escroc, un faussaire, un gredin. Hilfstone a la conscience morale d'un chacal. Quand j'ai appris votre présence à Positano, j'ai été certain qu'il était derrière tout ça. (Il baissa la voix.) J'avais cru ne plus jamais entendre parler de lui. Mais je vois à présent que, d'une façon ou d'une autre, il a réussi à me retrouver.

— Pas nécessairement, dis-je sur un ton peu convaincu.

Dannister haussa les épaules. L'espace d'un instant, son expression se détendit. Il semblait infiniment las.

Il se détourna du feu.

— Encore une goutte de whisky ?

J'acceptai qu'il remplisse mon verre. Il se servit à son tour et retourna s'asseoir dans son fauteuil.

— Puis-je vous demander quels sont vos projets ? Combien de temps envisagez-vous de rester à Positano ?

— Je ne sais pas. Au moins une semaine. (J'hésitai un instant avant d'ajouter :) Pour vous dire la vérité, je me suis mis à m'intéresser à ce qui se passe.

— Vous ne croyez pas que vous... disons, que vous vous mettez la tête dans la gueule du loup ? Imaginez qu'au lieu de vous inviter à discuter avec moi, je sois sorti avec une arme et que je vous aie abattu ? Je vous assure que j'en suis tout à fait capable.

— Dans ce cas, j'aurais conclu un bien mauvais marché avec Kex.

— Kex semble être à l'origine de toute cette affaire.

— C'est bien mon avis.

— Mais que diable a-t-il en tête ? L'argent ?

— Non. D'après les théories locales, Kex s'ennuie.

— Incroyable.

— Pas quand on connaît Kex. Il est pratiquement capable de tout.

— Et comment l'avez-vous rencontré ?

Avant que je n'aie pu répondre, une porte s'ouvrit et Freddy fit irruption dans la pièce. Il était vêtu d'un short beige et d'un sweat-shirt rouge délavé, des tennis blanches aux pieds. Il portait trois petits poissons roses accrochés à une ligne.

— Regarde ! s'écria-t-il. Regarde-moi ça !

Il agita les poissons avec un sourire triomphant. Puis il m'aperçut, et son sourire s'effaça comme avec une éponge. Je crus un instant qu'il allait me jeter les poissons à la figure.

— Vous… vous… bredouilla-t-il. (Il se tourna vers Dannister.) C'est l'homme dont je te parlais. Regarde, il a eu le culot de venir ici pour…

— Freddy, dit calmement Dannister.

Freddy se tut, et le bras qui tenait les poissons s'abaissa.

— Tu ferais mieux de monter dans ta chambre pendant que je termine ma conversation avec M. Musgrave.

La bouche molle, Freddy leva les yeux vers le plafond.

— Je ne veux pas aller là-haut. Je ne veux pas m'embêter avec ces…

— Freddy ! dit Dannister d'une voix forte.

— Je veux vider ces poissons. Je veux…

— Là-haut !

Freddy tourna les talons et sortit en bougonnant.

Sur un ton imperturbable, Dannister déclara :

— Freddy est à l'âge où la discipline est particulièrement nécessaire, et par conséquent, particulièrement difficile à accepter.

J'émis un petit grognement sceptique. Freddy devait avoir vingt et un ans, sept ans de moins que moi. Je n'avais ressenti aucun besoin de discipline à son âge, même si, naturellement, j'y avais eu droit sous la forme militaire.

Mais bien sûr, moi, Clarence Musgrave, et lui, Freddy Dannister, étions deux animaux très différents. Aucun doute que mon hôte avait ses problèmes.

Il reporta son attention sur moi.

— Qui d'autre a reçu ces lettres ?

Je lui donnai les noms de la Liste des Chemises Sales.

Dannister se plongea dans ses réflexions pendant une bonne minute, puis il déclara :

— Si j'étais vous, je quitterais Positano dès ce soir. Je n'hésiterais pas un seul instant.

— Vous avez très certainement raison. Mais je ne vais pas le faire.

— Puis-je vous demander pourquoi ?

Je n'étais pas très l'aise d'un point de vue moral avec le fait de prendre l'argent de Kex pour rester à Positano. Sur le moment, quand je lui avais soutiré l'argent, j'avais trouvé l'idée excellente. Mais je commençais à éprouver quelques problèmes de conscience.

— D'abord, dis-je avec une parfaite sincérité, cette affaire commence à m'intéresser. Et ensuite, je me suis également mis à m'intéresser à deux ou trois personnes impliquées – parmi lesquelles, pour être tout à fait honnête, figure votre fille.

Je m'étais peut-être laissé emporter par mes impulsions du moment. Je sus aussitôt que j'aurais mieux fait de me taire. Dannister était comme un mannequin de cire, qui me regardait avec effarement. Il semblait même sous le choc.

Sa voix lui revint, rauque, voilée par une émotion que je n'aurais su nommer.

— Betty est-elle au courant de votre intérêt pour elle ?

— Je ne sais pas.

— Je ne pense pas qu'elle serait flattée. Je vous suggère de ne pas abuser de cette relation fortuite – particulièrement dans des circonstances aussi ambiguës que celles-ci.

Je me redressai dans mon fauteuil, le visage tendu. Dannister manifestait à mon égard une rigidité bornée et un scepticisme agaçant.

— Je vous ai déjà expliqué mon rôle dans cette histoire, lui dis-je, mais apparemment, vous ne me croyez pas.

Le sourire glacial de Dannister trembla légèrement.

— Vous exagérez ma position. Je réserve simplement mon jugement. Les informations que j'ai reçues étaient très circonstanciées, et ce serait stupide de ma part de les ignorer entièrement.

— Mais bon sang, servez-vous de votre cerveau ! Si j'avais l'intention de vous faire chanter, est-ce que je serais venu ici, est-ce que je vous aurai confié le... l'intérêt dont j'ai parlé ?

— À ce stade, je suis prêt à tout imaginer.

— Je suis comme vous sur ce point.

— De toute façon, le chantage est un aspect mineur dans cette affaire. Il y a d'autres raisons qui m'amènent à vous décourager.

J'ouvris la bouche avec l'intention de faire remarquer que Betty devrait avoir le droit de prendre ses décisions toute seule, que ce soit pour ou contre, mais je n'eus pas le temps d'aller plus loin. Un concert de petits cris se fit entendre à l'étage, comme ceux d'enfants soudain surpris ou terrifiés.

Dannister se leva d'un bond en marmonnant entre ses dents : « Freddy, Freddy, Freddy... », et il sortit précipitamment de la pièce. Une porte au fond du salon s'ouvrit et Betty apparut. Elle me lança un bref regard énigmatique, et courut rejoindre son père.

Je me levai et écoutai le bruit de leurs pas dans l'escalier. Une porte s'ouvrit à l'étage, se referma, et il y eut un silence presque total.

Je fis alors une chose dont je ne suis pas particulièrement fier, mais qui ne me laisse pas non plus bourrelé de remords. Je m'approchai du meuble où Dannister avait pris la photo de Hilfstone et j'ouvris le tiroir. Comme je l'avais à moitié espéré, à moitié soupçonné, une enveloppe bleue était bien visible sur le dessus. Elle était soigneusement découpée. Avec des doigts tremblants, je sortis la lettre et la dépliai.

L'en-tête listait les noms de Bray, Medlary, Caldecott, Chivers et Bray, notaires à Grays Inn, Londres. Elle avait été postée de Rome et était adressée de façon très officielle à Alfred Dannister, Esq., Villa Sirenia, Positano, Italie.

Cher monsieur,

C'est avec réticence que j'utilise ce moyen pour vous faire part d'une rumeur que j'ai pris la liberté de corroborer à Rome, après l'avoir entendue à Londres.

En bref, James Powan Hilfstone a découvert votre lieu de résidence actuel. Il a été vu en compagnie d'un certain Clarence Musgrave, un Américain qui se prétend étudiant en beaux-arts, mais qui est en fait un gigolo notoire qui exploite la crédulité de dames âgées, et qui présente une ressemblance remarquable avec Hilfstone.

Je crains qu'il n'y ait du chantage dans l'air, concernant une affaire que je me garderai de mentionner ici. Mon informateur

*m'indique que ce Musgrave en serait probablement l'exécutant,
Hilfstone n'ayant pas l'intention de prendre un tel risque.*

*Je vous prie de bien vouloir me contacter si mes craintes se
révélaient fondées.*

Avec mes salutations distinguées,

Bradshaw Bodley Caldecott

Je tins la lettre un moment dans ma main, qui s'était transformée en
bloc de glace. Mon cœur battait à tout rompre. Je croyais avoir correctement cerné la personnalité malsaine de Kex, et pensais que plus rien
de ce qu'il pourrait faire ne me surprendrait… mais je m'étais trompé.
J'étais hors de moi. « Un certain Clarence Musgrave – un gigolo notoire
qui exploite la crédulité de dames âgées ! » J'avais eu beau me douter de
ce que contiendrait la lettre d'une façon générale, les détails me remplis-
saient d'une colère froide. En cet instant, j'aurais pu tuer Kex.

J'entendis des pas dans l'escalier. Je recouvrai mes esprits en me
souvenant d'où j'étais. Je repliai rapidement la lettre et la glissai dans
l'enveloppe que je remis dans le tiroir. J'eus tout juste le temps de voir
une deuxième photo. Elle me montrait vêtu d'un pull de tennis, debout
à côté de Betty, qui portait une jupe particulièrement courte. Vraiment
étrange ! Je compris que l'homme devait être Hilfstone une quinzaine
d'années plus tôt, et que la femme était la mère de Betty.

Je refermai le tiroir et me rassis précipitamment dans mon fauteuil,
juste au moment où Betty revenait dans la pièce. Elle s'approcha de
moi en hésitant. Je me levai aussitôt. La vue de son visage commençait
à déclencher de petites ondes électriques dans mon estomac.

Cette sensation, ajoutée à la rage que j'éprouvais envers Kex, me mit
dans un état tout à fait extravagant.

— Betty ! dis-je d'une voix qui me sembla étrange et lointaine.

Elle s'arrêta à deux mètres de moi, et me regarda d'un air à la fois
troublé et interrogateur.

— Pourquoi avez-vous dit une chose pareille à mon père ? À mon
sujet ?

— Il vous l'a dit ?

— Non. J'écoutais. J'ai tout entendu. Il va croire que je vous ai
encouragé.

— Et quand bien même ? Il n'y a pas de mal à ça.

Ses yeux brillèrent de larmes.

— Si, il y en a...

— Je ne comprends pas pourquoi.

— Il y a beaucoup de choses que vous ne comprenez pas, et que vous ne comprendrez jamais. Vous devez me croire !

J'avais voulu que Betty puisse parler pour elle-même, et c'est ce qu'elle faisait maintenant, mais j'étais encore insatisfait.

— J'ai envie de vous voir, Betty, et de vous parler – mais pas ici. Ailleurs. Demain. Qu'en dites-vous ?

— Non !

— Je ne vous plais donc pas ?

— Non. Et quand bien même... je ne pourrais pas !

— Mais pourquoi ? Pourquoi ne pouvez-vous pas ? Je ne suis pas ce que... (je me mordis la langue). N'allez surtout pas croire ce que cette lettre peut dire sur mon compte.

— Oh, je n'y crois pas. Ce n'est pas ça. (Elle regarda brusquement par-dessus son épaule, un geste plein de crainte et de culpabilité.) Mon père ne doit pas me voir parler avec vous, il va penser...

Elle s'interrompit.

— Quand pourrai-je vous voir ?

Elle recula.

— Il faut que je m'en aille avant que...

— Demain.

— Non, c'est impossible ! (Sa voix ne fut plus qu'un souffle.) Je ne peux pas...

— Alors, je viendrai ici. J'attendrai jusqu'à ce que je vous voie. J'escaladerai la grille.

— Non ! Oh, je vous en supplie, vous ne savez pas...

On entendit des pas dans l'escalier, lents, délibérés.

J'insistai :

— Quand pourrai-je vous voir ?

— Je... J'irai me promener demain.

— À quel moment ?

— Je partirai d'ici à 9 heures – neuf heures et demie.

Les pas se rapprochaient dans l'escalier. J'avançai vers Betty, je la pris dans mes bras. Elle poussa un petit soupir de terreur, mais elle ne se déroba pas – un baiser léger, rapide, chaud et sucré comme du caramel. Elle se dégagea, courut vers la porte du fond et disparut.

Tremblant intérieurement, je m'adossai au manteau de la cheminée et j'attendis.

La longue silhouette d'Alfred Dannister apparut sur le seuil. Il tenait à la main les trois poissons roses que Freddy avait emportés avec lui à l'étage. Il balaya la pièce du regard, et entra lentement. Il posa les poissons sur une des tables, en travers d'un magazine, et s'approcha de la desserte. Mon verre était encore à moitié plein. Il se versa deux doigts de whisky et y ajouta de l'eau de Seltz.

Il se tourna calmement vers moi.

— Je pense que nous avons couvert toutes les questions essentielles.

— Nous ne semblons pas avoir réussi à rapprocher nos points de vue. Vous continuez de me considérer comme un escroc.

Il secoua la tête.

— À la réflexion, non. Je pense que vous êtes une dupe, un jeune homme entêté qui a encore beaucoup à apprendre.

Je fus intrigué.

— Qu'est-ce qui vous a fait changer d'avis ?

— C'est vous-même qui m'avez convaincu, à propos de ma fille.

— Ah…

— Disons que vous avez eu raison, avec les mauvais arguments.

Je ne fis aucun effort pour le comprendre.

— Ma foi, si vous êtes satisfait, je le suis aussi.

CHAPITRE XII

Je marchais le long de la route. La lune scintillait comme une théière en argent. La mer était calme, sombre et dure. Des nuages s'accumulaient à l'horizon, comme de la crème fouettée dans une tasse de cappuccino. C'était un paysage extravagant, tout comme mon état d'esprit. Les émotions s'agitaient en moi comme des chiffons de couleur dans une machine à laver.

Je pensai à Kex en tremblant de rage. Un « gigolo notoire », voilà ce que j'étais, qui « exploite la crédulité de dames âgées ». Calomnie évidente. J'allais lui faire un procès pour un million de dollars.

Je pensai aussi à Dannister et à son comportement plus qu'étrange. Je faillis m'arrêter un instant tant j'étais perplexe…Cette soirée à la Villa Sirenia avait été comme une mystérieuse pièce de théâtre, dans laquelle chacun des occupants jouait un rôle.

Je repensai à Betty – je l'avais gardée pour la fin –, et je me sentis la tête légère, la peau parcourue de courants électriques. Je m'étais senti comme ça après être sorti pour la première fois avec une fille, et j'avais cru en avoir fini depuis longtemps avec ces émois d'adolescent.

Je me remémorai son visage – un visage étrange, comme si un débat avait fait rage dans l'institution chargée d'en créer de nouveaux : lui donner une beauté classique, un piment de bohémienne ou un aspect de fleur celtique ? Aucun doute qu'un bon compromis avait été trouvé…

Je repensai à Kex, et encore une fois, la colère monta en moi. Le cycle des émotions se déroula une fois de plus, comme une série de flashes brûlants, et c'est l'esprit ainsi occupé que je fis le tour du ravin, avec le village fragile et figé en contrebas. En redescendant par le flanc sud, j'atteignis la route principale dans laquelle je m'engageai, et finis par me retrouver devant l'appartement de Pamela et Hester Ryen. Leur fenêtre était un rectangle jaune citron.

Je m'arrêtai. Si elles avaient reçu une des lettres de Kex, elles pourraient bien être très inquiètes – ce qui avait pu contribuer aux éclats de voix que j'avais entendus un peu plus tôt. Je me dis que je pourrais peut-être leur parler afin de les rassurer, que c'était même mon devoir s'il y avait la moindre possibilité de le faire. Je gravis les quelques marches et frappai à la porte.

Le silence régnait à l'intérieur, l'impression de vide que donne une maison dont les occupants se sont momentanément absentés. Je frappai de nouveau, et j'entendis cette fois un pas lourd.

Une voix triste, éteinte – celle de Hester – demanda :

— Qui est là ?

On aurait dit qu'elle parlait dans son sommeil.

— C'est Chuck Musgrave.

J'attendis. Elle ne répondit pas. La porte nous séparait, je ne pouvais pas imaginer son expression. Au bout d'un moment, je répétai :

— C'est moi – Chuck Musgrave. Je voudrais vous parler.

— Allez-vous-en, dit-elle d'une voix très basse – presque un murmure.

— Il y a un malentendu, lui dis-je. Il faut que je vous parle.

Silence à l'intérieur. Je l'imaginais immobile, tendue, la tête un peu penchée en avant.

— Où est Pamela ? demandai-je. Laissez-moi lui parler.

Au bout d'un moment, je redescendis les marches et repris mon chemin, un peu dépité.

Et j'arrivai enfin devant la porte menant à l'appartement de Kex… Kex, ce diable au visage de chérubin, ce gamin pervers. Et la rage me submergea presque. Je pouvais la sentir dans ma bouche, elle me faisait mal au creux de l'estomac. Au bas de cet escalier, il y avait Kex, un insecte aux yeux blancs tapi dans une coquille d'escargot.

Je restai un moment à contempler cette porte, en transpirant tant mes émotions étaient intenses. J'entendis un faible bruit venant d'en bas – une vibration de voix, une porte qui se fermait doucement.

Je mis la clé dans la serrure de bronze brillant et ouvrit le battant.

Au bas de l'escalier se tenait Chi-Chi, le pied posé sur la première marche.

Il leva les yeux et me regarda. Je le regardai. Sa bouche aux lèvres ciselées s'entrouvrit, ses fins sourcils s'arquèrent. Il commença à monter lentement, et puis, sa nonchalance naturelle reprenant le dessus, il accéléra le pas. Ses chaussures faisaient *cric-swish, cric-swish*. Je souris, en me souvenant de ce même bruit la veille.

Il remarqua mon expression, baissa les yeux d'un air hésitant, puis il prit de l'assurance et trottina vers moi.

Je me tenais au milieu du passage, et il fut obligé de s'arrêter. Je le regardai droit dans les yeux un instant, et je lui décochai un coup de poing dans le nez. Cela fit un bruit comme un œuf dur qu'on écrase sous le talon. Chi-Chi bascula en arrière, et je lui assénai un direct du droit pour faire bonne mesure. Il roula jusqu'en bas des marches.

C'était merveilleux. Ça n'aurait pas pu être mieux. J'avais envie de pousser un cri de triomphe. Je descendis rapidement et trouvai Chi-Chi à quatre pattes, pissant le sang et vomissant.

Kex avait accouru de la terrasse. Il était en robe de chambre. Ses yeux étaient comme deux coquilles de nacre, sa bouche un petit trou rose ébahi.

— Qu'est-ce qui se passe, qu'est-ce qui se passe...

— Voici le gars qui m'a précipité dans l'escalier l'autre soir, lui dis-je. Il vient juste de recevoir la monnaie de sa pièce.

— Que... comment... qu'est-ce que... ? bêla Kex en nous regardant l'un et l'autre.

Chi-Chi s'allongea sur le côté et se mit à grogner doucement.

— Mais allez donc chercher un médecin ! s'écria Kex en reculant. Ne restez pas là les bras ballants !

— Il ne signifie rien pour moi. Il peut se vider de son sang, je m'en fiche.

— C'est une attitude bien insensible ! cria Kex dont la rage grandissait.

— Il s'est montré lui-même bien insensible quand il m'a donné des coups de pied.

— Comment savez-vous que c'était lui ? Ça pourrait être n'importe qui dans le village.

— Non, c'est peu probable. Ça fait maintenant deux jours que je le sais. Personne d'autre n'avait de raison de s'en prendre aussi tôt à moi. Mais ce… cette chose l'a fait.

Chi-Chi était à présent assis, adossé au mur, tenant un mouchoir sur son nez, le visage gris et décomposé – un malheureux tas de chair s'apitoyant sur lui-même.

— Freddy Dannister n'est pas venu ici, poursuivis-je. Il était chez lui. Chi-Chi a cru que j'étais votre nouveau petit ami, et il a décidé de prendre des mesures.

— Vous ne pouvez pas en être certain ! bafouilla Kex. Ça pourrait être…

— Non, non. Pas avec ces chaussures qui couinent exactement sur le même ton. Ce serait vraiment une coïncidence extraordinaire.

— Ah, c'est affreux, dit Kex. Chi-Chi, comment te sens-tu ?

Il se baissa avec sollicitude, mais en restant à deux mètres de distance.

Chi-Chi marmonna des jurons en italien.

— Il dit que vous lui avez fracturé le nez, expliqua Kex.

— Tant pis pour lui.

Kex battit des bras, comme une poule affolée, et se précipita en haut des marches. Je retournai dans l'appartement pour récupérer mes maigres affaires. Dehors, j'entendis des voix saccadées – Ignazia, la Signora Umberto, Luigi, Kex. Il y eut cinq minutes d'un conciliabule animé, puis Luigi et la Signora Umberto aidèrent Chi-Chi à gravir les marches tandis qu'Ignazia apportait un seau d'eau, suivie de Kex.

Celui-ci me dit d'une voix solennelle :

— Étant donné les circonstances, je pense que ce serait aussi bien… (il aperçut ma valise et conclut piteusement)… que vous alliez au Vistamare dès ce soir.

— C'est aussi mon avis. En fait, je me mets en route. Tant que j'y pense, j'espère que les procès en diffamation ne vous gênent pas trop ?

— Diffamation ? répéta Kex. De quoi parlez-vous ?

— Je suis un gigolo notoire qui exploite la crédulité de dames âgées, c'est bien ça ?

La mâchoire de Kex s'amollit.

— Est-ce que… Dannister vous a dit ça ?

— Il m'a montré la lettre. Je vais vous faire un procès pour cent mille dollars – dès que j'aurai fini de travailler pour vous.

Kex rit jaune.

— Vous avez un merveilleux sens de l'humour.

— J'espère que vous serez encore capable de rire en signant le chèque.

— Bah, ce sont des bêtises. Vous ne pouvez pas me faire un procès pour ça.

— Bien sûr que si. Et c'est ce que je vais faire. Et je le gagnerai. Le « gigolo notoire » est la goutte d'eau qui a fait déborder le vase. « Gangster » et « détective », ce n'était pas très agréable, mais je les inclus dans les mille dollars par semaine. « Gigolo notoire », ça… c'est vraiment un coup bas.

Kex alla se servir un verre à la desserte, avec une élégance féline.

— Vous adoptez un ton de plus en plus agressif à mon égard, Musgrave.

— Vous ne trouvez pas que j'ai de bonnes raisons pour ça ?

Kex fit un geste désinvolte.

— J'ai accepté de vous verser le salaire que vous exigiez, aussi extravagant soit-il. Vous comptez bien me donner quelque chose en échange, non ?

— Nous en avons déjà discuté. Je vous l'ai dit clairement, je vous l'ai dit avec emphase, que pour ces mille dollars par semaine, je fournis ma présence à Positano, un point, c'est tout. La diffamation, c'est en supplément.

— Puis-je faire remarquer que vous ne pouvez absolument pas prouver ma responsabilité dans cette prétendue diffamation ?

— C'est à ça que servent les tribunaux. Dannister et moi en avons abondamment discuté. Il pense que je peux obtenir gain de cause. Et moi aussi.

Kex se passa la main dans ses cheveux blancs en poussant un profond soupir.

— C'est absurde, et vous le savez bien. (Il commençait à s'énerver.) J'en ai plus qu'assez de votre insolence ! Fichez le camp d'ici !

Il me tourna le dos et retourna à la desserte.

— Dois-je comprendre que mon emploi prend fin ? demandai-je.

Kex fit visiblement un effort sur lui-même.

— Non, dit-il à contrecœur, notre accord tient toujours. (Il se retourna et écarta largement les bras :) Quand je conclus un marché, je m'y tiens. Il n'y a ni avarice ni menaces de mon côté.

— C'est que personne ne vous a encore fait tomber dans l'escalier. Et aussi que personne ne vous a diffamé. Vous voulez régler cette affaire à l'amiable, en-dehors des tribunaux ?

— Pour quel motif, grands dieux ? Quel motif ?

— Diffamation.

— Vous n'avez que ce mot à la bouche, Musgrave. Vous ne pouvez toujours pas prouver que je vous ai diffamé.

— Je sais très bien que si.

— Dannister a reçu une lettre anonyme. Bon, et alors ? En quoi cela me concerne-t-il ?

— Elle est couverte de vos empreintes digitales.

J'avais tiré ce coup au hasard, et il fit mouche. Kex cligna des yeux, se gratta la nuque…

— Des empreintes seraient brouillées, dit-il sans grande conviction.

— Aucune chance. Dannister a manipulé la lettre avec précaution. Il a l'intention d'avoir une petite conversation avec vous, lui aussi. Je vous repose donc la question : voulez-vous régler ça à l'amiable ?

— C'est du chantage ! s'écria Kex en frémissant de la moustache.

— Il n'est pas question de chantage. Je vous demande simplement si vous voulez un accord à l'amiable.

Kex se lissa la moustache pour la remettre en place.

— Supposons que je parvienne à un tel accord avec vous – il faudrait qu'il couvre tous les désagréments que vous pourriez estimer avoir subis lors de votre séjour ici.

— À l'exception des dommages physiques.

Kex agita son verre avec nonchalance.

— Vous avez lu trop de mauvais romans policiers. Je veux simplement ne plus entendre parler de menaces de procès en diffamation.

— Vous en avez donc commis d'autres ?

Kex sourit.

— Il y a peut-être eu quelques indiscrétions – exagérations, emphases. Je réfléchis deux secondes.

— Je pense que cinquante mille dollars devraient suffire à couvrir le tout.

— *Cinquante mille dollars ?* hurla Kex.

— Pensez à ce qu'un tribunal m'accorderait.

— Vous êtes complètement fou ! ricana Kex. Votre réputation ne vaut pas autant.

— C'est aux juges d'en décider.

— Je n'imagine pas un instant vous payer une telle somme.

— Jusqu'où êtes-vous prêt à aller ?

Nous commencions à aborder le cœur du sujet.

— Oh. (Kex se mordilla la lèvre.) Je ne m'attendais pas à ce que cette affaire me coûte une fortune, dit-il sèchement.

— Ça pourrait vous coûter beaucoup plus que ça.

— Que voulez-vous dire ?

— Je ne parierais pas un sou sur vos chances de survie.

— Allons, c'est ridicule, dit Kex. Tenez… (il me tendit un stylo et prit une feuille de papier sur le bureau)… écrivez : « En contrepartie de la somme de mille dollars, je soussigné… »

Je reposai le stylo.

— Mille dollars ? Voyons, Kex…

— Je n'irai pas plus loin. Je refuse d'être une victime.

— Chacun son tour. J'ai été victime, et j'essaie de me faire dédommager.

Kex grommela entre ses dents.

— Si j'avais su que vous auriez une telle attitude, jamais je ne vous aurais associé à mes confidences.

J'eus un rire sarcastique.

— Depuis quand m'avez-vous associé à vos confidences ?

— Bon, toujours est-il que je ne vous paierai pas une somme aussi extravagante. Mille cinq cents dollars, c'est mon dernier mot.

— Pour ma part, je veux bien rabattre de mille. Faites-moi le chèque pour quarante-neuf mille dollars.

— Bah !

Je me levai.

— Je vais porter l'affaire devant les tribunaux.

— Des tribunaux italiens ? Vous croyez insulter un Italien en le traitant de gigolo ? C'est comme ça que la moitié d'entre eux gagnent leur vie.

Nous continuâmes de marchander ainsi pendant un bon moment. Je ne réussis pas à le faire monter plus haut que vingt-cinq mille, il ne réussit pas à me faire descendre au-dessous de trente.

— Écoutez, finis-je par dire avec dégoût, déchirez ce papier que je vous ai signé pour la voiture, et je nous considérerai comme quittes.

— Ma voiture ! bêla Kex. Alors ça, c'est le bouquet ! Le comble du culot ! J'ai pris un soin infini à…

— Et aussi mille dollars, pour que je puisse m'acheter de l'essence. À cent trente lires le litre, c'est plus économique de faire transporter sa voiture par le train que de rouler avec.

Kex se mit à faire les cent pas en agitant les bras comme un sémaphore et en lançant des imprécations avec une telle vigueur que je finis par m'exclamer :

— Écoutez, faites-moi un chèque pour six mille cinq cents dollars et un acte de vente pour la voiture. Si le chèque est accepté à l'encaissement, je déchirerai le papier. Sinon, je garde la voiture et vous devrez déchirer le papier que je vous ai signé.

— Je n'y comprends plus rien. Ça devient trop compliqué. Il y a déjà trois ou quatre papiers dans la nature…

— Moi, je comprends. Croyez-moi sur parole, vous vous en tirez à bon compte.

Kex, la voix enrouée, les yeux rougis et un peu ivre, leva les bras au ciel.

— Bon, très bien. Je vais devoir vous faire confiance. Signez-moi un reçu, indiquant que la somme versée couvre tous les dommages encourus suite aux propos que j'aurais pu tenir, que ce soit par écrit ou verbalement.

— Pendant le mois en cours.

— Oui, d'accord. Pendant le mois en cours.

— Ça veut dire que le mois prochain, si vous écrivez d'autres lettres, je pourrai vous poursuivre de nouveau en justice.

— Vous ne m'avez pas du tout poursuivi pour l'instant, vous n'avez fait que m'embobiner !

Nous échangeâmes solennellement nos documents. Je refusai un verre, je pris ma valise et partis.

La terrasse était sombre là où Ignazia avait nettoyé le sang de Chi-Chi. L'escalier était pâle comme une coquille d'œuf.

Une fois dans la rue, je m'arrêtai devant la voiture de Kex. Que pourrais-je en faire si elle venait à m'appartenir ? Je n'avais pas les moyens de m'en servir, certainement pas en Italie où même l'odeur de l'essence coûte de l'argent.

Cette éventualité était très improbable. En admettant que Kex et moi réussissions à survivre pendant les quinze prochains jours, je n'avais aucune raison de douter de la validité de son chèque.

Je me rendis soudain compte que j'étais fatigué – épuisé, en fait. L'exaltation de la matinée s'était estompée, le flux et le reflux des événements m'avaient vidé de toute réaction. Je n'éprouvais plus aucune émotion, je n'étais qu'une enveloppe vide.

Je descendis la colline à travers les ombres. La lune s'était couchée. Positano était pâle comme un cimetière.

Le Vistamare était la seule oasis de vie. Quatre ou cinq tables étaient occupées par des gens dont la plupart m'étaient inconnus. Blaine était mollement juché sur un tabouret de bar à côté d'Alma et de la comtesse Margaret, précisément comme le premier soir. Oleg Vroznek était occupé à faire une réussite, l'air morose. Quand il leva la tête et qu'il me vit, ses paupières s'abaissèrent et il se concentra sur ses cartes.

J'étais trop fatigué pour lui expliquer la situation. Je me rendis à la réception et demandai une chambre à Giovanni, qui lisait son journal.

Vingt minutes plus tard, j'avais pris une douche bien chaude et j'étais allongé sur des draps frais. Repensant soudain à l'argent que j'avais reçu de Piombino, je tendis le bras et sortis l'enveloppe de la poche de ma veste, pour le compter. Deux mille dollars. J'eus un sourire amusé : Piombino m'avait considéré comme un homme qu'on achète facilement – deux mille dollars seulement. Que devais-je faire de cet argent ? Le garder ou le renvoyer ? Une question délicate. Il n'était pas à moi, je ne l'avais pas mérité, mais à strictement parler, Piombino non plus. J'y avais droit autant que lui… Ajouté aux six mille cinq cents dollars de Kex, ça faisait une somme respectable. De quoi acheter une pommeraie dans l'Oregon, une orangeraie dans le comté de Los Angeles. Dans un demi-sommeil, je me demandai ce que Betty préférerait… L'Oregon ou la Californie… Je lui poserais la question demain. Je m'endormis.

Pendant la nuit, je fis un rêve glaçant, dont je n'ai plus qu'un souvenir confus. Il y avait un visage, un masque pâle, et deux formes indistinctes qui flottaient dans l'obscurité. Si je parle de ce rêve, c'est que le lendemain, quand j'appris la mort de Pamela et Hester Ryen, j'y repensai. Ce devait être une coïncidence. Forcément. Je ne veux pas imaginer qu'il puisse s'agir d'autre chose. Si je devais croire que je possède des pouvoirs de divination, j'aurais peur de m'endormir le soir.

Chapitre XIII

Je me réveillai, je me douchai et je descendis prendre mon petit déjeuner avec une faim de loup. Tandis que je mangeais des œufs au bacon et des quartiers d'orange, Giovanni m'apporta les nouvelles.

— Vous les connaissiez bien, ces deux dames anglaises ?

— Non, pas très. Que se passe-t-il ?

— La nuit dernière... (il agita les mains)... elles sont mortes.

Il tira une chaise à lui et s'assit avec une expression qui signifiait : « Voilà ce qui nous attend tous. »

Je posai mon couteau et ma fourchette.

— Comment sont-elles mortes ?

Giovanni haussa les épaules.

— Qui peut le dire ? Je n'étais pas là. Ça ne devait pas être joli à voir.

— Non, ce n'est pas ce que je... (Je décidai de faire un autre essai.) Elles sont mortes de quoi ?

— Les pilules... tout un flacon de pilules pour dormir. Elles les ont bues dans le thé. (Giovanni fit une grimace.) Les Anglais, toujours le thé.

Ma voix me sembla venir de très loin.

— Toutes les deux ?

— Toutes les deux, dit Giovanni avec un sombre plaisir. Une, la grande très nerveuse, elle dort sur le lit. L'autre, la malade, elle est assise sur une chaise. Le maire a téléphoné à Naples, au consul britannique.

— Mais pourquoi ?

— Personne ne sait.

— Il n'y avait pas de mot, pas de lettre d'adieux ?

— Rien.

Je bus une gorgée de café, sans vraiment voir ma tasse. Giovanni se leva d'un bond et s'éloigna. Je me souvins de la veille. J'entendis la voix d'Hester à travers le battant de la porte. Elle semblait déjà morte, elle avait déjà franchi cette dernière barrière de décision, elle savait déjà qu'elle avait laissé sa vie derrière elle. Que s'était-il passé dans sa tête quand elle avait entendu ma voix ? J'avais dû lui sembler le diable en personne derrière ce mince panneau de bois. J'eus une étrange vision : moi-même à travers les yeux d'Hester, mon visage luisant d'un vert jaunâtre, huileux et maléfique, mes yeux emplis de flammes, ma bouche humide… Étonnant qu'elle n'ait pas ouvert brusquement la porte pour me taillader avec un couteau. Je l'aurais peut-être mérité. N'étais-je pas en partie responsable de leur mort ? N'étais-je pas le cauchemar à la solde de Kex ? N'étais-je pas un assassin au même titre que Kex lui-même ? Je bus encore un peu de café. J'avais la gorge nouée, j'avais du mal à avaler.

Que devais-je faire, maintenant ? Comment me racheter ? Quitter Positano, quitter l'Italie, l'Europe ? Rentrer aux États-Unis, m'enterrer au plus profond des terres, dans l'Idaho, l'Utah, l'Arizona ? Et qu'est-ce que j'accomplirais en faisant ça ? Le mal était fait. Par ma simple présence, j'avais servi de catalyseur aux plans de Kex.

Je restai donc tassé dans mon fauteuil, devant mon café, malheureux et tétanisé comme jamais je ne l'avais été.

Je sortis progressivement de mon engourdissement, tandis que les contre-arguments se formaient dans mon esprit. Je commençai à trouver un faible réconfort. Le degré exact de ma culpabilité semblait assez difficile à déterminer. En fait, je ne parvenais pas à voir ce que j'avais fait de mal, à part le simple fait de m'y être trouvé associé.

Bien sûr, j'avais accepté l'argent de Kex – mais j'avais fait de mon mieux pour déjouer ses plans, et je l'avais fait ouvertement, sans rien lui cacher. Je me dis, avec peut-être un peu trop d'indulgence, que je n'avais pas triché, même avec Kex. Ma conscience était sans tache. J'avais accepté de rester à Positano, mais les lettres de Kex auraient-elles infligé moins de souffrances si j'étais parti ? Les choses auraient même pu être encore pires. Certes, j'avais pris son argent, mais j'étais incapable de me trouver une responsabilité directe dans la mort de Pamela et d'Hester.

Un peu réconforté, je bus une deuxième tasse de café et regardai ma montre. Neuf heures et quart. Je continuai de regarder fixement le cadran. Quelque chose me chatouillait un coin du cerveau… J'avais l'impression de négliger quelque chose, une chose importante. Je repensai au passé récent… Avais-je convenu d'un rendez-vous avec Kex ? Blaine ? Non, pas ça. Courrier, téléphone, médecin, dentiste… Je me détendis et bus une troisième tasse de café.

Mes réflexions revinrent à Pamela et Hester. C'était inimaginable que Pamela, si vive et intarissable, ait pu se suicider. L'initiative avait dû venir d'Hester. C'était plus logique. Je pouvais imaginer Hester, avec son visage parcheminé, se détourner de la vie comme une maîtresse de maison referme la porte sur une chambre en désordre. Mais tout cela était tellement incompréhensible !

Qu'avaient-elles fait, ces deux vieilles filles, pour que la menace d'être exposées au grand jour les pousse au suicide ? J'envisageai quelques possibilités, dont aucune n'était satisfaisante, puis je regardai de nouveau ma montre. Dix heures moins le quart. Encore cette impression d'avoir oublié quelque chose. Qui, quoi… *Betty* !

Je me levai aussitôt et fus dehors en trois enjambées. À 9 h 30, Betty devait quitter la Villa Sirenia. J'étais censé la rencontrer. Comment avais-je pu oublier, comment avais-je pu ?

Je traversai l'esplanade en courant comme un lièvre, au milieu d'une volée de gamins effarés qui jouaient avec des galets, de pêcheurs sardoniques réparant leurs filets, et faillis bousculer un homme en costume jaune portant un carton à dessin et une mallette de peinture. Je courus en haut des marches, obligé d'attendre impatiemment pour laisser passer quatre blondes élégantes en pantalon, pull et bijoux. Je poursuivis mon ascension en bondissant sur les marches comme si je craignais de manquer un train. Je passai à côté d'un gamin avec un âne, une fillette avec un panier de pains sur la tête, deux grosses femmes essoufflées et hilares, et tous me regardèrent avec un mépris amusé – encore un fou d'étranger.

Le visage rougi par l'effort, le cœur battant, j'atteignis enfin la route de corniche. J'avais une demi-heure de retard. Si elle était déjà partie, je ne pourrais pas la retrouver.

J'avançai le long de la route jusqu'à la grille en fer forgé. Personne. Je m'arrêtai, abattu. Pas de Betty. Le soleil était comme du métal chauffé à blanc sur le flanc de la montagne. La mer était striée de vert et de bleu vif, comme une queue de paon.

Je l'aperçus, assise sur un petit muret, à moitié cachée derrière un énorme agave. Elle portait un blue-jean et un chemisier blanc, son visage était rose. Je devinai qu'elle était embarrassée de m'avoir si manifestement attendu. Elle s'approcha de moi, le visage à moitié détourné, n'osant croiser mon regard.

J'étais moi-même assez curieusement intimidé.

— Je suis désolé de vous avoir fait attendre.

— Ça n'a guère d'importance.

Elle jeta un coup d'œil par-dessus son épaule, vers la grille, et puis, comme stimulée ou poussée, elle partit d'un pas rapide sur la route.

Je la rejoignis. Manifestement, cette romance n'allait pas être du genre banal. Une idée me traversa l'esprit, une discordance perverse. Blaine et ses romances avec Alma et la comtesse Margaret.

Je retrouvai ma voix.

— Il s'est passé une chose assez horrible la nuit dernière. J'y ai pensé toute la matinée, et – ma foi, une chose en entraînant une autre, je me suis mis en route plus tard que je n'aurais dû.

— Que s'est-il passé ? demanda-t-elle d'une voix sans timbre.

— Vous connaissiez les deux Anglaises qui habitaient à côté de chez moi – Pamela et Hester Ryen ?

— Est-ce que je les « connaissais » ? dit-elle en se tournant vers moi. (Je n'arrivais pas à détacher les yeux de son visage. J'étais vraiment pris.) Je sais qui elles sont. Je les ai vues – une grande très vive, comme une institutrice, et une petite boulotte à l'air maladif.

— C'est bien ça. Elles sont mortes toutes les deux.

— Mortes, répéta-t-elle d'une voix calme, songeuse. Comment ?

— Elles ont reçu une des lettres de Kex. La nuit dernière, elles ont pris des somnifères.

Betty resta silencieuse. Nous passâmes devant la boutique d'un marchand de vin, et une demi-douzaine de têtes se tournèrent pour nous observer avec curiosité. Du haut d'un balcon, trois femmes nous scrutèrent d'un air profondément absorbé, pour percer nos secrets les plus intimes. Personne à Positano ne voulait manquer le moindre détail, aussi banal fût-il, dans la vie quotidienne des étrangers.

Nous arrivions au village.

— Où allons-nous ? lui demandai-je.

Elle ralentit le pas et regarda autour d'elle.

— N'importe où, ça n'a pas d'importance.

— Où allez-vous, d'habitude ?

— Je n'ai pas d'endroit particulier. Quelquefois, je monte jusqu'à Montepatuso.

— Ça ne finit pas par vous lasser, de marcher ?

Elle haussa les épaules.

— Je ne marche pas pour le plaisir. Si j'avais une voiture, je conduirais.

— Pourquoi le faites-vous quand même ?

— Parce que je n'aime pas rester chez moi. (Elle s'engagea dans un escalier sombre qui grimpait au milieu d'oliveraies.) Prenons par là.

Les marches zigzaguaient sur le flanc de la colline, contournant des buttes et des pointes de calcaire, longeant des cavités décorées de stalactites. L'occasion n'était pas très propice à la conversation.

Derrière nous, Positano devint une sorte de grand gâteau de mariage orné de maisons, d'églises et d'hôtels en sucre filé. À trois reprises, nous croisâmes des paysans menant des ânes minuscules chargés de broussailles, une fois un jeune Italien très élégant, sans doute un Napolitain, qui dévora Betty des yeux comme un chat devant un poisson.

Là où le chemin faisait un coude autour d'une butte, nous nous assîmes pour souffler un peu. Le regard fixé sur la mer, Betty dit :

— J'aimerais comprendre ce qui s'est passé à Positano.

Au bout d'un moment, je répondis :

— Le village m'évoque une grande serre remplie d'une végétation étrange – plantes carnivores, gui, anémones de mer, orchidées –, où tout à coup, un jardinier fou se serait mis à tout arroser avec des hormones de croissance, à allumer des spots ultraviolets et à injecter des engrais radioactifs dans toutes les racines…

— Et Kex est le jardinier fou.

— Oui, je pense qu'on pourrait l'appeler comme ça. C'est aussi une des plantes de la serre. C'est une situation vraiment bizarre.

Elle me regarda calmement.

— J'imagine que moi aussi, je suis une de ces plantes ?

Je voulus protester :

— Non, non...

— Oh, mais si, j'en suis une. Je suis tout aussi étrange que les autres.

— Ma foi, vous êtes étrange d'une façon agréable.

— Vous ne me connaissez pas très bien.

— Je voudrais vous connaître beaucoup mieux.

Ses lèvres se pincèrent avec un petit air précieux – une expression très peu naturelle qui s'effaça presque aussitôt.

— À votre place, je ne me donnerais pas cette peine. (Son regard restait braqué sur la mer.) Dans une semaine ou deux, vous partirez et tout redeviendra normal.

— Je n'en suis pas sûr.

— Pas sûr de quoi ? demanda-t-elle, soudain intéressée.

— Que les choses redeviennent normales.

— Ah.

— Il me semble que les choses ne font que commencer. Pour être juste avec Kex, je ne crois pas qu'il se doutait que quelqu'un le prendrait au sérieux – au point de se suicider ou de tuer quelqu'un d'autre. Il n'a pas très bien calculé son coup.

— Mais *pourquoi* ? Pourquoi se mêle-t-il de tout ça ?

— C'est une question que vous devrez lui poser.

Elle me regarda froidement.

— Pourquoi restez-vous ici ?

Je me sentis soudain très mal à l'aise. J'avais tout bien préparé dans ma tête, mais verrait-elle les choses comme moi ?

— Tout d'abord, je suis payé pour ça.

— Ah, l'argent... dit-elle avec mépris.

— Mais je ne fais de mal à personne. En fait, j'ai essayé de rassurer tous ceux qui figurent sur la liste de Kex. Je me dis que je fais le bien plutôt que le mal.

Elle se contenta de hausser les épaules.

— Ça, c'est une raison. La deuxième, c'est que je m'intéresse à ce qui se passe. Je n'ai pas envie de m'en aller maintenant. Quant à la troisième... ma foi, pour parler franchement, c'est vous.

— Moi.

Elle semblait interloquée.

— Oui. Vous aurait-il échappé que je m'intéresse beaucoup à vous ?

— Eh bien… non.

Elle se souvenait d'hier soir. Moi aussi.

— Et ma compagnie ne semble pas vous déplaire.

— Non… Mais…

Elle hésita. Sa bouche se pinça.

— Mais quoi ?

Elle ne répondit pas.

Je grommelai :

— Tous ces mystères commencent à me porter sur les nerfs.

— Allons-y, dit-elle en souriant. Nous ne sommes encore qu'à mi-chemin.

La pente était plus douce, et les marches étaient de larges dalles de calcaire couvertes de mousse, apparemment aussi anciennes que les collines. Le chemin serpentait à travers des bosquet d'oliviers clair-semés et de petits lopins de terre plantés d'artichauts, de laitues et de pommes de terre. Derrière nous s'étendait la mer, bleue et calme comme sur une affiche d'agence de voyage.

— Ici, dit Betty, c'est la seule partie de l'Italie que je regretterais de quitter.

— Vous n'envisagez pas de partir, dites-moi ?

— Non.

— C'est votre père ?

— Non.

Nous restâmes silencieux une dizaine de minutes encore, jusqu'à ce que nous arrivions à un village perché dans les hauteurs, avec des maisons de pierre incrustées dans la roche telles des pousses de lichen. C'était Montepatuso.

Dans une épicerie, j'achetai une miche de pain et un fromage en forme de calebasse – du provolone. Nous nous installâmes avec nos provisions sur la terrasse d'un marchand de vin qui donnait sur la mer, et là, dans la chaleur du soleil et la brise marine, nous mangeâmes notre déjeuner, sous les yeux de quatre petits enfants tapis sur le seuil d'une porte telles des souris.

Betty n'avait pas grand-chose à dire. Je lui donnai deux ou trois détails sur moi. Elle écouta calmement, mais ne posa aucune question

et ne me dit rien en retour. J'aurais pu soupçonner chez elle de la stu-
pidité ou de l'ennui, si elle n'avait pas été aussi manifestement dénuée
de ces deux traits. Je me disais qu'elle devait être timide et préoccu-
pée. Je me disais qu'elle était ravissante, sensible, intelligente, pleine
d'une vitalité intérieure comme de la vapeur sous pression. Pendant
un moment, nous restâmes assis en silence. Betty contemplait la mer,
tandis que je la regardais avec l'impression de vivre quelque chose
de fugitif et d'éphémère, que je ne connaîtrais jamais plus. J'essayais
d'englober totalement cet instant, de l'absorber, d'en faire une partie
de moi-même, pour l'avoir toujours avec moi – pour pouvoir, en fait,
arrêter le temps.

C'est merveilleux, songeai-je. Il y a encore une semaine, Betty n'exis-
tait pas pour moi. Et maintenant, elle était encore plus importante à
chaque seconde qui passait. La situation était si intense que c'en était
presque irréel, comme une image vue à travers une lentille de cristal.
La lumière du soleil était plus riche, l'air plus pur, le flot du temps plus
lent, plus distinct.

— Betty, dis-je, je vais bientôt rentrer aux États-Unis.

Elle tourna la tête et me regarda pensivement.

— Dans combien de temps ?

— Dès que j'aurai vu comment tout ce bazar s'éclaircit.

Elle continua de me dévisager sans beaucoup d'intérêt. C'était une
Betty différente de celle de la veille. Cette Betty n'était plus agitée,
elle semblait avoir réglé ses doutes intérieurs. C'était une Betty avec
laquelle j'éprouvais moins d'assurance. Mais cela étant…

— Quand je partirai, j'aimerais que tu viennes avec moi.

Elle sourit.

— Non.

— Je m'attendais à cette réponse. Je veux savoir pourquoi.

— Il y a des tas de raisons, répondit-elle assez vivement.

— Je t'écoute.

— Je ne peux pas quitter mes parents.

— Ça fait déjà pas mal de temps que les filles quittent leurs parents.

— Les miens sont différents.

— Ce sont des êtres humains, non ? Ils semblent avoir assez d'argent
pour se débrouiller seuls.

Elle poursuivit comme si elle ne m'avait pas entendu :

— Ou c'est peut-être moi qui suis différente. Oui, je crois que c'est ça.

— Pas sous un ou deux aspects très importants.

— Lesquels ?

— Eh bien, dis-je en faisant tourner mon vin dans mon verre et en l'examinant d'un œil critique, hier soir, je t'ai embrassée et tu as semblé aimer ça.

— Je n'en suis pas si sûre. J'étais assez excitée. En fait, je ne pense pas éprouver beaucoup d'intérêt pour les hommes. J'aime… les femmes.

Je la regardai fixement, complètement sidéré. Elle éclata de rire.

— Ne prends pas cet air choqué. Ce n'est pas vraiment une nouveauté, par ici.

— Mais je *suis* choqué. Si tu veux dire effectivement ce que je crois.

— J'imagine que c'est la même chose. Mais je ne suis pas vraiment sûre. Mes idées sont un peu confuses.

— Oui, dis-je simplement, elles peuvent l'être.

— Apparemment, je n'aime pas non plus beaucoup les femmes. Mais je n'ai pas vraiment essayé. La femme du magasin de céramiques flirte pas mal avec moi. Elle a l'air très gentille.

Elle dit cela en me regardant du coin de l'œil, pour guetter ma réaction. J'avais l'impression d'avoir une enclume à la place du foie.

Je dis du ton le plus dégagé possible :

— Hortense ? Je croyais qu'elle était normale. En fait, super-normale.

— Elle semble être absolument tout. Elle a couché avec Freddy.

Je me calai sur ma chaise et réfléchis à cette étrange créature implacable assise devant moi.

— Tu ne parles pas sérieusement, dis-je enfin.

Elle haussa les épaules.

— Pourquoi pas ? Il faut bien être quelque chose.

— Pourquoi ne pas être normale ? Et même te marier ? C'est à ça que je faisais allusion.

Elle secoua la tête d'un air décidé. Elle s'éloignait un peu plus de moi à chaque instant.

— Je ne veux pas être normale. (Il y avait dans ses yeux une lueur de désespoir.) Je ne suis *pas* normale.

J'étais perplexe.

— Mais qu'est-ce qu'il peut y avoir de mal à être normale ? Certains de mes meilleurs amis sont normaux.

Elle eut un petit rire, un mélange d'amertume et de défi.

— Quand on est normale, on a… des bébés.

— Oui, ça arrive, et alors ? Ce sont d'affreux petits monstres, mais bon, tu n'as pas besoin d'en avoir tant que tu n'en as pas envie.

Elle me regarda d'un air interloqué, comme si ce que je disais n'avait aucun sens.

— Comment peut-on éviter d'avoir des bébés quand on est normale ?

Un étrange soupçon commença à germer dans mon esprit. De plus en plus bizarre…

— Tu ne sais pas comment on fait pour ne pas avoir de bébés ?

— Non.

Elle semblait intéressée.

— Il y a des tas de façons. Certaines sont efficaces, d'autres pas.

J'eus envie de me donner une tape sur le front… Il n'y avait qu'à Positano qu'on pouvait trouver un contraste aussi extraordinaire. Une sophistication qui envisageait l'homosexualité avec détachement, une innocence qui ne savait rien de la contraception. Je lui décrivis deux ou trois méthodes.

— Même en Inde, on enseigne aux femmes la méthode des températures. Qu'est-ce qu'on t'a donc appris, dans ton école en Suisse ?

— Rien de ce genre.

— Mais tu n'as jamais eu de petit ami ?

— Non. (Elle semblait avoir peur.) Non, jamais.

— Tu en as un, maintenant. Moi.

Elle prit un air pensif.

— Non.

— Ça t'arrive quelquefois, de dire oui ?

— Non, non. Et après aujourd'hui, je ne pourrai pas te revoir.

— Mais pourquoi ? Betty, il faut que tu me le dises – parce que je pourrai peut-être t'aider. Je veux t'aider. Tu ne veux pas me le dire ?

Elle secoua la tête en regardant ses doigts. Je lui pris la main.

— Tu dois te sentir terriblement seule, de garder tout ça pour toi.

Elle resta silencieuse.

— Quel rôle joue ce type, Hilfstone, dans cette affaire ?

— Aucun, enfin, pas directement. Il est embêtant, c'est tout.

— Ton père se comporte comme s'il était beaucoup plus qu'embêtant. (Je repensai à la lettre de Kex envoyée à Dannister.) Au fait, tu as vu la lettre que ton père a reçue hier ?

— Comment sais-tu qu'il a reçu une lettre ?

— Tous les gens de la liste de Kex en ont reçu une, qui me dénonçait. Les Ryen en ont eu une, et la nuit dernière, elles se sont suicidées.

— Il faudrait que quelqu'un tue Kex.

Je haussai les épaules.

— Tôt ou tard, il y aura droit. Mais ce que je voulais dire – ne va pas croire ce que tu pourrais lire à mon sujet, parce que ce sont des mensonges.

Elle ne dit rien.

— Betty.

— Quoi ?

— Quand je partirai – viendras-tu avec moi ?

Les coins de sa bouche s'étirèrent, elle haussa les sourcils, son visage prit un air à la fois comique et triste.

— Non. Je t'ai dit que je ne pouvais pas.

— Est-ce que tu en as envie ?

Elle hésita.

— Non. Je ne peux pas. Je ne peux pas… Tu ne peux pas comprendre. (Elle se leva brusquement et dit avec une politesse tout européenne :) Peut-être devrions-nous y aller.

Je payai pour le vin. Les quatre gamins aux yeux de souris attentives se retirèrent dans l'ombre.

Nous traversâmes le village. Je pris la main de Betty, et nous marchâmes ainsi, plongés dans nos pensées, sur un étroit sentier à flanc de montagne.

Au bout d'un moment, je lui dis :

— Betty, quand tu m'as vu pour la première fois, aurais-tu pu imaginer que les choses se passeraient comme ça ?

Elle fit un bruit étrange entre ses dents.

— Je n'ai jamais été aussi malheureuse de ma vie.

Je m'arrêtai et je l'attirai vers moi, pour être face à face.

— Mais il y a plus que ça, n'est-ce pas ?

Elle s'agita. Elle s'interdisait de répondre. J'insistai :

— N'est-ce pas ?

— Je ne sais pas. Peut-être.

Je me penchai vers elle pour l'embrasser, mais en voyant son regard aveugle, je m'arrêtai net.

Cela étant, tandis que nous poursuivions notre chemin, je sentais en elle un esprit différent, plus apaisé, plus soumis, comme si l'inflexibilité était trop fatigante.

Nous descendîmes encore un autre escalier monumental pour atteindre enfin la route d'Amalfi. Pendant notre retour vers Positano, la mort de Pamela et d'Hester, que j'avais reléguée au fond de mon esprit ainsi que ma propre position équivoque, revint à la surface et écarta le problème plus intime de Betty. Plus nous approchions du village, et plus je devenais inquiet. L'atmosphère était trop pesante, il y avait trop d'émotions en liberté. Quelque chose allait céder. Quoi, et dans quelle direction, je n'en avais pas la moindre idée. Mais je sentais mes pas ralentir d'eux-mêmes.

C'était presque comme si j'avais peur. En fait, j'*avais* peur.

Aux abords du village, là où la route se séparait en deux, une qui descendait et une qui restait sur les hauteurs, Betty s'arrêta. Je me tournai vers elle.

— Je vais passer par le haut, dit-elle précipitamment. S'il te plaît, ne m'accompagne pas plus loin.

— Quand pourrai-je te revoir ?

— Je ne sais pas. Je ne crois pas que ce soit une bonne idée.

— J'en ai un peu assez de toujours demander pourquoi – alors, je m'abstiens.

Elle eut l'ombre d'un sourire.

— Si tu savais, tu comprendrais – et tu me serais reconnaissant.

— Tu n'es pas du tout l'idée que je me fais d'une femme mystérieuse.

— Au revoir, Chuck.

— Attends ! (Elle s'arrêta.) Quand est-ce qu'on se revoit ?

— Mais je t'ai dit…

Je fis un geste d'impatience.

— Peu importe ce que tu m'as dit. Peu importe le problème. Tu as peut-être attrapé la lèpre, c'est ça ?

— Non.

— Parce que Freddy est un peu simple d'esprit ? Il y a des cas de folie dans la famille ?

— Non.

Elle se détourna et s'éloigna rapidement. Je courus après elle.

— Betty, quand pourrai-je te revoir ?

— Je ne sais pas.

— Demain soir ?

— Non.

— Si.

— Je ne peux pas sortir sans que mon père le sache.

— Imaginons qu'il le sache. Quels sont les risques ?

— Bon, très bien, dit-elle rapidement. Demain soir – mais pas très longtemps.

— Où ça ?

Elle désigna un coin de la plage.

— Là-bas. À 9 heures. Au revoir.

— Au revoir.

Je la regardai s'éloigner sur la route, une tragique silhouette aux longs cheveux blond foncé qui pendaient pitoyablement. Je me retournai et jetai un coup d'œil à Positano en contrebas. Je n'avais envie de voir personne, surtout pas Kex. Sans parler de ce malaise que je ressentais, qui prenait des proportions assez considérables. Mais je ne pouvais pas rester ici toute la nuit. La gorge serrée, j'entamai la descente vers le village.

Chapitre XIV

Je pris le chemin de la plage, nerveux et attentif comme un enfant qui joue à cache-cache. Depuis sa boutique, la Signora Umberto m'épiait tel un fox-terrier vindicatif, en me lançant sans doute un sort maléfique. Quand la route tourna devant le bureau de poste, un groupe de jeunes ouvriers me regarda de travers en crachant dans la poussière. Derrière mon dos, j'entendis des marmonnements. Vraisemblablement, la nouvelle de l'*affaire Chi-Chi* avait dû circuler, et je devais m'attendre à une certaine hostilité pendant le reste de mon séjour. Ma foi, avec un peu de chance, je m'en tirerais sans me faire trancher la gorge. Je passai devant l'un des *carabinieri* locaux, vaniteux comme un paon dans son uniforme. Même lui me lança un regard mauvais comme pour dire : « Aucune plainte officielle n'a été déposée, mon gaillard, mais pour un billet de dix lires, je te flanquerais quand même en taule. »

J'avançai lentement dans la ruelle, fatigué et déprimé. Un peu plus loin, je vis Hortense sortir de son magasin et fermer la porte à clé. Un couple âgé – l'homme en complet gris, la femme maigre comme un coucou coiffée d'un chapeau – s'arrêta devant elle pour demander leur chemin. Alors qu'Hortense s'apprêtait à répondre, elle m'aperçut. Je la vis froncer les sourcils, les yeux brillants comme ceux d'un cheval craintif.

Elle donna des indications au couple de touristes, qui la remercièrent avec une courtoisie solennelle avant de s'éloigner lentement dans la ruelle. Hortense jeta coquettement un coup d'œil par-dessus son épaule.

— Hello, M. Musgrave.

— Hello.

Elle se mit à marcher à côté de moi.

— Vous avez attrapé un coup de soleil. Vous avez dû faire une balade.

— Toute la journée. J'ai gravi la montagne.

— C'est magnifique, là-haut. (Elle s'arrêta devant une ruelle latérale.) C'est ici que j'habite.

— Ah ?

— Oui. (Elle sourit timidement. Ou peut-être pas tant que ça.) Aimeriez-vous prendre une tasse de thé avec moi ? Ou un verre de quelque chose ?

Je me frottai le menton, l'esprit vide, ne sachant pas quoi répondre, mais en me doutant fortement que, quoi que je dise, ce serait une erreur.

Elle attendit, calme et attentive, comme une vendeuse devant un client indécis. Je l'examinai du coin de l'œil – mince et svelte, attendant manifestement quelque chose. Si je montais prendre un verre, je finirais sur le canapé. Ici, dans Positano aux cent yeux, et dix minutes après avoir dit au revoir à Betty... non, ce n'était vraiment pas le moment.

Sans manifester la moindre émotion, elle vit que j'avais pris ma décision.

— Non, lui dis-je, pas maintenant, merci beaucoup.

Elle hocha la tête, et ses boucles d'oreille tintèrent.

— De toute façon, je vous verrai ce soir. Vous venez à la petite fête de Buster, j'imagine ?

— Je n'étais pas au courant.

Elle eut un sourire énigmatique.

— Vous êtes pratiquement l'invité d'honneur. Buster dit que c'est une réunion du Club des Chemises Sales.

— Ah... (L'idée d'y aller ne m'enchantait pas trop.) Eh bien, je vous y verrai peut-être.

— Au revoir.

J'arrivai sur l'esplanade. Positano semblait pris dans une étrange suspension du temps. Le soleil était bas sur la colline et brillait de cette mélancolique couleur d'or pâle des fins d'après-midi. Une petite brise froide soufflant de la mer absorbait le peu de chaleur que les rayons pouvaient dispenser.

J'entrai dans le Vistamare. Le marquis et une femme aux cheveux roux étaient en train de manger du homard, une bouteille de champagne à côté d'eux. À une autre table étaient assis Munton et Oleg Vroznek. Munton avait devant lui un énorme carnet de pages volantes, et un cartable ouvert par terre au pied de sa chaise. Oleg lisait un livre d'une épaisseur impressionnante.

Je m'arrêtai un instant, ne voulant pas particulièrement me joindre à eux, mais peu désireux de concéder que je n'avais aucun droit de le faire.

Oleg tourna la tête et la hocha lentement. Je m'avançai comme si je m'apprêtais à me mettre sous une douche glacée, et je m'installai. Munton me lança un regard indigné, tête en arrière, narines dilatées comme un taureau furieux. En marmonnant dans sa moustache, il fourra son carnet dans son cartable, se leva d'un bond, s'inclina avec raideur et sortit à grands pas.

Avec un léger sourire, Oleg le regarda s'éloigner.

— Munton a une dent contre vous.

— Seulement une dent ? Qu'est-ce que ce serait s'il ne m'aimait pas !

Oleg fit une grimace amusée.

— Il parle de vous comme d'un « infâme fouinard », et évoque l'idée de vous « chasser de la ville à coups de fouet ».

— Très britannique de sa part.

— Je pense que c'est une erreur de dire que les Britanniques sont un peuple dépourvu d'émotions. En fait, je ne connais pas de nation aussi totalement animée par les émotions et les sentiments. Munton, par exemple, est pratiquement hors de lui sous l'effet de la passion.

— Il doit en avoir gros sur la conscience.

— Ah. (Oleg frotta rêveusement son long menton.) Qu'est-ce qui vous fait dire ça ?

— Considérez la situation. On semble m'avoir affublé du rôle de l'ange vengeur. Si Munton était parfaitement innocent, il me traiterait avec plus d'égards.

Avec un sourire légèrement moqueur, Oleg répondit :

— J'ai bien peur de ne pas avoir complètement saisi la séquence d'événements, ces derniers jours. Mais je dirais que vous acceptez une responsabilité que je redouterais moi-même d'endosser.

Et il but une gorgée de vin, pas du tout mécontent de lui.

Je le regardai d'un air sardonique.

— Vous-même, vous semblez avoir surmonté vos frayeurs, à ce que je vois.

— Mes frayeurs ? Ha, hem, eh bien… je peux difficilement dire…

Il n'alla pas plus loin. Il tourna un feuillet de son livre et se plongea dans la contemplation d'une note de bas de page.

Arturo vint à notre table et je commandai une bouteille de bière.

— Je me trompe peut-être, dis-je, mais quand vous avez ouvert votre lettre hier, vous avez semblé, comment dire… tout à fait surpris.

— Oui, peut-être, marmonna Oleg, peut-être bien…

— Je n'ai nul besoin de préciser que la lettre est une des blagues de Kex.

— Non, fit Oleg. Je l'ai compris trois minutes après l'avoir ouverte.

— Vous avez su vous servir de votre cerveau beaucoup mieux que les autres.

Oleg sourit avec un plaisir manifeste.

— C'est peut-être parce que je n'éprouve aucune culpabilité réelle, rien qui puisse semer le trouble dans mon esprit. Mes craintes sont objectives. Je peux les analyser rationnellement, et par conséquent, quand je vous ai vu décrit comme un *agent provocateur*, un sbire du Kominform envoyé ici afin de m'assassiner, j'ai pu déceler le ridicule de la situation. J'en ai presque aussitôt déduit l'implication de Kex.

— Dans votre cas, Kex s'est comporté comme un amateur. Il n'a pas su porter le coup d'aiguillon qui vous aurait fait sursauter.

— Il n'a pas été comme ça dans le passé, dit lentement Oleg dont le regard sembla se voiler.

— Cela étant, il a magnifiquement réussi avec les Ryen.

— Oui, tout à fait.

Il y eut un bref silence. Arturo m'apporta ma bière qu'il versa avec une verve tout italienne, d'une hauteur de quarante centimètres. Je le regardai faire avec désapprobation.

Oleg dit soudain :

— Une circonstance tragique. Tragique pour vous… (il marqua une pause)… dans un sens plus général.

— Je ne vois pas ce que j'ai à faire là-dedans.

— Tiens, tiens, fit Oleg en posant son livre. (Il se pencha vers moi.) C'est intéressant. Je me demande d'où vous vient une telle conviction.

Je tentai de lui exposer l'enchaînement de réflexions qui m'avait mené à cette conclusion. Oleg écouta avec une concentration flatteuse, comme s'il était vraiment intéressé – ce qui, en fait, était le cas.

— Ainsi donc, dit-il enfin, vous rejetez toute la responsabilité sur les épaules de Kex.

— Je l'exprimerais sans doute de façon un peu moins brutale, mais oui, c'est bien ce que je veux dire.

Oleg joignit le bout des doigts, telle une caricature de maître d'école.

— C'est un problème fascinant. Vous voici transformé en instrument du mal, vous tirez profit de ce mal, mais – probablement avec raison – vous estimez qu'en tentant de le contrecarrer, vous vous dégagez de toute responsabilité morale.

— Ce n'est pas une façon très gentille de formuler la chose, mais en gros, elle correspond à mon raisonnement.

— De bien des façons, dit Oleg, cette logique est celle adoptée par les nazis de haut rang pendant la dernière guerre. Leur statut privilégié se nourrissait d'une abomination que seuls les régimes communistes ont pu égaler à notre époque moderne. Certains de ces hommes ont justifié leur position en prétendant avoir atténué certaines des brutalités les plus flagrantes.

Et Oleg but une autre gorgée de vin avec un air de triomphe modeste.

Je trouvai sa remarque assez dépourvue de tact. Je rétorquai froidement :

— Votre analogie comporte autant de trous qu'un fromage suisse.

— Oui, certes, s'empressa-t-il de dire. Elle ne se voulait pas une image exacte du cas qui nous intéresse en ce moment, mais simplement une façon d'apporter un certain éclairage.

— Pour commencer, je ne suis pas un nazi.

— Bien sûr que non. Jamais je ne suggèrerais…

— Ensuite, ces nazis avaient une gamme de choix : accepter, déplorer, espérer que les choses s'amélioreraient, toutes attitudes négatives – ou bien se rebeller positivement. J'ai positivement tenté de contrecarrer les plans de Kex. Je n'ai pas d'autre possibilité positive, à part le tuer.

— Ah ? fit Oleg d'un air solennel. Vous envisagez sérieusement une telle éventualité ?

— Non. Je ne suis pas vraiment un bienfaiteur public. Je fais simplement remarquer que je n'ai pas besoin de me sentir honteux sous prétexte que je lui soutire son argent.

Oleg tapota la table du bout de ses longs doigts fins.

— Vous avez peut-être raison. (Il leva pensivement les yeux au plafond.) Uniquement à titre d'exercice en jugements moraux, considérons l'hypothèse suivante : imaginons que Kex vous ait informé à Rome des tâches précises qu'il attendait de vous. Seriez-vous quand même venu à Positano ? Autrement dit, sachant ce que vous savez maintenant, auriez-vous accepté ce travail ?

J'ouvris la bouche pour dire : « Oui, certainement », mais je me ravisai. Serait-ce vraiment une réponse honnête ? Je dis finalement :

— Ma foi… Si vous insistez pour avoir une réponse, je crois, pour être cohérent, que je serais obligé de dire oui. Puisque nous parlons de cas hypothétiques, je pourrais aussi faire l'hypothèse de Kex embauchant je ne sais quelle sombre brute qui prendrait un plaisir actif à terroriser les gens.

— Et qui, dit doucement Oleg, pourrait bien se retrouver dan le même genre de pétrin que Kex.

— Kex a des ennuis ?

— Je crois que Kex a commis une très grosse erreur d'appréciation. Ses blagues précédentes n'ont jamais eu d'effets aussi graves, ni suscité de telles inquiétudes. C'est vrai, il ne cherche pas à faire le mal, ce n'est pas un être intrinsèquement mauvais, mais il doit cependant supporter les conséquences de ses actes.

— Des conséquences légales ?

— Légales, oui, s'il y en a, ce dont je doute. En tout cas, il peut s'attendre à une certaine réprobation sociale à Positano.

— Ce n'est pas ça qui va inquiéter Kex. Il ira à Majorque, Lipari, Taormine ou Barcelone, s'il est snobé ici.

Oleg hocha la tête.

— Notre mode de vie moderne permet à ce qu'un anthropologue appellerait un « violeur de tabou » d'échapper facilement à la pression sociale, qui servait autrefois à réguler le cours de la vie… Ma foi, les actions de Kex nous donnent au moins matière à des discussions sans fin. J'imagine que ce soir, lors de la réception de Blaine, on ne parlera guère d'autre chose. Vous viendrez, bien sûr ?

— Je n'ai pas encore été invité.

Oleg fit un petit geste de la main.

— Aucune importance. Blaine s'attend à ce que tout le monde vienne, du moment que c'est avec une bouteille ou deux. Aujourd'hui, c'est la réunion du Club des Chemises Sales – c'est ainsi que Blaine l'appelle.

— Kex viendra aussi ?

— Je n'en suis pas sûr. Je n'en sais rien. Mais passons à des sujets plus gais. J'ai cru comprendre que vous peignez ?

— Pas très sérieusement. C'est juste un jeu.

— Alors, la peinture n'est pas votre sujet d'intérêt principal dans la vie.

— Non. J'ai simplement essayé de développer une technique me permettant d'utiliser un carnet de croquis au lieu d'un appareil photo.

— Ha. (Oleg prit un instant pour absorber l'idée, puis il fit le commentaire que je savais inévitable :) Vous ne trouvez pas que c'est... disons, une attitude désinvolte, superficielle, irrespectueuse envers l'un des grands arts ?

— Il y a deux ou trois cents ans, j'aurais été d'accord avec vous.

Oleg se prépara à déployer ses arguments. Ses yeux brillèrent, il se passa la langue sur les lèvres.

— Si je vous comprends bien, vous semblez penser qu'il n'y a pas place dans le monde aujourd'hui pour la peinture moderne.

— Vous ne m'avez pas bien compris. Je pense simplement que la peinture n'est pas la carrière qu'un jeune homme intelligent et talentueux devrait entreprendre.

— Ha ! Pour des raisons financières ?

— Non. Spirituelles – si vous voulez bien me pardonner le terme. Aujourd'hui, la peinture n'est plus qu'un art dérivé. Elle est dépourvue de vie, elle ne se développe pas, elle n'a rien de significatif à dire. La peinture est devenue un art mineur.

Oleg secoua tristement la tête.

— Mon ami, nous pouvons difficilement traiter d'art mineur une tradition vieille de près de dix siècles.

— C'était bien tant que ça a duré – mais cela fait longtemps que nous avons arrêté de construire des pyramides, et c'était pourtant très bien à l'époque. Et regardez toutes ces statues de marbre à Rome et à Florence : dans quatre-vingt-dix pour cent des cas, ce sont des brutes qui se tapent dessus à coups de massue. C'était peut-être chargé de sens à l'époque, mais maintenant, qu'est-ce que ça veut dire ? Rien.

Oleg demanda d'un ton sarcastique :

— Et que proposez-vous comme nouvelle forme d'art ? Les chansons publicitaires ? Les bandes dessinées ?

— Je ne sais pas. C'est probablement quelque chose de ce genre, avec laquelle nous vivons, qui grandit et se développe sous notre nez. Le cinéma, les dessins animés, peut-être. Je sais que ce n'est pas en Italie, ni même en Europe, que ça se passe. Aux États-Unis, nous sommes trop près de la forêt pour voir les arbres. Dans cinq cents ans, les critiques d'art regarderont en arrière et distingueront des individus dont nous n'avons jamais entendu parler, qui font des choses que nous considérons inutiles et banales, comme dessiner des plaques d'égout, jouer de l'ocarina, rédiger des publicités de mode ou inventer de nouveaux noms de rouge à lèvres. Et encore une chose sur laquelle je suis prêt à parier un an de mon salaire : avec le recul, la soi-disant *avant-garde* se révélera en fait d'arrière-garde.

— J'imagine, dit pesamment Oleg, que cela dépend en grande partie de la façon dont notre monde va évoluer. Par exemple, si les Russes réussissent dans leur mission, notre monde occidental n'aura plus qu'un intérêt didactique. Si les États-Unis viennent à bout de leur invasion spirituelle de l'Europe…

— Vous voulez dire, si l'Europe continue de sucer la force spirituelle des États-Unis.

— … alors, notre héritage ne sera également plus qu'un merveilleux souvenir.

Et nous continuâmes de discuter, et le temps passa. Nous dînâmes, nous bûmes du vin. Vers 20 heures, Munton fit son entrée dans la salle et me lança un regard courroucé avant de s'installer au bar, où il but un gin tonic.

Dix minutes plus tard, Blaine apparut.

— Venez chez moi, dit-il. J'ai tout fait nettoyer, ma femme de

ménage a mis des fleurs dans le vase, le lit est fait, et je m'impatiente…
Que la fête commence !

Apparemment, j'étais inclus dans l'invitation. Blaine semblait trouver que cela allait de soi.

— Laissez-moi le temps d'aller acheter une bouteille, et je vous rejoins.

— Première réunion annuelle du Club des Chemises Sales, chantonna Blaine. Rassemblez vos surins et vos bouteilles d'acide, ça va forcément dégénérer ou je ne m'appelle pas Buster Barbecue Blaine.

CHAPITRE XV

Munton, qui boudait au bar, refusa de venir avec nous.

— Je ne me sens pas d'humeur, marmonna-t-il en me lorgnant du coin de l'œil.

— Ah, bon sang, dit Blaine, il ne faut pas en vouloir au jeune Musgrave. C'est une victime comme nous tous.

— Après un tour comme ça, en Angleterre, grommela Munton sans prêter aucune attention à Blaine, un homme n'aurait pas le droit de se montrer dans la rue.

— Ma foi, venez ou pas, comme vous voudrez. C'est une réunion du club le plus sélect de tout Positano – le Club des Chemises Sales.

— Je ne vous comprends pas tout à fait.

Oleg glissa d'une voix douce :

— Nous avons tous essentiellement le même problème.

Munton cligna des yeux.

— Eh bien, alors, pourquoi ne pas nous regrouper et remettre ce foutu étranger à sa place ? (Et il pointa le pouce vers moi.) Je connais bien les individus de son acabit. J'ai des informations secrètes. C'est un fouineur professionnel, la pire espèce de gredin qui soit.

Si ça n'avait pas été aussi comique, je me serais senti vexé. Blaine me fit une grimace amusée, et même Oleg eut un léger sourire.

— Ce n'est pas Musgrave, dit Blaine. C'est Kex.

— Qui ? Lui ? C'est absurde. Je connais Kex.

Il était clair que l'amertume de Munton l'avait rendu encore plus obtus que d'habitude. Il avait besoin de s'en prendre à quelqu'un, et j'étais la cible la plus évidente.

— En fait, dit Blaine, Kex a mis la main sur quelque chose que vous n'aimeriez pas… (Il s'interrompit.) Bon, peu importe. Allez, venez à la fête.

— Ce type y sera ?

— Oui. Et Kex aussi, je l'espère.

Oleg regarda Blaine avec un certain étonnement.

— Kex va vraiment venir ?

— Que serait une réunion du Club des Chemises Sales sans la présence de son fondateur ?

— Ça me paraît très peu probable qu'il vienne.

— Kex a eu l'air d'apprécier l'idée.

— Quelquefois, dit Oleg, je pense que Kex doit être victime d'un délire pathologique – une forme de solipsisme total.

— Allons, dit sèchement Munton, parlez anglais. Je ne supporte pas ce jargon psychologique.

— Je peux vous traduire, si vous voulez, intervins-je. Il veut dire que Kex doit être fou pour croire qu'il peut s'en tirer comme ça. Il pense que c'est parce que Kex est tellement immergé dans ses pensées qu'il est incapable d'imaginer qu'on puisse réellement s'opposer à ses désirs.

— Gardez bien ça en tête, me dit Blaine. Ça fera partie du compte rendu de la réunion du club. (Il se tourna vers Munton.) Alors, vous venez ou pas ?

— Il est tout juste possible que je passe jeter un œil.

— Apportez une bouteille, dit laconiquement Blaine.

Nous quittâmes le Vistamare, d'abord Blaine, puis Oleg et moi, et nous nous rendîmes dans son appartement. La cuisine sentait le savon et le détergent, une ampoule nue éclairait les murs de plâtre gris. Blaine nous emmena dans sa chambre-salon où la lumière était également allumée. Sur le lit de Blaine, une femme était lovée – cheveux en bataille, sweat-shirt bleu, jupe grise : Alma. Elle leva la tête et bredouilla d'une voix pâteuse :

— Oui, keshkya ?

— Alma, dit Blaine, tu as tapé dans le cognac.

— Et alors ? En admettant ? (Elle nous aperçut, Oleg et moi, et demanda d'une voix geignarde :) Tu ne pouvais pas trouver mieux que le professeur Nimbus et le jeune Chouck-Chouck ?

J'étais évidemment le jeune Chouck-Chouck, et le professeur Nimbus semblait peiné.

Blaine sourit et donna une petite tape là où la jupe était tendue sur le fessier.

— Ce sont des membres du club à part entière. Allez, lève-toi, maintenant, et conduis-toi comme une dame. Sers-nous à boire.

— Pas question.

Elle reposa la tête sur ses bras en faisant semblant de dormir.

— Ne faites pas attention à elle, dit Blaine. Elle est soûle, comme d'habitude. Dieu sait comment elle a réussi à entrer ici. J'avais fermé à clé.

— Il y a une sale odeur dans mon appartement, gémit Alma comme une enfant gâtée. Je ne pouvais plus la supporter. Ça n'est pas mieux ici – c'est même encore pire maintenant que tu as amené tes copains – ils puent.

Blaine eut un petit rire indulgent.

— Ce n'est pas tant l'alcool que la méchanceté qui te fait parler comme ça. Allez, garde tes remarques pour toi.

— Pourquoi les garder ? J'en ai encore tout un tas en réserve.

Oleg et moi étions restés sur le seuil de l'appartement, un peu embarrassés. Blaine nous dit :

— Ne faites pas attention à elle. Elle est un peu soûle et un peu folle, et le reste, c'est du pur exhibitionnisme.

— Bah !

Et Alma éclata d'un rire aigu.

— Tiens, dit Blaine en versant trois doigts de cognac dans un verre. Bois un coup.

Elle prit un air soupçonneux.

— Qu'est-ce que c'est ?

— Du cognac. Qu'est-ce que tu crois que c'est ?

— Je vais te dire à quoi ça ressemble. (Elle nous le dit.) Tu en serais bien capable, Buster… Buster au grand cœur. Il a été barman à San Francisco jusqu'à ce qu'il se fasse virer parce qu'il coupait la bibine avec de la pisse.

Encore une fois, elle se mit à japper de rire.

Le long visage de Blaine se crispa.

— Tu es vraiment de méchante humeur, ce soir, on dirait ?

— Moi ? Jamais ! (Elle se redressa sur un coude et but une gorgée de cognac en fronçant le nez.) Toujours et plus que tout, je suis une dame !

J'entendis s'ouvrir la porte extérieure.

— Hou hou ! fit une voix.

Blaine me lança un clin d'œil.

— Maintenant, Alma va bien se tenir. C'est la comtesse Margaret d'Egliari.

— Comtesse de mes fesses… marmonna Alma.

Elle but une autre gorgée de cognac d'un air renfrogné.

La comtesse Margaret apparut sur le seuil, avec deux taches rouge vif sur ses joues cireuses.

— Je croyais que tu viendrais me chercher, Buster, dit-elle d'un ton plaintif. Tu m'avais dit que… (Elle aperçut Alma sur le divan.) Oh. (Elle me remarqua.) Oh ?

Et elle insulta Oleg en ne lui accordant qu'un simple regard.

Blaine dit d'une voix apaisante :

— Comme tu peux le voir, chère comtesse, j'étais occupé, et je n'ai pas pu venir. Tiens, assieds-toi – prends un verre.

Elle s'installa dans un fauteuil à côté du lit et haussa les sourcils en voyant les pieds d'Alma.

— Ma chérie, sais-tu que tu as un trou dans ta semelle ?

— Ah, oui, ces vieux machins. (D'un coup de pied, elle se débarrassa de ses souliers.) D'habitude, je les enlève quand je suis dans un lit que je ne connais pas.

— C'est ainsi qu'une dame doit se comporter, approuva Blaine. (Il prit des verres dans un placard et les posa sur la table.) Allez-y, faites comme chez vous. Pas question que je m'échine toute la soirée à faire le larbin.

Après nous être servis, Oleg et moi allâmes nous installer dans le coin opposé à celui où se trouvait la comtesse Margaret. Je dis à voix basse :

— Je ne sais pas très bien quelle attitude adopter avec ces femelles de Positano. C'est une race à part.

— Ignorez-les, me conseilla Oleg. Ce sont des malades mentales.

— Quelle est exactement la raison de cette petite fête, Buster ? demanda la comtesse Margaret

— C'est une réunion du Club des Chemises Sales.

— Parle pour toi, Buster. Moi, je me lave de temps en temps.

— Tu es membre du club, que tu te laves ou non.

— Je ne veux pas être membre. Traite-moi de snob si tu veux, mais je préfère choisir mes amis moi-même.

— Tu es soûle, lança Alma.

Personne ne fit attention à elle.

Blaine prit son verre et alla s'asseoir sur le lit, en tournant le dos à Alma.

— Tu en fais automatiquement partie, comtesse. C'est à titre honorifique – pas de cotisation, rien du tout.

— Je ne veux pas, dit-elle en me lançant un regard venimeux. En fait, je m'en vais dans dix minutes. C'est d'un ennui mortel, ici. S'il y a une chose que je ne pardonne pas, c'est d'être ennuyeux.

Alma donna un petit coup de pied dans les fesses de Blaine, qui ne réagit pas.

— Comtesse, puis-je te poser une question personnelle ? dit-il.

— Depuis quand as-tu autant d'égards, en me demandant la permission ?

— Je voudrais savoir si tu as reçu une lettre dans une enveloppe bleue, te prévenant que Chuck ici présent était à tes trousses.

Les joues de la comtesse Margaret prirent une teinte rose orangé. Elle alluma une cigarette d'une main tremblante.

— Bien sûr que non. Je n'ai pas besoin d'une lettre. (Elle me jeta encore un regard malveillant.) Supposons que j'en aie reçu une – ce qui n'est pas le cas –, et alors ?

— Ça fait de toi un membre du Club des Chemises Sales.

— Tiens donc…

Alma, qui voulait qu'on s'occupe un peu d'elle, donna un autre coup de pied à Blaine, qui l'ignora avec une formidable dignité.

— Je vais prononcer un mot, un seul, qui devrait tout expliquer : Kex.

La comtesse Margaret tira une bouffée de sa cigarette et plissa les lèvres pour essayer de faire un rond de fumée.

— Bon sang, fit Blaine, je ne sais pas pourquoi je me casse la tête. Il y a encore Hortense qui doit venir, et aussi Leibnitz et Munton.

— Et c'est là l'ensemble des membres de ton fameux club ?

— Ma foi, non. Il y en a encore quelques autres, mais ils ne viendront pas. Piombino – il a quitté la ville. Quelque chose me dit qu'on ne le reverra plus. Il y a aussi la famille Dannister.

— J'aime bien Freddy Dannister ! s'exclama Alma.

— Il y a également Pamela et Hester Ryen, poursuivit Blaine. Elles auraient dû être ici.

— Elles le sont peut-être, dit brusquement Oleg d'une voix sonore.

La comtesse Margaret frissonna.

— Ne commencez pas à parler de fantômes. Je suis superstitieuse.

— Et enfin, le dernier membre, mais non des moindres, car c'est le fondateur et le précepteur de notre ordre : Kex.

— Je veux Freddy Dannister ! s'écria Alma en lançant un coup de pied à Blaine.

— Tu vas te recevoir une beigne si tu n'arrêtes pas de me taper dans les fesses, lui conseilla Blaine.

— Verse-lui un autre cognac, dit la comtesse Margaret avec un reniflement de mépris.

Alma se redressa sur un coude, son visage de python soudain empourpré par une rage d'ivrogne. On frappa à la porte. Une série de coups secs.

Blaine se leva et traversa la cuisine en quelques enjambées pour aller ouvrir.

— Entrez, entrez donc !

Apparut d'abord Leibnitz, le peintre aux cheveux roux, puis Munton. Blaine disposa deux chaises. Avec un regard en coin dans ma direction, Munton s'installa. Leibnitz s'approcha du lit pour scruter le visage d'Alma, qui lui sourit tranquillement, et il alla s'asseoir.

— Servez-vous, leur dit Blaine. Vous avez apporté une bouteille ? (Il allongea le cou, jeta un coup d'œil sur la table.) Ah, soupira-t-il, je vois que non. Ma foi, tant pis, il y a assez d'alcool pour lubrifier tous les rouages. (Il regarda les visages autour de lui.) Je pense que nous sommes au complet, conclut-il.

— Quel est ce grand mystère ? demanda Leibnitz.

Il avait un timbre de voix métallique et s'exprimait avec un accent que je n'essaierai pas de reproduire.

— Il n'y a pas de mystère, dit la comtesse Margaret en laissant tomber sa cigarette par terre d'un geste royal. C'est la nouvelle organisation sociale de Buster, un groupe bien équilibré, où tout le monde s'adore.

— Ah, bon sang, dit Blaine enfin exaspéré, laisse-moi une petite chance d'expliquer. Tu crois que je t'inviterais quelque part, si ce n'est à un combat de chiens, sans avoir une bonne raison pour ça ?

— Eh bien, pour l'amour du ciel, vas-y. Il faut encore que je me lave les cheveux ce soir.

Blaine soupira.

— Je vois bien que mon idée ne va pas marcher...

— De quelle idée s'agissait-il ? demanda Leibnitz.

— C'était censé être...

La porte extérieure s'ouvrit. Hortense se glissa discrètement dans la cuisine, qu'elle traversa en trois petits pas souples, puis elle s'arrêta sur le seuil, radieuse, pleine de vie et de passion, tandis que tous les hommes se trémoussaient sur leur siège.

— Bonsoir, tout le monde.

Elle alla s'asseoir sur le lit, adossée au mur. Alma poussa un grognement et battit des jambes en l'air, puis elle se calma. La comtesse Margaret était tassée dans son fauteuil en osier, une masse cireuse à la bouche amère.

— Eh bien, déclara Blaine avec jovialité, nous voici donc tous réunis. (Avec l'arrivée d'Hortense, l'atmosphère avait changé dans la pièce. La soirée commençait à prendre tournure.) Prends un verre, ma mignonne. Débarrasse-toi de ton chapeau et de ta culotte.

Hortense accepta le verre qu'il lui tendait.

— Il y a tous ceux qui ont reçu une lettre ?

— Non, pas tous. Les Dannister et Piombino ne sont pas là. Les Ryen sont mortes.

— Mauvaise affaire, ça, marmonna Munton. Je me demande ce qui s'est vraiment passé.

Blaine le regarda en haussant bizarrement les sourcils.

— À ce que je comprends, elles ont reçu une des lettres de Kex, et elles ont eu tellement peur qu'elles ont préféré en finir rapidement.

Il y eut un grand silence qui dura cinq secondes. Munton contemplait son verre de cognac d'un air médusé, ne sachant pas vraiment quelle expression prendre. Leibnitz dit de sa voix métallique :

— Comment savez-vous que c'est Kex qui a envoyé ces lettres ?

Tout le monde répondit en même temps : « Qui d'autre ça pourrait être ? » – c'était Blaine. « Une grave accusation, très grave. » – Munton. Alma poussa un grognement sépulcral. « Il n'y a aucun doute possible : c'est ce qu'on pourrait appeler un ennemi public », dit Oleg. « Pauvre vieux Kex », soupira la comtesse Margaret. « Où est Freddy Dannister ? » lança Alma. Hortense tourna la tête et examina le corps d'Alma tassé sur le divan.

Blaine se leva pour se verser un peu de cognac. Son visage commençait à rosir. Pour lui, rien ne se passait comme prévu. Il s'était peut-être imaginé un groupe de citoyens sérieux, alertes et dynamiques qui, sous sa houlette bienveillante mais précise, parviendraient progressivement à une conclusion parfaitement logique. Pauvre Buster Barbecue Blaine. Son plan craquait déjà aux coutures. Munton était stupide et têtu, Alma soûle, Oleg pédant, la comtesse Margaret boudeuse et inattentive, Leibnitz agressif et refoulé. J'observais Hortense. Elle pensait à quelque chose de très lointain. Même les fantômes de Pamela et d'Hester ne pouvaient pas intervenir pour faire prendre forme à la réunion.

Mais le cognac commença à glisser dans les gosiers. Les taux d'alcool dans le sang commencèrent à grimper vers la limite de 0,5 %. Blaine s'assit, Alma lui donna plusieurs coups de pied. Hortense et moi échangions des regards langoureux, Munton marmonnait et grommelait, Leibnitz tapotait des doigts sur la table, les yeux brillants, ses cheveux roux en bataille.

Blaine finit par rassembler ses idées. Il se leva une fois de plus.

— Mesdames et messieurs, nous sommes réunis ici ce soir pour discuter de l'un des plus grands salopards que le monde ait jamais connus…

Oleg agita la main.

— Je crois que nous devrions savoir ce que nous avons précisément en tête. Après tout, ce n'est pas vraiment que Kex soit malfaisant. Il est simplement insensible, c'est un égoïste, il s'ennuie…

— Bon sang, m'écriai-je, comment pouvez-vous dire qu'il n'est pas malfaisant ? Qu'est-ce que vous avez comme autre définition en tête ? Bien sûr qu'il est malfaisant ! C'est le mal personnifié !

— Ma foi, dit Oleg, cette affirmation exige une certaine réflexion.

— Il est dépravé. Il a harcelé deux femmes qu'il a poussées au suicide. Il rend la vie insupportable à une dizaine d'autres personnes. C'est un homosexuel. Il a corrompu je ne sais combien d'hommes et de femmes, et dans quel but ? Pour s'amuser. Pour dissiper son ennui. Qu'est-ce que c'est que ça, si ce n'est pas malfaisant ?

— Eh bien, le terme « malfaisant » n'est peut-être pas le plus utile… commença Oleg.

— L'homosexualité, c'est malfaisant ? demanda innocemment Hortense.

— Bien sûr, dit sèchement la comtesse Margaret. Je n'ai encore jamais vu de tapette qui mérite même l'honneur qu'on lui crache dessus.

Hortense haussa les épaules.

— Je ne vois vraiment pas quelle différence ça peut faire.

— C'est tout simplement dégoûtant.

— Je suis d'accord, dit Munton. De la racaille, pour la plupart. Le West End en est rempli. Une foutue idée qui vient du continent.

— Je suis d'accord, dit Oleg, mais pour des raisons différentes. L'homosexualité est la négation de l'avenir. L'homosexualité est un suicide. C'est la négativité, la futilité.

— N'est-ce pas ce que le monde est au départ, futile ? demanda Hortense.

— Cela nous mène aux doctrines et contre-doctrines des existentialistes.

— Bah ! fit Leibnitz avec un petit geste de la main. Je connais bien Sartre. Est-ce qu'il pratique sa philosophie ? Loin s'en faut. Laissez-moi vous raconter une anecdote…

Blaine tapa du poing sur la table.

— Mais bon sang de bois, de quoi parlons-nous, là ? Qui se fiche de savoir si Kex est homo ou si Sartre existe ? Je suis d'accord avec Chuck. Kex est malfaisant. Commençons par là.

Une nouvelle voix se fit entendre.

— Excellent. Un admirable point de départ. Absolument, commençons par là. (Kex entra dans la pièce.) J'aimerais vous aider à développer cette idée. C'en est une à laquelle je réfléchis souvent moi-même. Je prendrai la position affirmative ou négative selon l'évolution du débat.

CHAPITRE XVI

Kex était d'une élégance raffinée : pantalon de flanelle gris, veste bleu marine avec des boutons en cuivre, un foulard blanc, une casquette de yachtman. Son visage était rose, pommadé et poudré, sa moustache taillée avec précision. Ses yeux étaient clairs, curieux, innocents comme ceux d'un chaton.

Il balaya la pièce du regard, salua poliment ici et là :

— Hortense... Bonsoir, Oleg... Chuck... Comtesse.

— Trouvez-vous un siège, lui dit Blaine. Servez-vous à boire.

Kex s'approcha de la table, examina les étiquettes de deux ou trois bouteilles, en déboucha une, la renifla, prit un verre, en examina soigneusement l'intérieur, se versa un modeste doigt d'alcool.

Tous l'observaient en silence.

Kex alla s'asseoir près de la fenêtre, remonta le bas de son pantalon et croisa confortablement les jambes.

— Le temps change, dit-il. Il y aura de la pluie avant demain matin, ou je me trompe fort.

La pièce était toujours silencieuse. Et puis Alma se mit à pouffer. Kex la regarda d'un air légèrement interrogateur. Blaine se racla la gorge, ouvrit la bouche pour parler, et n'alla pas plus loin. J'ignorais ce que Kex avait comme informations sur lui, mais ça devait être du solide, et Blaine ne tenait pas à prendre trop de risques.

Oleg les regarda tous les deux, puis il se cala dans son fauteuil et se tapota le sommet du crâne avec ses longs doigts fins.

— Il est inutile de faire semblant, dit-il, pas besoin de nous cacher les uns des autres. La façon dont je vois les choses, c'est que tous dans cette pièce, nous sommes les victimes d'une de vos... (il se tourna vers

Kex)… blagues particulièrement vicieuses. Si le mot « blague » peut s'appliquer.

— Des expériences sadiques, proposai-je.

Kex me lança un regard de reproche attristé.

Leibnitz se leva et sortit de sa poche une enveloppe bleue qu'il agita sous le nez de Kex.

— Oui ou non, s'écria-t-il, avez-vous écrit cette lettre ? Oui ou non ?

— Messieurs, messieurs, fit Kex d'un air chagriné. Qu'est-ce que c'est que ça, une inquisition ?

— Oui, par tous les diables ! barrit Munton qui ressemblait tellement à un rhinocéros que c'en était incroyable. De vilaines rumeurs ont circulé, et je suis déterminé à en trouver la source. Je ne supporterai pas ces singeries !

— De vilaines rumeurs ? demanda Kex en haussant ses fins sourcils blancs. Ma parole ! De quelle nature ?

Munton ouvrit la bouche, la referma, cligna furieusement de ses yeux de rhinocéros.

— Peu importe leur nature…

— Contiendraient-elles une certaine dose de vérité ?

— Bah !

Les muscles et les veines saillaient sur le cou de Munton.

— Prenez garde à votre tension, lui dis-je. Ce serait bête d'avoir une crise d'apoplexie.

— Absolument, acquiesça Kex. Quel que soit le problème, l'acrimonie n'est pas de mise.

— Ça se discute, dit Oleg.

— Ça ne se discute absolument pas ! s'écria Leibnitz. C'est…

— Kex est un beau salopard, dit Alma d'une voix ensommeillée. Pourquoi ne pas en rester là ?

— D'abord, dit Oleg, deux femmes innocentes sont mortes.

— Et moi, ajoutai-je, j'ai été menacé et on m'a giflé.

Kex sourit.

— Vous m'avez pourtant l'air assez en forme.

— Si je me retrouvais avec dix centimètres d'acier dans les côtes, vous diriez « Pauvre Chuck – il a joué, et il a perdu. »

— De mon point de vue, vous avez pris toutes les précautions pour qu'une telle chose ne se produise pas.

— Je vous ai dit que c'était ce que je ferais. J'aurais été un imbécile d'agir autrement.

— Vous pouvez considérer qu'à partir de cet instant, vous ne travaillez plus pour moi.

— Ha ! s'exclama Blaine. Vous avouez donc que c'est vous qui avez machiné toute cette affaire ?

— Vous aviez encore des doutes ?

Blaine secoua la tête avec admiration.

— Alors là, chapeau. Pour ce qui est de la méchanceté et de la malveillance, vous gagnez haut la main.

Oleg demanda :

— Comment réconciliez-vous votre conscience avec la mort de ces deux pauvres femmes ?

Kex regarda le groupe, l'air chagrin et indigné, puis il éclata d'un rire amer :

— Franchement, je suis tellement sidéré, tellement abasourdi, que je ne trouve plus mes mots.

— « Sidéré » ? « Abasourdi » ? (Oleg se pencha en avant.) Ce ne sont pas vraiment…

— Je suis assis ici, je regarde cette pièce remplie d'hypocrites – j'ai du mal à trouver les mots pour exprimer mon dégoût et mon mépris.

Il balaya le groupe du regard. Il était cette fois vraiment acculé, le balcon derrière son dos. Dans le sens contraire des aiguilles d'une montre, il y avait sur sa droite Oleg et moi, puis Munton et Leibnitz assis à la table, la comtesse Margaret dans le coin. Blaine était installé sur le lit, juste à côté d'Hortense à sa gauche et Alma lovée en position fœtale derrière eux. Tous les yeux étaient fixés sur lui, chaque cerveau bouillonnant de pensées tumescentes.

Kex se détendit, alluma une cigarette et regarda le groupe d'un air impassible.

Blaine secoua la tête.

— D'ici deux minutes, vous allez exiger des excuses.

— Vous trouvez vraiment votre conduite justifiable ? demanda Oleg.

Kex agita la main en un geste désinvolte.

— « Justifiable » est un mot trop fort.

— Mettriez-vous les mêmes forces en mouvement si vous saviez quelles pourraient en être les conséquences ?

Kex haussa les épaules.

— Pourquoi ces leçons de morale ridicules ? Personne ne sait les conséquences de ses actes. Blaine écrit des romans policiers pleins de meurtres. Combien de gens influence-t-il pour commettre des crimes parfaits ? Hortense couche avec le jeune Freddy Dannister et l'engrosse...

— Je veux Freddy, lança Alma d'une voix étouffée.

— Ce que je veux dire, c'est que si nous tentions d'explorer toutes les ramifications dans l'avenir, nous deviendrions fous.

— Il y a une différence entre les actes par omission et ceux qu'on commet activement. Je dirais que vous avez délibérément voulu déclencher la violence, la détresse, l'angoisse.

— Simplement parce que j'ai trouvé ici ce chaudron de saletés, et que je l'ai un peu touillé ? C'est absurde !

— Vous vous êtes donné un mal considérable, dit Munton avec une rare retenue. Comment avez-vous découvert que... bon, quelles étaient vos sources d'information ?

— J'ai engagé des détectives il y a deux mois. Au départ, j'envisageais d'organiser une fête – d'un genre tout à fait nouveau, que même les cosmopolites les plus blasés n'oublieraient pas de sitôt. Mon intention à l'origine était d'inviter tous les participants du jeu, et chacun tirerait un dossier au hasard. Les dossiers seraient alors lus à tour de rôle, à voix haute – les noms et les lieux étant cachés –, et tout le monde essaierait de deviner à qui le dossier correspondait.

— Pas mal, dit Blaine. Vraiment joli.

— N'est-ce pas ? intervint la comtesse Margaret en reniflant. Aussi joli qu'un scorpion.

Kex accepta le compliment avec un grand sourire.

— Je crois que ça aurait eu un beau retentissement.

— Encore plus quand on vous aurait jeté à la mer, marmonna la comtesse Margaret.

Kex l'ignora.

— J'ai changé d'idée quand j'ai rencontré Chuck, qui ressemble beaucoup à l'un des personnages principaux dans l'affaire. J'ai agi à l'instinct, et maintenant, je regrette assez de ne pas m'en être tenu à mon plan d'origine. J'ai bien peur que Chuck n'ait pas coopéré comme je l'escomptais, et le jeu a quelque peu perdu de son sel.

— Ce que je ne comprends pas, dit Blaine sur le ton de la conversation, c'est pourquoi vous vous en êtes pris à nous, et pas à une dizaine d'autres qui vivent ici. Je veux dire, nous sommes des habitants tout à fait banals – pas même les plus cinglés. Prenez Marsden le Bouddhiste, par exemple, ou le baron von Asparagus, ou Boulville, ou Paul Prie. Pourquoi nous ? C'est quand même un drôle d'assortiment – les Ryen, les Dannister, moi, la comtesse M., Alma, Hortense, Munton, Leibnitz, Oleg.

— Ha ! Ha ! (Kex semblait vraiment s'amuser.) Je n'ai pas choisi l'assortiment, il s'est choisi lui-même. Mes détectives ont rapidement fait le tour de la colonie d'étrangers. Pour certains, il était facile de remonter dans le passé, mais pas pour d'autres. Certains avaient un historique particulièrement inintéressant. Paul Prie, par exemple. À part le fait qu'il a passé trois ans dans un asile d'aliénés, il n'y avait pas de *point d'appui.*

— Vous auriez toujours pu me faire passer pour un infirmier venu le ramener dans son asile, dis-je avec sarcasme.

— Oui, répondit froidement Kex, j'aurais peut-être pu. Mais les événements ont suivi le cours naturel que nous savons.

— Mais pourquoi, demanda Blaine, *pourquoi* avoir organisé un truc pareil ?

— Oui, pourquoi ? demanda Oleg en écho.

— Pourquoi ? (Kex fit une grimace agacée.) Pourquoi un homme fait-il quoi que ce soit ? Pourquoi va-t-il au théâtre, pourquoi lit-il un livre, pourquoi vit-il à Positano plutôt que dans les Bermudes ? Il n'y a aucun raison, ce qui vaut toutes les raisons du monde.

— Quel foutu pervers… marmonna Munton.

Sur un ton très sérieux, Blaine demanda :

— Mais votre conscience ne vous pose vraiment aucun problème ? Après tout, deux femmes innocentes sont mortes…

— *Innocentes* ? s'esclaffa Kex. Innocentes comme vous tous, bandes de faux-jetons pétris de grands principes ! Pourquoi se sont-elles suicidées si elles étaient innocentes ?

— Je suis sûre que ça ne devait pas être bien grave, dit la comtesse Margaret.

Kex éclata de rire.

— Non, rien de bien grave. Elles se sont juste débarrassées de deux marmots qu'Hester avait eus après une petite nuit de nouba. Elles ont mis le feu au berceau, en disant que c'était à cause du chauffage au gaz. Verdict – pas de preuves concluantes. Qu'est-ce que vous dites de ça ? (Il but une gorgée de cognac.) Qu'est-ce que vous en dites, Munton ? Hein, Blaine ? Et vous, Leibnitz ?

— Ma foi, dit Blaine embarrassé, ça m'étonne. Elles n'avaient pas vraiment l'air…

— Aucun de nous n'a jamais « vraiment l'air ».

— C'est-à-dire, le visage humain est une drôle de chose…

Kex éclata de rire.

— Oui, c'est un fait. C'est pour moi une source constante d'étonnement. Je suis là, je regarde les vôtres, sachant tout ce que je sais sur vous…

Alma éclata d'un rire strident et lança un violent coup de ses deux pieds à Blaine, qui se retourna d'un air peiné.

— Formidable, formidable ! se mit-elle à hurler. Merveilleux, merveilleux ! Allez-y, déballez tout – vous en mourez d'envie !

Kex pinça ses lèvres roses.

— Il n'y a pas vraiment grand-chose à déballer. Juste un petit assortiment de choses banales – rien de plus dépravé que Munton punissant les indigènes voleurs de poules, quand il était commissaire de district au Nigéria, en les fouettant lui-même avec son fouet spécial. Il tirait beaucoup de fierté et de plaisir de son talent. Et son zèle à faire appliquer les lois a résulté, en au moins trois occasions, dans la mort des délinquants. On en parle encore à Kapami.

Munton était assis immobile comme une souche, le teint gris et marbré. Ses doigts étaient crispés sur son verre. Il regardait fixement Kex, ses lèvres bougeaient, mais aucun son n'en sortait.

En fait, personne ne bougeait, personne ne parlait. Tous étaient tendus, horrifiés et fascinés. Ils avaient peur, mais voulaient en savoir plus. Bien qu'il fît chaud dans la pièce, il y régnait pourtant une impression de froid glacial, comme si quelque chose de diabolique se préparait. Je me mis à penser : Kex est le diable, Kex est Satan avec une moustache blanche et une tenue de yachtman. Le diable est en conférence avec ses acolytes.

— Dois-je continuer ? demanda Kex.

Personne ne répondit. Munton dit d'une voix étouffée :

— C'est un mensonge…

Mais personne ne l'entendit.

— Une peccadille par ci, un faux pas par là, poursuivit Kex. Prenez Hortense, par exemple – j'ai acheté un merveilleux petit film en 16 millimètres dans lequel Hortense tient l'un des rôles principaux. Elle a l'air d'avoir dix-sept ou dix-huit ans. Je ne pourrais pas le montrer ici, il y a des dames, vous comprenez, mais il a été tourné en Allemagne, et il montre le soin très particulier que les Allemands apportent à tout ce qu'ils touchent, même le plus dépravé. Hortense, je salue votre virtuosité. Je n'avais jamais vraiment apprécié l'étendue de vos talents.

— Ordure… dit Hortense à voix basse.

— Ha ! Ha ! fit Kex. Et Blaine… regardez donc Buster Blaine. À Los Angeles, on l'appelle le Barman Épouseur, le Grand Zizi du Zanzi Bar. Il a dix-huit épouses, imaginez un peu, dix-huit Mme Buster Barbecue Blaine qui rêvent toutes de retrouver leur mari envolé. Toutes en même temps, notez bien. Je crois que c'est le record en Amérique. Buster ne pouvait tout simplement pas résister à l'attrait du lien conjugal : il adorait le parfum des fleurs d'oranger. (Blaine lui-même était rouge comme une pivoine.) Une simple peccadille, direz-vous, vous êtes déçus. Pas de meurtres, pas d'assassinats. Mais je n'avais pas l'intention de faire dans le Grand-Guignol. C'est juste un petit jeu. À qui le tour ? Leibnitz ? Il n'y a pas grand-chose à dire de Leibnitz, parce que Leibnitz est un authentique patriote. Son dévouement envers l'Allemagne l'a hissé a des sommets d'abnégation au service de la cause. Leibnitz est un Juif qui, pendant la période déplaisante que le pays a connue, a aidé le gouvernement allemand à repérer et démanteler les réseaux clandestins permettant aux juifs de s'échapper. Je crois comprendre qu'il a étroitement collaboré avec la Gestapo, et que pour cette raison, il hésite à retourner en Allemagne. Il n'est pas non plus désireux de visiter Israël, où ses congénères survivants ont fondé un foyer.

Silence.

— Oleg hait les communistes, poursuivit Kex. Peut-être parce que, tandis qu'il étudiait les classiques et méditait sur la signification du Bien et du Mal dans son château ancestral en Pologne, une dizaine, une vingtaine, peut-être une cinquantaine de ses serfs sont morts de faim, de froid ou de maladie. Oleg n'était pas un propriétaire terrien de première classe. Aujourd'hui, son château est une maison de repos gérée par l'État, et les huit cents hectares du domaine Vroznek ont été transformés en ferme collective. Mais les paysans continuent de cracher par terre quand ils entendent prononcer le nom d'Oleg Vroznek.

— C'est absurde ! s'exclama Oleg. Vous dites n'importe quoi ! J'ai fait pour les paysans tout ce que j'avais le temps de faire. C'est de la propagande communiste. Ils me détestent parce que j'étais l'un des propriétaires terriens traditionnels.

Kex haussa les épaules.

— C'est possible. Ces informations ont été recueillies auprès de la colonie polonaise à Londres. Mais peu importe – à qui, maintenant ? Alma ? La comtesse Margaret ? Ne faisons pas dans le détail.

— Je vous interdis ! hurla la comtesse Margaret.

— Pourquoi donc ? demanda Kex d'une voix suave. Vous avez honte de votre carrière de prostituée ? C'est ainsi que vous avez gagné de quoi faire le voyage depuis Winfield, Kansas, jusqu'en Italie, où vous avez rencontré et captivé le comte Alessandro d'Egliari... Et quant à vous, Chuck – j'ai reçu récemment quelques informations.

Je savais maintenant ce que les autres avaient ressenti. Mon cœur sembla marquer une pause dans une cage de glace, j'avais la gorge sèche. Et Kex, cette vile créature haineuse qui me regardait avec un sourire satisfait, que j'aurais aimé détacher de son visage avec un couteau.

— Les erreurs de Chuck, comme celles de Leibnitz, étaient dues à un excès de zèle mal inspiré. Il y a quelques années, Chuck était élève officier à l'Académie militaire de West Point, et un excellent joueur de football. Malheureusement, il s'est rendu compte que ce sport interférait avec ses études, ou peut-être était-ce le contraire. Toujours est-il qu'il ne semblait pas avoir assez de temps pour les deux. Chuck a décidé – à tort ou à raison, qui peut en juger ? – que tandis qu'il pouvait toujours remédier plus tard aux éventuelles lacunes dans son éducation, s'il manquait des séances d'entraînement au football, il pourrait perdre sa place dans l'équipe… et c'est ainsi qu'il a triché à ses examens. Il a eu la malchance d'être pris sur le fait et renvoyé. Rien de bien sérieux, un délit mineur. Au fond, qu'y a-t-il de grave dans le déshonneur, le sadisme, l'infanticide, la bigamie, la prostitution ? Que celui qui n'a jamais péché leur jette la première pierre.

Kex nous regarda tous avec une satisfaction solennelle.

— Chacun de nous utilise au moins trois niveaux de pensée, expliqua-t-il. Le premier est sa personnalité extérieure, plus ou moins socialement correcte. Le deuxième est son esprit secret, où il juge, hait et condamne ses congénères tout en se convainquant que ses propres écarts ne sont que des vétilles qu'il considère avec indulgence. Le troisième est son subconscient, où il sait que tout cela n'est que de la frime, et qu'il est en réalité aussi mauvais qu'il le craint.

Blaine but une longue gorgée de son verre.

— Au total, nous sommes donc vingt-sept.

Silence. Quelqu'un bougea, quelqu'un d'autre frotta les pieds par terre. Personne ne savait où regarder, de peur de croiser le regard d'un autre. Si Kex avait voulu nous mettre tous à nu, pour nous montrer à nous-mêmes et aux autres, il avait réussi. Piombino, songeai-je, s'en était bien sorti. Les Ryen s'étaient suicidées. Les Dannister – quid des Dannister ? Kex ne les avait pas mentionnés, ni James Hilfstone. Les gardait-il pour la bonne bouche ? Je brûlais de le savoir… Mais Kex se leva.

— Je pense que je vais prendre congé, Blaine. C'était une merveilleuse soirée, et j'ai passé un excellent moment. J'ai malheureusement d'autres affaires qui m'attendent, ou sinon, je serais resté plus longtemps.

Blaine se leva et fit vers lui quelques pas hésitants.

— Non, non, ne vous dérangez pas, dit Kex avec une grande affabilité. Je connais le chemin.

Il quitta la pièce. Nous entendîmes la porte s'ouvrir, se refermer. Kex était parti. Tout le monde relâcha son souffle.

CHAPITRE XVII

Il y eut des raclements de gorge, des marmonnements incertains, des regards méditatifs sur des verres vides. Blaine fit le tour du groupe avec une bouteille, les épaules tristement voûtées.

Alma balança les jambes par-dessus le bord du lit et s'assit, en tapotant ses cheveux en bataille. Munton lançait des regards féroces vers la porte. Hortense alluma une cigarette et souffla pensivement sa fumée. Blaine posa la bouteille vide sur la table et leva courageusement son verre :

— À la santé des criminels en tous genres.

Il y eut un silence tandis que le Club des Chemises Sales faisait le point sur lui-même.

Oleg s'éclaircit la gorge.

— Une soirée intéressante – il est intéressant de s'observer d'un point de vue aussi étrange.

— Intéressant, allons donc, marmonna Munton en évitant de croiser les regards. Un tissu de mensonges, du moins en ce qui me concerne. Une impression tout à fait fausse, une déformation complète des faits. Dans un pays de nègres, il faut maintenir la discipline, ou sinon, on est fichu. J'ai fait ce qui était nécessaire, sans plus.

Soudain, plusieurs voix se firent entendre, comme une demi-douzaine de stations de radio.

— Un vil calomniateur, grinça Leibnitz. Je peux retourner en Allemagne quand je veux. Qu'est-ce que c'est que ces bêtises sur la Gestapo et moi ? Jamais…

— Ce n'est pas que je sois un ange de vertu, déclara la comtesse Margaret à la cantonade, et je me fiche bien de ce que les autres peuvent penser, mais si quelqu'un dit des mensonges sur moi, il s'expose à de graves ennuis. Après tout, il y a des limites...

— Ce salaud d'ivrogne ! lança Alma. Ce vieux salopard ! Où est-il allé déterrer tout ça ? (Les yeux vagues, elle dévisagea les autres.) Buster ! jappa-t-elle. Cet homme, il est encore là !

C'était de moi qu'elle parlait.

— Les gens ne se rendent pas compte du stress que subit un joueur de football, expliquai-je à Oleg et à Blaine. Ce n'est pas tant une question de tricher. Bon sang, quatre-vingt-dix pour cent de l'équipe faisait pareil, et même pire. J'ai juste eu la malchance de me faire prendre.

Oleg m'avait écouté en hochant judicieusement la tête.

— Ce numéro a été remarquable, certes, quoique un peu exagéré en ce qui me concerne. De telles conditions n'ont jamais existé dans notre propriété, qui était un domaine modèle. De fait, nous avons sauvé la vie de centaines de gens qui auraient pu mourir de faim. Les communistes, ils ont tout déformé, pour monter nos anciens serviteurs contre nous.

Hortense eut son léger sourire secret, et continua de siroter son cognac. Je m'étais remis à parler, tout le monde parlait : des explications, des dénégations, des justifications, des argumentations que personne n'écoutait. Je me demandai si les autres étaient aussi furieux et embarrassés que moi. J'aurais voulu m'arrêter, mais les mots se déversaient de ma bouche comme de leur propre volonté.

Tous continuèrent de parler jusqu'à ce que la pièce se mette à vibrer. Le niveau du cognac baissa, et Munton se rendit au Vistamare, dont il revint avec trois bouteilles.

— J'aimerais avoir Kex avec moi trois mois au Nigéria, histoire de le mettre au pas ! Ah, pardieu, il en sortirait un homme différent ! Un homme meilleur !

— Ce serait un homme meilleur s'il était mort, déclara la comtesse Margaret.

Elle était affaissée dans son fauteuil, les genoux écartés. On aurait dit un crapaud coiffé d'une perruque blonde.

— C'est une sacrément bonne idée, dit Blaine d'une voix rauque.

— Un homme qui fait un si mauvais usage de son existence ne mérite pas de vivre, nous déclara Munton.

— Si j'avais un pistolet, j'appuierais sur la détente, s'écria Leibnitz avec des éclairs dans les yeux. Personnellement, avec ces deux mains, ajouta-t-il en levant les poings.

— Vient un moment, ajouta Oleg, où le processus ordinaire de la justice semble inadéquat.

— Si j'étais un homme, dit la comtesse Margaret, je ferais quelque chose.

Blaine rétorqua d'un ton méprisant :

— Pas besoin d'être un homme pour ça. Tu peux le faire aussi bien qu'un autre.

Alma poussa un cri :

— Tuons ce salopard !

Il y eut soudain un silence prudent, que Blaine finit par rompre :

— Il n'y a aucun doute qu'il le mérite. Il a fait assez de mal comme ça à beaucoup de gens. Il a pratiquement assassiné les deux Ryen de sa propre main.

— Vraiment dommage, grommela Munton. Je saurais quoi faire si je l'emmenais en safari…

— Tout ce qu'il faut, c'est un accident, dit Blaine. Un simple petit accident.

Oleg fit une grimace.

— Naturellement, nous n'avons pas vraiment l'intention… (Il s'interrompit, but pensivement une gorgée de cognac.) Quoique, d'un autre côté…

— Moi, je dis qu'il faut tuer ce salopard, déclara Blaine.

— Je suis d'accord, s'écria Leibnitz. Une raclure comme ça, c'est rendre service à l'humanité que de l'éliminer.

Munton fit un clin d'œil entendu.

— Dans un cas comme celui-là, c'est toujours utile d'avoir un alibi, hein ? Eh bien, nous sommes huit citoyens responsables, prêts à jurer que, ahem, celui qui fera le travail était en train de boire ici, avec nous, tous ensemble. Bien sûr, il ne faut pas qu'il se fasse voir. Il devra prendre des précautions élémentaires, pour qu'il n'y ait pas de malentendus.

Blaine se leva et regarda le cercle de visages autour de lui.

— Il me semble que nous parlons tous le même langage. Je n'entends personne plaider la cause de Kex.

Silence.

— Quelqu'un voit-il une objection à expédier Kex *ad patres* ?

Silence. Tous semblaient sombrement déterminés.

— Je pense que Kex nous a déjà infligé plus que ce qu'une personne civilisée devrait supporter. Je pense que nous devons faire quelque chose.

— L'union fait la force, déclara Oleg.

Hortense eut de nouveau son léger sourire. Je repensai au film en 16 millimètres de Kex. À dix-sept ans, Hortense avait dû valoir le coup d'œil. Elle remarqua que je l'observais, et sut ce que je pensais.

Le cognac continua de couler à flots. Les visages se firent plus animés, décidés, comme détachés des corps. Les personnalités enflèrent comme des ballons, plus grandes que nature. La lumière jaune devint plus brillante, comme un tournesol de Van Gogh. La pièce devint plus vaste, le groupe se resserra.

On discuta de différentes méthodes. L'idée d'Alma était impraticable : « Bottons-lui les fesses jusqu'à ce que sa cervelle lui coule par les oreilles. » Leibnitz parla de pistolet, mais Blaine secoua la tête :

— Il faut que ça ait l'air d'un accident. À quoi bon avoir tous ces escaliers, si on ne s'en sert pas ?

Oleg prit un air avisé :

— La méthode la plus simple est la meilleure.

— Mais d'abord, dit Blaine, nous devons décider qui va s'en charger. Ça fera une différence.

— Oui, s'écria Munton, d'accord ! Commençons par le commencement. (Il se tourna vers l'assistance d'un air interrogateur.) Alors, y a-t-il un volontaire ?

Tous buvaient du cognac à l'eau. Tous semblaient plongés dans leurs pensées.

— Ha ! Ha ! s'exclama Hortense, qui n'avait pas ouvert la bouche depuis vingt minutes. Qui sera le chat ?

Il y eut un long silence, troublé uniquement par les hoquets d'Alma.

— Eh bien, fit Blaine, quelqu'un a une idée ?

Munton toussota, agita négativement le doigt et but un peu de cognac comme pour calmer sa toux.

— C'est bien ce que je pensais, conclut tristement Blaine. Aucun de nous n'a assez de cran. Si on en avait, on ne serait pas là.

Et il se laissa tomber dans son fauteuil.

Alma fit un bruit étrange, un mélange de rire et de gargouillement.

— Sortons faire la course ! lança-t-elle. Allons faire la course !

— Non, dit Blaine, mais voici ce qu'on peut faire. Venez autour de la table, tous. On va jouer ça aux cartes.

— Quelles sont les règles ?

— L'as de pique l'emporte.

— Quand ça ?

— C'est ce que nous allons déterminer. Quand le moment sera venu. Quelqu'un a une objection ?

Hortense, qui n'oscillait que très légèrement, se glissa du banc sur lequel elle était assise et apporta une chaise près de la table. La comtesse la fusilla du regard, et décidant qu'Hortense n'allait pas prendre toute la gloire pour elle, elle la rejoignit aussitôt.

— Allons, venez, venez, grogna-t-elle à Oleg et moi, qui restions en retrait. Finissons-en.

— Quelqu'un doit tuer ce salopard, déclara Blaine, et nous sommes tous ensemble dans le coup.

Sans volonté consciente de ma part, je me retrouvai assis à la table, Oleg à ma gauche et Munton à ma droite. Blaine sortit un paquet de cartes, que nous battîmes solennellement à tour de rôle. C'était un beau tableau, nous huit serrés autour de la table, les bouteilles de cognac au centre, les ampoules nues projetant leur lumière sur nos visages qui s'en trouvaient allongés et hagards.

Blaine expliqua :

— Pour le tour préliminaire, chacun prend une carte sur le dessus. La plus forte l'emporte, l'as étant maître. Celui-là prendra la première carte dans le tour principal, et on continue comme ça dans le sens des aiguilles d'une montre. OK ?

Alma prit une carte : six de trèfle. Nous suivîmes, chacun à son tour. C'est Munton qui tira la carte la plus forte, la dame de cœur.

— Bon, c'était juste le tour préliminaire, dit Blaine.

Ainsi, Munton serait le premier, moi le deuxième, puis Oleg, Hortense, Blaine, Alma, la comtesse Margaret, et enfin Leibnitz.

Le jeu fut de nouveau battu et le paquet placé au milieu de la table.

— Allez-y, piochez, dit Blaine.

Munton se passa la langue sur les lèvres, tira une carte… Le trois de pique.

Je tirai une carte… dix de cœur. Oleg approcha sa main prudemment, comme si le paquet était un serpent qui sommeillait. Il en souleva un coin, regarda par en dessous. Roi de cœur. Hortense retourna nonchalamment sa carte. Deux de carreau.

Blaine eut le cinq de trèfle. Alma, d'une main maladroite, tira la dame de trèfle. La comtesse Margaret eut le valet de pique, et Leibnitz le quatre de trèfle.

Le tour revint à Munton. Il tira lentement une carte, l'examina par en dessous, et la retourna avec un sourire triomphant. L'as de trèfle.

— En voilà un de parti.

À moi. Le paquet semblait énorme et sinistre, comme en gros plan dans un film policier. Je pris une carte – le geste semblait terriblement important – et la retournai. Six de pique. Je poussai un soupir et regardai Oleg jeter furtivement un coup d'œil à sa carte. Cinq de cœur. Hortense retourna la sienne calmement. Huit de carreau. Blaine tira lentement le roi de pique, Alma le sept de carreau, la comtesse Margaret le trois de cœur, Leibnitz le huit de trèfle, et ce fut de nouveau au tour de Munton.

Avec un large sourire qui laissait voir ses dents jaunâtres, il montra l'as de cœur.

— Et en voilà un autre.

Je me sentais à la fois dégrisé et hébété. Le paquet m'attendait. Je pris une carte. Dame de pique.

— Après tout, dit Blaine, c'est un privilège, pas un sacrifice.

Oleg tira le quatre de carreau et le regarda en silence. Hortense retourna le valet de carreau.

— C'est un privilège, répéta Blaine d'une voix creuse. (Il retourna le neuf de cœur.) Mais où est l'as ?

— Ici, lança Alma.

Mais elle n'eut que le dix de trèfle.

— Ici, dit à son tour la comtesse Margaret.

C'était le six de cœur.

— À un moment ou à un autre, dit Blaine, vous allez crier « ici », et vous aurez raison.

— Moi, je ne dirai rien, déclara Leibnitz.

Il tira le sept de pique.

Munton prit sa carte d'un geste brusque. Il la souleva et la regarda fixement.

— On dirait que je les tire tous.

C'était l'as de carreau.

La situation devenait grave. Je tirai le deux de pique, Oleg le trois de trèfle, Hortense le valet de trèfle.

— Allez, viens, dit Blaine qui retourna le huit de pique.

— Allez, allez, dit Alma qui hérita du six de trèfle.

La comtesse Margaret eut le neuf de carreau, Leibnitz le cinq de pique, et le tour revint à Munton. Il posa la main sur le paquet.

— J'ai eu tous les autres, voici donc l'as de pique. (Il regarda tout le monde, et répéta :) L'as de pique.

Il retourna la carte : neuf de pique. Je piochai à mon tour, regardai… L'as de pique. Gros et noir comme une pelle à charbon.

L'As de Pique.

J'étais donc désigné pour tuer Kex. J'examinai soigneusement la carte. L'as de pique, indiscutablement. J'entendis tous les autres se détendre, rire et boire leur cognac.

— Bien, dit gaiement Blaine, voilà une bonne chose de faite. Maintenant, voyons la façon de procéder.

— Il faut que ce soit un accident, dit Munton en reprenant son attitude de colonel du régiment. On ne peut pas faire les choses n'importe comment, j'ai appris moi-même deux ou trois petites astuces au Nigéria. Les nègres ont quelques tours dans leur sac, dans ce domaine.

Oleg dit prudemment :

— C'est avant tout une question d'opportunité, et nous ferions peut-être mieux d'ajourner jusqu'à ce que…

Leibnitz tapa du poing sur la table.

— Non, non, non. Moi, je dis que cette opportunité, nous devons la créer, et débarrasser la terre de cette pestilence !

Il y eut un consensus autour de la table, maintenant qu'une souris avait été élue pour attacher la clochette autour du cou du chat. Sur le moment, j'étais suffisamment soûl pour être inquiet.

Blaine déclara :

— Tout ça, c'est très bien, mais on ne peut pas aller trouver quelqu'un sur la terrasse du Vistamare et l'« accidenter ». Il faut fixer un moment et un lieu. Et n'oubliez pas que nous sommes tous ensemble sur ce coup. S'il y a un raté, ce n'est pas seulement Chuck qui va au trou. Nous y allons tous. Nous devons coopérer.

Munton grommela :

— Ça ne devrait pas marcher tout à fait comme ça. Inutile d'impliquer tout le groupe.

— Ma foi, nous devons constituer un alibi solide.

— Hmmf, oui, vous avez sans doute raison.

D'une voix pâteuse, Blaine proposa un toast :

— À la santé des criminels !

— Aux criminels ! dit Oleg qui avait beaucoup bu.

Alma ronflait. Hortense avait le regard vitreux. La comtesse Margaret était plus bouffie que jamais.

— Aux funérailles de Kex ! s'écria Leibnitz avec enthousiasme. Aux criminels !

Chapitre XVIII

La suite des événements fut confuse. Ma vision était brouillée, j'avais la bouche pâteuse, mes oreilles bourdonnaient d'un bruit de vagues – qui étaient effectivement des vagues, une centaine de mètres au sud. Des conversations bruyantes, du verre brisé. Mis au défi par la comtesse Margaret, Oleg entonna une chanson paillarde en polonais, qu'il refusa de traduire. Blaine commença à s'inquiéter quand Alma refusa de revenir à la vie. Munton, avec une galanterie un peu lourde, finit par la soulever pour la remettre sur ses pieds, et malgré ses protestations geignardes, il sortit avec elle pour la raccompagner à l'hôtel Luxia.

Oleg et moi nous plongeâmes dans une discussion sur l'avenir de la civilisation, qui fut interrompue par Leibnitz et la comtesse Margaret qui se lançaient des obscénités à tue-tête. Blaine, assis sur le lit où il s'amusait avec Hortense, releva la tête et ordonna à tout le monde de s'en aller.

En titubant, je longeai la plage avec Oleg, et l'aube pointait lorsque je montai enfin péniblement l'escalier du Vistamare et que je m'écroulai sur mon lit.

Quand je me réveillai, on était lundi matin. J'avais un goût affreux dans la bouche, mais à part ça, pas de gueule de bois. Je restai inerte une bonne dizaine de minutes, et les souvenirs de la veille commencèrent à remonter lentement à la surface. Je ne savais pas si je devais éprouver de l'amusement ou de l'embarras... Mais il y avait des affaires plus urgentes que la soûlographie de la nuit dernière. En y pensant, je me levai d'un bond et enfilai rapidement mes vêtements.

Je fus étonné de voir qu'il était encore tôt, 10 heures. Je descendis les marches quatre à quatre et, sans même prendre de petit déjeuner, je courus jusqu'à l'appartement de Kex. La grosse Chrysler attendait devant

– *ma* Chrysler. Je remis le Delco en place sous le capot – *mon* Delco, *mon* capot –, sautai derrière le volant, démarrai et redescendis la colline en passant devant le bureau de poste, puis je remontai vers Sorrente.

Positano était derrière moi, et devant, le mur de pierre et la grille en fer forgé, avec la lanterne et la plaque « Villa Sirenia ».

Je ralentis au passage et jetai un coup d'œil à travers la grille. Un mouvement, quelque chose de blanc. Je freinai, et la Chrysler s'arrêta dans un bruissement pneumatique. Je fis marche arrière et vis Betty qui ouvrait le portail. Elle était vêtue de son blue-jean et de son chemisier blanc, avec un pull rose sur le bras. Elle me regarda d'abord, puis la voiture, avec un haussement de sourcils sardonique.

— Bonjour, dis-je poliment.

— Bonjour.

La température était fraîche…

— Où vas-tu ?

— Dans la montagne.

— Une balade en voiture, ça te dirait ?

— Non, merci.

— Tu es bien distante, aujourd'hui.

— Vraiment ?

— Oui, je trouve.

Elle détourna le regard vers la colline.

— Tu es encore fâchée après moi ? lui demandai-je.

— Non, pourquoi le serais-je ?

— Aucune raison – allez, monte, viens avec moi.

— Où vas-tu ?

— À Naples.

— Je ne peux pas. (Elle jeta un coup d'œil par-dessus son épaule.) Je ne devrais pas te parler.

— Je ne peux quand même pas être mauvais à ce point, si ?

Elle ne répondit pas. Au bout d'un moment, elle regarda à travers la grille d'un air pensif, puis elle passa de l'autre côté de la voiture, dont j'ouvris la portière. Elle s'installa.

— Je veux bien faire un petit bout de chemin avec toi.

Nous démarrâmes, et la voiture glissa sur la route tel un grand canoë vert.

Betty se tenait très droite, les fesses sur le bord du siège, les genoux bien serrés.

— Je n'ai jamais été dans une voiture comme ça, dit-elle. C'est une voiture américaine, n'est-ce pas ?

— Oui.

— Elle appartient à Kex – non ? demanda-t-elle en me regardant du coin de l'œil.

— Non, elle est à moi.

Et je lui expliquai toute l'histoire. Elle absorba l'information en silence, et puis :

— Pourquoi vas-tu à Naples ?

— Je veux toucher les chèques de Kex avant qu'il n'ait l'idée de faire opposition. Je ne travaille plus pour lui. Il m'a licencié hier soir.

— Ah.

Il n'y avait rien à ajouter. Nous continuâmes de rouler en silence, jusqu'à ce que Betty dise soudain :

— Je crois que je ferais mieux de descendre ici.

Je ralentis et me tournai vers elle.

— Allez, viens à Naples. C'est une journée magnifique.

Pour toute réponse, elle me fit un sourire légèrement méprisant.

— Alors, tu es d'accord ? demandai-je.

— Non, bien sûr que non. D'abord, je n'ai pas une tenue correcte pour aller à Naples.

— Je t'achèterai d'autres vêtements, y compris les dessous.

— Ah, là, tu dis des bêtises.

Mais l'idée ne lui déplaisait pas.

— Chiche.

Il y eut un silence.

— Je ne devrais pas, en fait, dit-elle d'un air songeur.

Je pris ça pour un consentement.

— Tu dois être rentrée à une heure en particulier ?

— Non. Personne ne remarque si je suis là ou pas.

— Tu ne t'entends pas bien avec tes parents ?

— Nous nous supportons. Ils… ils ont leurs problèmes… et j'ai les miens.

Elle avait dit ça à voix basse. Elle se cala dans son siège et se détendit.

Au bout d'un moment, elle alluma la radio et chercha des stations, sans rien obtenir d'autre que des parasites. Elle finit par l'éteindre.

À la dérobée, j'examinais son profil. Elle avait presque l'air heureuse. Pris d'une impulsion soudaine, je lui dis :

— Ne nous arrêtons pas à Naples. Continuons. Jusqu'à Paris. Et ensuite, à la maison – aux États-Unis.

Elle me regarda un instant bouche bée, et finit par me dire avec un petit sourire :

— Qu'est-ce qui te fait croire que… tu me plais ?

— La seule façon de le savoir, c'est de poser la question.

Elle appuya sa nuque contre le dossier en cuir et regarda défiler les collines rocheuses. Au bout d'un moment, c'est d'une voix très douce qu'elle me dit :

— Eh bien, la réponse est non. (Un instant plus tard, elle ajouta :) De toute façon, je n'irais pas très loin sans mon passeport.

— Oh, ça, ça peut toujours s'arranger.

— Je voudrais bien… Je voudrais quitter Positano – plus que tout au monde.

— Eh bien, quittons Positano. Nous avons cette voiture, et nous avons huit mille cinq cents dollars en plus de ce qu'il y a sur mon compte en banque.

— C'est… c'est impossible.

— Pourquoi ?

— Je ne peux pas quitter ma famille.

— Comme je te l'ai déjà dit, des milliers de filles le font chaque année.

— Pas des familles comme la mienne.

— J'aimerais vraiment comprendre ce dont tu parles.

— Si tu le comprenais, tu n'aurais pas autant envie de me séduire.

— Te « séduire » ? Mais bon sang, je veux t'épouser !

Elle éclata de rire.

— Tu en aurais encore moins envie. Jamais je ne me marierai.

— Tu parles comme une fille qui a peur.

— Oui, j'ai peur.

— Peur de quoi ? Puisque je suis ton fiancé, j'ai le droit de savoir.

— Tu n'es pas mon fiancé.

— Mais tu as peur ?

— Oui, sans doute.

— De qui ? De ton père ?

Elle hésita un instant.

— Non.

— De ta mère ? De Freddy ?

— Non.

— De qui, alors ?

— De personne en particulier. Seulement... des circonstances. De la façon dont ma vie évolue. Il va se passer quelque chose de terrible. (Elle s'interrompit un instant, avant d'ajouter :) Hilfstone est à Positano. Il s'est installé chez nous.

— Qu'est-ce qu'il veut ?

— Je ne sais pas vraiment. Je l'ai entendu dire quelque chose à propos de Kex.

— Ça pourrait t'intéresser de savoir que je suis censé tuer Kex.

Elle me regarda avec étonnement.

— Hier soir, expliquai-je, le Club des Chemises Sales m'a désigné pour cette tâche. Tu aurais dû voir ça...

Je lui racontai la soirée.

— Et tu vas le tuer ?

— Non, bien sûr. Aucun doute qu'il le mérite largement, mais pas question que ce soit moi qui le fasse. Nous étions tous très soûls, hier soir, et sur le moment, ça semblait réel. Mais le jour s'est levé, et je ne suis plus soûl. Si Buster Blaine veut faire une raie dans les cheveux de Kex avec une hache, et maquiller ça en accident, je lui laisse bien volontiers ce plaisir.

— Si j'avais l'occasion, je le tuerais, dit Betty en regardant droit devant elle.

— La vie est trop courte. Plus tôt je t'aurai emmenée loin de Positano, mieux ce sera.

Elle ne réagit pas. Et la grande décapotable verte vola par-dessus les collines, et les paysans qui levaient les yeux de leurs plants d'artichauts savaient que nous étions des millionnaires. Nous franchîmes le ravin et continuâmes de rouler vers Sorrente. La route de Naples était sur la droite, grimpant autour d'autres collines, avec l'immense baie en contrebas, Capri au loin, et Naples elle-même, miraculeusement nettoyée par la distance, s'étalant sur le lointain rivage.

La route était étroite et encombrée de charrettes à ânes, d'autocars et de scooters – il était midi moins le quart quand nous atteignîmes Naples. Indifférent aux limitations de vitesse, je fonçai vers l'agence de l'American Express, sur laquelle étaient tirés les chèques de Kex et qui, par chance, hébergeait mon modeste compte bancaire. J'arrivai juste avant la fermeture pour la sieste quotidienne de deux heures.

J'encaissai les chèques et quittai l'agence en me sentant un peu plus rassuré sur ma fortune. Encore une fois, Betty protesta qu'elle n'avait pas de tenue présentable quand je voulus l'emmener dans l'un des grands hôtels du front de mer.

— Quelle importance ? lui dis-je. Nous sommes simplement deux fous d'Américains, et du moment que nous avons de l'argent, personne ne fera de remarques.

Nous prîmes donc un long déjeuner, avec des *canelloni alla Genovese*, du homard et du faisan, et des avocats importés du Mexique par avion, le tout arrosé de trois bouteilles de champagne, et les serveurs furent convaincus que nous étions des Américains particulièrement fous. Nous flirtions et nous nous tenions la main par-dessus la table, et le monde était un endroit merveilleux.

Après le déjeuner, nous eûmes une petite discussion pour savoir si je devrais lui acheter une robe, parce que nous avions décidé qu'il était vraiment trop tôt pour rentrer à Positano. Nous parvînmes à un compromis : elle m'emprunterait l'argent, qu'elle me rembourserait une fois de retour à la maison. Nous nous rendîmes donc dans une boutique de luxe sur la Via Roma, et Betty en ressortit vêtue de noir et de blanc. Elle semblait formidablement heureuse, incroyablement jolie. Quand elle monta dans la voiture, je l'embrassai, et après une légère hésitation, elle fondit dans mes bras.

— Betty, lui dis-je, tu veux bien m'épouser, n'est-ce pas ?

— Non, Chuck.

— Je t'aime.

Elle se mit à pleurer. Les passants nous regardaient. Je quittai la Via Roma pour rejoindre le front de mer, où nous pourrions être seuls. Betty se tenait serrée contre moi.

— Chuck, je veux t'épouser – je veux m'en aller loin d'ici – mais je ne peux pas, alors, s'il te plaît, ne me le demande pas. Si tu dois savoir...
Elle hésita.

— Oui ?

— Il y a des cas de folie dans ma famille.

— Mais toi, tu n'es pas folle.

Avec un petit sourire en coin, elle me dit :

— Tu as vu Freddy...

Je pouvais difficilement prétendre que Freddy avait toute sa tête. Je reconnus que, effectivement, il était peut-être un peu mou du cerveau.

— Mou ? C'est tout le contraire. Il pique des rages comme un bébé !

— Disons un peu simple, alors. Mais n'empêche, insistai-je, il n'y a aucun problème de ton côté.

— Tu ne peux pas en être vraiment sûr.

— Moi-même, je ne suis pas certain d'être tout à fait normal.

Elle me dévisagea de sa façon si particulière, une curiosité dénuée de passion.

— Je crois que tu es parfaitement sain d'esprit, très pragmatique.

— Je n'en suis pas si sûr. D'abord, qu'est-ce que ça veut dire, la santé mentale ? Ce n'est qu'un état d'esprit relatif à d'autres états d'esprit.

Elle eut un petit sourire mélancolique.

— Mais tu ne sais pas ce qu'il y a dans le mien. J'ai des pensées que je ne pourrais jamais confier à personne. Et parfois, dans mon demi-sommeil, eh bien... j'ai des visions, on pourrait appeler ça comme ça. Comme un film en couleur, comme si j'avais fumé de l'opium.

— Quoi, par exemple ?

— Oh... (Elle hésita.) Une fois, c'était comme si j'étais sous l'eau, au milieu d'algues violettes, roses, vertes, qui grandissaient et changeaient, comme dans un kaléidoscope.

— J'aimerais bien voir des choses comme ça, moi aussi.

— Une autre fois, j'étais à l'intérieur d'une énorme perle creuse, qui s'est retournée comme un gant – ça a l'air impossible, mais je l'ai vu, j'ai tout vu, et j'étais à l'extérieur, et la perle est devenue une bulle de savon. Et j'ai vu aussi des choses comme des démons, des fées – comme je te vois en ce moment ! Les gens sains d'esprit ne voient pas des choses comme ça !

— Bien sûr que si ! Pourquoi pas ? Tu es simplement douée d'une grande imagination visuelle.

— J'aimerais que ce soit vrai.

— C'est ce que je crois, et de toute façon, c'est toi que je veux.

— Tu dis ça maintenant, Chuck, mais plus tard, tu pourrais changer d'avis.

— Mais…

Elle posa sa main sur ma bouche pour me faire taire.

— Non, Chuck. C'est très gentil de ta part, mais je ne t'épouserai pas.

— Si, tu m'épouseras.

— Non, Chuck.

— Si.

— Non.

— Si.

Elle éclata de rire, mais c'est d'une voix triste qu'elle dit :

— On pourrait continuer comme ça toute la journée.

— Jusqu'à ce que tu me dises oui.

— Je ne peux pas. Je ne le dirai pas.

— Si, tu peux. Est-ce que tu m'aimes ?

— Je… Je crois bien… Oui.

— Alors, il n'y a plus rien à ajouter.

Elle ne répondit pas. Je l'embrassai encore une fois.

Deux femmes qui poussaient chacune un landau s'arrêtèrent pour nous observer, les yeux exorbités comme ceux d'un homard. Je leur lançai un regard mauvais, je démarrai et je repartis le long du front de mer. Nous allâmes nous garer dans la Via Partenope et descendîmes jusqu'au Caffè Bersaglieri, où nous nous installâmes au soleil devant deux grands verres d'un mélange de vin et d'eau pétillante. Ils projetaient une ombre rouge vif, et les bulles remontant dans le liquide crépitaient à la surface.

Je demandai soudain :

— Qui est James Hilfstone ?

Il y eut l'hésitation habituelle, la réflexion intérieure, et puis Betty croisa mon regard :

— C'est le demi-frère de ma mère… Mais s'il te plaît, ne parlons pas de lui. C'est merveilleux, ici, tellement paisible.

Nous restâmes donc ainsi, nous tenant les mains, pendant l'un de ces précieux instants qui restent à jamais gravés dans la mémoire, quand l'air, la lumière, les formes et les couleurs prennent soudain une richesse extraordinaire, quand même les petites bulles qui s'échappent des verres se mettent à vibrer d'une signification symbolique. Une coquille précieuse et fragile qui contient l'instant présent, où le temps, la beauté et l'univers tremblent juste hors de portée.

Puis des nuages obscurcirent le soleil et un vent froid se leva. Nous quittâmes le café et traversâmes la rue pour entrer dans l'Hotel Montfalcone, où se tenait un thé dansant. Nous bûmes chacun deux martinis, nous dansâmes en nous tenant la main et en nous regardant au fond des yeux. L'après-midi passa ainsi, comme un voilier traversant un banc de brume, laissant derrière lui un sillage de plus en plus large livré à notre contemplation, si nous voulions le regarder. Absorbés dans la douceur du présent, nous sentions à peine le déplacement, et l'heure du dîner arriva bientôt.

Nous prîmes des chateaubriands garnis de truffes, avec de la salade et encore du champagne, et quand je regardai ma montre, il était déjà 22 heures.

— Que va faire ton père, quand il verra que tu n'es pas rentrée ?

— Il n'en saura rien. Il s'enferme dans son bureau et n'en sort qu'au matin.

— Et ta mère ?

— Peu lui importe ce qui peut m'arriver.

— Tu n'as pas vraiment une vie de famille.

— J'ai toujours aimé être seule. Ils savent que je ne suis pas... ce genre de fille.

— Mais tu l'es, en un sens.

— C'est la première fois.

Nous avions une chambre au dernier étage, avec la lune mourante qui filtrait par la fenêtre et les lumières de Naples s'étalant le long du rivage.

À minuit, Betty chuchota dans l'obscurité :

— Si mon père l'apprenait, il me tuerait.

Et un instant plus tard, elle ajouta d'une voix hésitante :

— Tu... tu es *certain* qu'il n'y aura pas d'enfant ?

— Non, il n'y en aura pas.

Un nuage passa rêveusement devant la lune, qui finit par disparaître à l'horizon. Nous étions allongés l'un contre l'autre, face à face.

— Demain, dis-je, nous récupérerons ton passeport et nous quitterons Positano pour toujours.

— Je voudrais bien, Chuck.

— Si tu le veux, il n'y a rien d'autre à dire.

— Je ne peux pas.

— Mais si, tu peux.

— Non. Tu... tu ne me connais pas, tu ne sais rien de moi.

— Eh bien, alors, vas-y, dis-moi tout !

Elle me prit la main et la posa sur la peau soyeuse de sa hanche. Je sentis une cicatrice. Elle ouvrit la bouche pour parler, mais aucun son n'en sortit. Son visage se crispa.

Soudain inquiet, je lui dis :

— N'en parle pas si tu ne veux pas, Betty.

Elle relâcha son souffle.

— Je voudrais... mais je ne peux pas. Quand j'essaie de parler, c'est comme si quelque chose s'emparait de mon cerveau.

Je tentai de la réconforter.

— De toute façon, ça n'a pas d'importance. Rien de ce qui est derrière nous n'a d'importance. Seulement ce qui est devant.

— Je sais, dit-elle à voix basse. C'est justement ça qui me fait peur. Quelque chose de terrible se dirige vers nous, que nous ne pourrons pas éviter. Comme un train.

— Tu fais des cauchemars.

— Non, non, Chuck, je le sens.

Je ne pouvais rien dire. J'avais le cœur trop lourd.

Vers trois ou quatre heures du matin, nous quittâmes l'hôtel et partîmes vers le sud. Les routes étaient désertes. La Chrysler avalait les kilomètres sans effort, ses phares éclairant un bref instant de petites maisons sinistres aux volets clos dans lesquelles des hommes, des femmes et des enfants étaient plongés dans le sommeil, aussi déconnectés de nos existences que si nous étions des fantômes.

L'aube se levait quand nous atteignîmes Sorrente, et nous prîmes la route de bord de mer vers l'est de plus en plus lumineux. Je déposai

Betty devant son portail alors que le soleil commençait à éclairer les eaux grises.

— Tu es sûre que ça va ? murmurait-je, et ma voix résonna dans le silence.

— Oui.

— Quand est-ce que je te reverrai ?

— Je ne sais pas. Je te le dirai.

Je la regardai franchir la grille et s'éloigner sur le flanc de la colline. Comme ce matin était calme ! Je repartis et me garai près du bureau de poste, puis j'allai à pied jusqu'au Vistamare. Je me couchai vers six heures moins le quart et dormis jusqu'à une heure et demie de l'après-midi.

Je me réveillai avec l'esprit rempli de doutes, d'incertitudes et d'inquiétudes. Je pris une douche, je me rasai et descendis prendre un café.

Il y avait une atmosphère d'excitation dans la salle à manger. Les serveurs se tenaient penchés par-dessus la table du fond, celle où le petit groupe d'habitués jouait aux cartes. Chi-Chi me lança un regard en coin, que j'ignorai.

À une table près de la porte était assis Munton, qui fit semblant de ne pas me voir. Juste pour l'embêter, je me laissai tomber dans un fauteuil à côté de lui.

Il pinça les lèvres et haussa les sourcils. On aurait dit un chien qui s'apprêtait à mordre. D'un air dégagé, je lui demandai :

— Alors, quoi de neuf, aujourd'hui ?

— Quoi de neuf, hein ? Elle est bien bonne, celle-là, dit-il avec un petit rire.

Je fus surpris. Ses lèvres violettes étaient humides, ses mains tremblaient nerveusement. Il enchaîna :

— Je dois vous reconnaître un mérite, à vous autres Américains : vous êtes rapides en besogne.

— Hein ? De quoi parlez-vous ?

— Je ne sais pas quelle folie m'a pris d'écouter vos idées absurdes. Mais n'oubliez pas une chose : je m'y suis opposé tout du long, et il n'est pas question que j'y sois impliqué… (il tapa du poing sur la table)… sous quelque forme que ce soit.

Il se leva, secoua la tête et quitta la salle à grands pas.

Complètement interloqué, je regardai la silhouette corpulente disparaître dans l'escalier. Quand je levai la tête, je vis Arturo qui m'apportait mon café.

— Pourquoi toute cette agitation, Arturo ?

— Ah, signor, la tragique affaire, dit-il en me regardant d'un air entendu.

— Quelle tragique affaire ? Je viens juste de me lever.

— Notre bon ami Kex… (Arturo versa le café). Il est mort. On l'a tué !

Je le regardai fixement.

— Mais comment ?

Arturo sourit, un sourire intime et lourd de signification. D'un ton solennel, il déclara :

— Signor Musgrave ne peut pas le savoir, évidemment. Il vient juste de se lever.

— Bien sûr que je ne peux pas le savoir !

— C'était une pierre, signor – une très grosse pierre, tombée sur la tête de Kex.

Il s'inclina avec une grande élégance, tourna les talons et s'éloigna.

Chapitre XIX

Je bus une gorgée de café. Je regardai ma main : elle tremblait. Kex était mort. Je comprenais maintenant pourquoi Munton avait voulu m'éviter. Il pensait que j'avais pris au sérieux ma désignation par le Club des Chemises Sales, et que je m'étais précipité pour accomplir une vengeance sanglante. Je réussis à ébaucher un sourire. Le nom du coupable ne devait pas être un bien grand mystère : ici, à Positano, tout le monde savait tout. Je l'apprendrais bien assez tôt dans la journée, mais pour l'instant, ça n'était guère important. J'avais d'autres soucis en tête. En quoi cet événement pouvait-il m'affecter personnellement ? J'avais encaissé les chèques de Kex avant sa mort, et mon titre de propriété de la voiture pouvait difficilement être contesté... Il y avait aussi Betty. La mort de Kex n'atténuerait pas la peur que lui inspirait Hilfstone.

En pensant à Betty, j'éprouvai un puissant désir de la voir, tellement fort que je faillis me lever et me précipiter dehors. Aucun doute, j'étais vraiment amoureux...

Mais pour en revenir à Kex. Blaine connaîtrait sans doute les détails. Je bus le reste de mon café en une gorgée et remontai la colline jusqu'à son appartement.

Je frappai à la porte, et un instant plus tard, j'entendis une voix méfiante :

— Qui est-ce ?

— Chuck.

La porte s'entrebâilla de quelques centimètres à peine. Blaine, vêtu d'une robe de chambre miteuse, passa le nez comme un renard pointant le museau hors de son terrier.

— Hello, fit-il d'une voix terne. Qu'est-ce que vous voulez boire ?

— Je suis venu pour bavarder un peu.

Manifestement, Blaine partageait les convictions de Munton. C'était moi le coupable – l'homme qui avait tué Kex.

Il jeta un coup d'œil dans la ruelle, son long visage de clown tristement plissé.

— Je me demande si c'est bien raisonnable. Ce n'est peut-être pas une bonne idée qu'on nous voie ensemble.

— Je prends le risque.

Blaine vit mon expression.

— Bon, ne vous fâchez pas. J'essayais juste de…

Je l'écartai d'un geste pour entrer. Il hésita, jeta encore un coup d'œil dans la ruelle, et referma la porte.

— C'est ce fichu Molino, le poissonnier, dit-il fébrilement. Il a des yeux comme des couteaux, il observe chacun de mes gestes…

J'ouvris la fenêtre et sortis sur le balcon. Le ciel était voilé, des nuages bas flottaient au-dessus des montagnes. Une goutte de pluie tomba sur ma joue. Les vagues gémissaient tristement sur la plage grise et déserte. Derrière moi, Blaine battit des bras :

— Ne restez pas là, pour l'amour du ciel ! Toute la ville va vous voir !

Je retournai à l'intérieur.

— Et alors ? Ne sommes-nous pas tous solidaires dans cette affaire ?

— Ah, bon sang, fit nerveusement Blaine, je ne savais pas que vous alliez, hem, agir aussi vite. Et pourquoi le faire sous les yeux de la moitié de la ville ?

— Ah ha ! (C'était quelque chose de nouveau. Je réfléchis deux secondes.) Il y a des témoins ?

— Toute la ville en parle.

— Quelqu'un m'a vu tuer Kex ?

Blaine acquiesça.

— Un jeune couple d'Italiens. Je ne connais pas leurs noms. Ils vont ont dénoncé.

Je réfléchis soigneusement.

— Moi, Chuck Musgrave ?

— Exactement.

— Tiens donc…

En un sens, j'étais plutôt soulagé. Je savais qui avait tué Kex. Ça ne pouvait être qu'un seul homme, et cet homme résidait dans la Villa Sirenia.

Blaine me regardait d'un air inquiet, en se demandant comment se débarrasser de moi au plus vite.

Je lui dis avec un plaisir malicieux :

— Je vais déclarer que je suis resté avec vous toute la soirée.

Son visage se décomposa.

— Non, Chuck, non ! Ne me mêlez pas à ce bazar !

— Je croyais que nous allions nous tenir les coudes ?

— Bon sang, on faisait la fête ! Ce qu'on dit quand on a un coup dans le nez, ça n'est pas sérieux. (Il me regarda d'un air interrogateur.) Je ne pensais pas que vous étiez aussi prêt que ça.

Je m'assis et allumai une cigarette. Blaine faisait les cent pas, un long cancrelat marron aux antennes tremblantes.

Je grimaçai un sourire.

— C'est une chance que nous soyons tous ensemble dans le coup. C'est tout l'intérêt d'une organisation. Un pour tous, tous pour un.

Blaine s'affala dans un fauteuil, coudes et genoux de guingois.

— Bon sang, Chuck, s'écria-t-il, je ne peux pas me permettre d'être mêlé à une affaire comme ça. Ce n'est pas une blague. C'est… c'est un meurtre !

— C'était bien ça l'idée. Naturellement, on a appelé ça une « exécution ». Et donc, maintenant – si l'un de nous doit être pendu, nous le serons tous ensemble.

— Bon Dieu ! Vous êtes un diable !

On gratta à la porte. Blaine se leva d'un bond et se précipita dans la cuisine. Il entrebâilla la porte.

— Hello ?

Une voix de femme marmonna quelque chose d'inintelligible.

— Non, non, fit Blaine. Pas maintenant.

La porte fut repoussée brusquement. Blaine recula en chancelant, la main sur son nez. Alma se tenait sur le seuil, les cheveux coiffés dans un style peu flatteur. Elle semblait tout à fait sobre. Elle me vit, tressaillit, lança un regard accusateur à Blaine, et sortit aussitôt.

Blaine referma la porte derrière elle et revint vers moi, le visage grimaçant d'angoisse. Je décidai que la plaisanterie, si c'en était vraiment une, avait assez duré comme ça. Et de plus, je brûlais de curiosité.

— Bon, lui dis-je, juste pour vous rassurer, ce n'est pas moi qui ai fait le coup.

Blaine s'arrêta net. Son expression changea de façon comique, la bouche grande ouverte.

— Comment ? Qu'est-ce que vous dites ?

— Je n'ai pas tué Kex. Je ne me suis même pas approché de lui.

— Mais bon sang, Chuck ! On vous a vu !

— Ils ont vu quelqu'un qui me ressemble.

— Hmmf… (Blaine inclina la tête d'un air sceptique.) C'est difficile à avaler.

— Kex vous a raconté toute l'histoire hier soir.

— Vous voulez dire, le gars à qui vous êtes censé ressembler ?

— Oui. Il s'appelle Hilfstone. James Powan Hilfstone.

— Comment savez-vous qu'il est dans le coin ?

— Je le sais.

Blaine réfléchit quelques secondes.

— Ma foi, dit-il enfin d'un air dubitatif, ça n'est pas mal trouvé.

— Mais vous n'y croyez pas, hein ?

Il fit un geste comme pour s'excuser.

— Comprenez-moi bien, Chuck – je suis entièrement de votre côté ! Mais pendant la réunion de l'autre soir…

D'une voix lasse, je lui demandai :

— Vous croyez que je serais assez bête pour prendre un tel risque ? Accordez-moi un minimum d'intelligence !

Blaine réfléchit. Je pouvais lire dans ses pensées : si je disais la vérité, il n'y aurait pas de conspiration criminelle.

— Les témoins ne voient pas toujours clairement les choses, dit-il enfin d'un air pensif. Ça pouvait être pratiquement n'importe qui…

— Si ça se trouve, c'est vous qui avez fait le coup, suggérai-je.

Il se redressa brusquement dans son fauteuil.

— Non, ce n'était pas moi ! Absolument pas ! Je suis un homme pacifique.

— C'est vous qui avez eu l'idée.

— Oubliez ces bêtises – vous allez tous nous faire plonger. Si vous dites que c'est Hilfstone, c'est Hilfstone.

— Je dis simplement que ce n'était pas moi. Le reste, ce sont des déductions. Au fait, à quelle heure est-ce arrivé ?

— Tard la nuit dernière, j'imagine.

— Ça m'innocente complètement. J'étais à Naples, et je peux le prouver.

Je réfléchis un peu plus avant. Peut-être que je ne pouvais pas le prouver... J'entendis le chuchotement de Betty : « Si mon père l'apprenait, il me tuerait. »

Blaine sembla retrouver un peu de sa bonne humeur.

— Vous pouvez le prouver, dites-vous ?

— Ma foi... oui, si c'était nécessaire. Je ne suis rentré chez moi que ce matin.

Blaine se massa les joues en plissant les lèvres.

— S'ils n'arrivent pas à mettre la main sur Hilfstone – qu'est-ce qui se passera, alors ?

— Ils étendront leurs recherches. De votre côté, vous êtes tout à fait tranquille ?

Il sembla indigné.

— Personne n'irait me soupçonner !

— Pourquoi pas ? Vous aviez de bonnes raisons de le haïr.

— Oleg aussi. Des tas d'autres gens.

— Chaque membre de la Liste des Chemises Sales. Si cette affaire venait à se savoir...

— Qu'est-ce que vous voulez dire, « si » ?

— ... tous deviendraient suspects.

Blaine se tripota nerveusement le menton.

— Vous ne connaissez pas ces policiers italiens. Ils ne sont pas très portés sur les techniques à la Sherlock Holmes. Tout ce qui les intéresse, c'est de se pavaner dans leurs beaux uniformes. Ils arrêteront le premier pauvre bougre qui semblera plausible, et ils en resteront là. Un crime, un prisonnier. Qu'il soit coupable ou non n'a qu'une importance secondaire. (Il s'approcha de son placard.) Vous buvez quelque chose ?

— Non, merci.

Je me levai, mais avant que je n'aie pu prendre congé, la porte s'ouvrit toute grande, et Alma apparut sur le seuil.

— Qu'est-ce qu'il y a, maintenant ? demanda Blaine.

— Il est toujours là ?

— Quand bien même ?

— Il ferait mieux de dégager. Margaret est allée voir les carabiniers, et elle leur a tout déballé sur notre petite soirée. Ils voient ça d'un très mauvais œil.

— Ah, mon Dieu, mon Dieu… gémit Blaine. Si je ne renonce pas à l'alcool après ça, c'est que je ne m'appelle pas Buster Blaine !

Il revint dans la pièce en titubant et s'assit sur le lit. Alma, restée sur le seuil, m'examinait sans manifester aucune émotion.

Blaine grommela :

— Mais qu'est-ce qui lui a pris ? Qu'est-ce qu'elle… ?

— Elle pense qu'elle va pouvoir s'en tirer tant qu'il est encore temps.

— Mais comment diable sais-tu tout ça ?

— C'est Margaret qui me l'a dit. Je viens juste d'aller la voir chez elle.

— Par le Dieu Tout-puissant, s'exclama Blaine, je jure de ne plus jamais payer un verre à cette nana, ni même lui pincer les fesses !

Alma me regarda avec un intérêt grandissant, et ce qu'on pourrait même appeler une sorte de respect méprisant.

— Vous semblez prendre les choses avec un calme étonnant, me dit-elle.

— Principalement parce que je n'ai rien à voir avec cette affaire.

— Ah, vraiment… (Alma haussa les épaules.) C'est une bonne histoire.

Je ricanai.

— L'innocence, la naïveté dont vous faites tous preuve me sidère. Nous tirons les cartes pour savoir qui va tuer Kex. Aucun de nous n'a l'intention d'y donner suite, mais quand Kex est tué, vous concluez aussitôt que c'est moi qui l'ai fait, puisque c'est moi qui ai tiré l'as de pique.

— On vous a vu, dit-elle froidement.

— Mais bon sang, c'est évident qu'après cette petite fête, c'était justement moi qui avais le moins de chance de faire le coup.

Blaine dit à Alma :

— Il était à Naples toute la nuit dernière. Il dit qu'il peut le prouver.

— Ah oui ? Ha ! Ha !

On frappa un coup sec à la porte. Blaine se passa la langue sur les lèvres.

— Là, je crois que je vais me louer une autre piaule. Ici, on se croirait dans un bureau d'embauche de dockers.

Il ouvrit la porte, et j'aperçus des boutons de cuivre brillants. L'attitude de Blaine changea aussitôt.

— Hello.

Il y eut une tirade saccadée en italien.

— Désolé, dit Blaine. Moi *no comprende*.

L'homme en uniforme se répéta, d'une voix plus forte. Sa déclaration ne semblait pas amicale. Blaine voûta les épaules.

— Moi *Americano*, dit-il. Je ne comprends pas un traître mot de ce que vous dites.

Il y eut un murmure dégoûté, suivi d'un silence. Blaine dit nerveusement par-dessus son épaule :

— Je crois qu'ils ont pris toute cette histoire au sérieux… Ils vont revenir avec Vittorio, qui parle l'anglais. (Il se tourna de nouveau vers la porte.) Ah, Vittorio, hello ! Qu'est-ce qui se passe ?

Vittorio s'adressa aux carabiniers, et après avoir obtenu une réponse, il expliqua à Blaine :

— C'est très mauvais, M. Blaine. Ils disent que le type qui a tué Kex est ici. Ils veulent qu'il sorte.

De plus en plus inquiet, Blaine s'exclama :

— Non, non, Vittorio ! Dis-leur qu'ils se trompent. Ils ne doivent pas écouter ce que raconte cette comtesse Margaret – elle est hystérique, c'est une folle !

Vittorio traduisit pour les carabiniers. Je me levai et m'approchai de la porte. Les policiers écoutaient, le visage rouge d'indignation, comme si tout crime était une atteinte personnelle à leur prestige et à leur dignité.

Le visage expressif de Vittorio s'animait, se contractait et se gonflait à mesure de son discours enthousiaste. Le carabinier en chef répondait par de brèves tirades, en agitant la main avec arrogance et en pointant un doigt vers moi par-dessus l'épaule de Blaine. De l'autre côté de la rue, le poissonnier sortit sur le seuil de sa boutique, tandis que deux grosses femmes et une dizaine de bambins déguenillés se tenaient au milieu de la ruelle, bouche bée.

Vittorio déclara :

— Ils disent qu'ils viennent arrêter un homme qui s'appelle Musgruff.

— Mais pourquoi ? s'écria Blaine. Ils ne peuvent pas l'arrêter simplement à cause d'une histoire absurde de la comtesse Margaret !

Il y eut un nouvel échange animé, arguments et contre-arguments. Vittorio se retourna vers Blaine :

— Ils disent qu'ils se fichent de cette comtesse Margaret, elle n'a pas d'importance. Ils disent qu'ils venaient chercher ce Musgruff même avant la comtesse Margaret. Ils disent que Musgruff, il a tué Kex.

Je m'avançai.

— Dites-leur qu'ils sont fous. Je ne suis pour rien là-dedans.

— Ils disent qu'ils ont des personnes, elles vous ont vu. Deux personnes, la nuit dernière, elles vous ont vu jeter une pierre sur Kex !

La confiance que Blaine avait en moi se mit à vaciller. Il jeta un coup d'œil apeuré par-dessus son épaule.

— Dites-leur, Chuck ! Dites-leur qui est vraiment l'assassin !

— Ce n'est pas moi – c'est tout ce dont je suis sûr !

— Mais ils vous ont *vu*, répéta Vittorio – qui était désormais le porte-parole des carabiniers, qui acquiescèrent d'un air furieux.

Blaine me supplia :

— Chuck, dites-leur, que vous étiez à Naples ! Dites-leur !

Je ne voulais absolument pas parler de Naples. Les carabiniers me regardèrent, attendant ma réponse. Je restai muet. Leurs voix s'élevèrent de nouveau.

Vittorio traduisit :

— Ils veulent que vous veniez. Ils vont vous mettre en prison. Ils pensent que vous avez tué Kex. (Il regarda Blaine et rit nerveusement.) Beaucoup d'excitation, hein ? C'est comme si c'était déjà la saison des touristes. Chaque année, c'est de pire en pire.

CHAPITRE XX

Tout en protestant, furieux et inquiet, j'accompagnai les carabiniers à travers les étroits passages malodorants, devant les commerçants sur le pas de leurs boutiques, les ouvriers portant de lourdes charges sur le dos et les petits enfants bouche bée, jusqu'à leur quartier général près de la poste. Ils m'escortèrent jusqu'en haut des marches avec un air supérieur tout à fait déplaisant, qui semblait signifier : « Encore un malfaiteur capturé et qui va subir le châtiment qu'il mérite ». Nous entrâmes dans une petite pièce nue qui sentait le tabac et l'acide carbolique. Deux bancs se faisaient face. Un tableau accroché au mur était couvert de notices et de publicités, avec une photo de Mussolini punaisée dans un coin.

On m'emmena dans une deuxième pièce avec un haut plafond voûté et un sol de marbre. Derrière le bureau était assis un jeune homme sanglé dans un uniforme impeccable, dont le visage exprimait une insolence tranquille. Il avait le front haut, les cheveux rasés au-dessus des tempes comme un samouraï. Ses yeux étaient à moitié cachés par ses paupières comme ceux d'un faucon, et sa bouche était ornée d'une moustache bien taillée. Il avait l'air sardonique, égoïste, dépourvu d'empathie.

En me prenant par le bras avec une vigueur inutile, les carabiniers me poussèrent en avant de sorte que j'avais l'air d'un brigand déjà condamné et présenté au tribunal pour y entendre sa sentence, sévère mais juste.

À mon grand soulagement, l'homme derrière le bureau parlait un excellent anglais. Il se leva et s'inclina poliment.

— Je suis le commissaire adjoint de la Province de Salerne. Vous pouvez m'appeler lieutenant Piretti.

Il se rassit avec élégance et me désigna une chaise placée devant le bureau.

— Je vous en prie, asseyez-vous.

J'obtempérai, et il poursuivit :

— M. Musgrave, vous êtes ici sous le coup d'une très grave accusation. Je serai bref. Le corps d'un honorable résident a été découvert Via Bianchini, le crâne fracassé par une grosse pierre. Les circonstances semblent indiquer qu'il s'agit d'un meurtre. Des témoins se sont présentés et vous ont identifié comme étant le coupable. Nous n'avons pas d'autre choix que de vous inculper de ce crime.

Je répondis avec toute la politesse et la fermeté dont j'étais capable :

— Il doit y avoir une erreur. Je n'ai rien à voir avec la mort de Kex, de quelque façon que ce soit.

Le lieutenant Piretti haussa les sourcils.

— Pouvez-vous prouver votre affirmation ?

Le lieutenant Piretti, songeai-je, était bien décidé à exploiter à fond le côté théâtral de la scène. Une production strictement classique, dans laquelle je jouais le rôle du criminel aux abois, mais encore dangereusement rusé, que le lieutenant Piretti allait inexorablement et brillamment enserrer dans les filets de son intelligence supérieure. Il répéta :

— Pouvez-vous prouver votre affirmation ?

Je le foudroyai du regard, incapable de rassembler mes idées. Si j'exposais mon alibi, tout Positano bruisserait de ragots condamnant Betty. Cela étant, elle semblait craindre les ragots beaucoup moins que son père.

Je dis fermement :

— Aux États-Unis, on est censé être innocent tant qu'on n'a pas été certifié coupable.

Le lieutenant fit une petite grimace cynique.

— Ce n'est qu'un vœu pieux. Je suis très familier avec vos méthodes, j'ai étudié la criminologie à l'université de Chicago. J'ai vu votre police à l'œuvre. Mais ceci... (il fit un large geste)... est d'un intérêt purement académique. Dans le cas présent, nous pouvons prouver votre culpabilité. Et c'est bien ce que j'ai l'intention de faire.

Il fit signe à l'un des carabiniers, qui ouvrit une porte. Un jeune couple, pâle et hésitant, fut conduit dans la pièce. Le jeune homme portait un costume marron, la jeune fille une jupe grise et une veste noire. Ils étaient inquiets et agités, mais semblaient honnêtes, responsables et raisonnablement intelligents.

Le lieutenant Piretti s'adressa à eux en un italien rapide. Ils me regardèrent, tournèrent autour de moi. Je transpirais et j'avais comme un nœud au creux de l'estomac.

Les deux jeunes gens parlèrent ensemble, hochèrent énergiquement la tête. Le lieutenant Piretti me regarda avec un sourire triomphant.

— Comme vous voyez…

Je le coupai sèchement :

— Si vous avez étudié à l'université de Chicago, vous savez qu'une identification en dehors d'une procédure formelle au milieu d'autres « suspects » n'a guère de valeur.

— Ah, mais cette identification était bien meilleure que ça ! (Le lieutenant Piretti se détendit.) Laissez-moi vous expliquer. Je suis venu ce matin afin d'enquêter sur un meurtre étrange. D'abord, j'écoute une folle qui me raconte une histoire sinistre. Il semble qu'une conspiration s'est formée, et que vous êtes désigné comme l'instrument de destruction de cet homme, Kex. Je mets provisoirement cette histoire de côté. Ensuite, je suis approché par ces deux personnes. Elles me fournissent des détails plus circonstanciés. Il semble que, récemment fiancés, ils s'étaient isolés hier soir pour parler de leurs projets d'avenir. Ils étaient assis dans le noir, au-dessus de la Via Moresco. À une heure du matin, ils disent avoir vu un homme qui courait dans la rue, en regardant de temps à autre par-dessus le parapet. À cet endroit, comme vous le savez sans doute… (et là, le lieutenant Piretti me sourit d'un air entendu)… la Via Moresco surplombe la Via Bianchini, et les deux se rejoignent un peu plus loin. Juste en dessous des deux témoins ici présents – Signor Printicci et Signorina Campaglio –, cet homme a pris une grosse pierre dans une pile de matériaux de construction, il s'est approché en silence du parapet, il a attendu quelques secondes, et il a lâché la pierre. Ensuite, il a fait demi-tour et il est reparti en courant là d'où il était venu. Signor Printicci, conscient de son devoir, est rapidement descendu dans la Via Moresco, il a regardé par-dessus le parapet dans la Via Bianchini, cinq mètres en contrebas. Il a aperçu un corps gisant à terre. Il a aussitôt prévenu la police. De façon très significative, l'un et l'autre vous ont désigné sur le moment comme étant l'agresseur, vous ayant déjà vu et remarqué à plusieurs reprises dans Positano. Ils semblent avoir une excellente vue. Un réverbère assez proche fournit une source lumineuse suffisante. Et maintenant, dit-il en me regardant d'un air tranquillement interrogateur, que dites-vous de ça ?

— Je dis qu'ils font erreur.

— Ils sont tout à fait affirmatifs.

— Demandez-leur quels vêtements je portais.

— Je l'ai déjà fait. Ils ne sont pas tout à fait sûrs, mais ils pensent que c'était un costume bleu foncé.

— Reposez-leur la question.

Le lieutenant haussa les épaules et s'adressa au Signor Printicci, qui répondit d'un ton hésitant.

Le lieutenant Piretti se retourna vers moi, avec une petite grimace de mécontentement.

— Ils disent que c'était un costume foncé, mais ils ne sont pas certains pour ce qui est de la couleur. C'est assez normal, dans ces conditions d'éclairage.

— Mais c'était un costume foncé ?

— Oui.

Je hochai la tête avec satisfaction.

— Eh bien, je ne possède pas de costume foncé. Uniquement un costume gris clair, en flanelle – c'est le pantalon que je porte en ce moment –, et cette veste de sport.

Le lieutenant Piretti fit un petit geste désinvolte.

— Un détail.

— Un détail ? Moi, je n'appelle pas ça un détail. Ça veut dire que l'homme qu'ils ont vu n'était pas moi !

— Ils sont certains de votre visage, signor, et fournissent simplement une impression générale de vos vêtements.

— Ils se trompent.

— Vous pouvez peut-être prouver que vous étiez ailleurs à ce moment-là ?

— Oui, je le pourrais, mais cela implique une dame que je ne veux pas mettre dans une situation embarrassante.

Le lieutenant Piretti hocha gravement la tête. Il se tourna vers le

Signor Printicci et sa fiancée, leur dit quelques mots. Ils saluèrent et quittèrent la pièce.

— D'après l'agent San Marco, vous avez expliqué que vous étiez à Naples au moment de l'incident.

Rien n'aurait pu enrager Kex davantage que d'entendre son meurtre décrit comme un « incident ».

— Oui, c'est effectivement ce que je lui ai dit.

— Naples est une grande ville, mais cela étant, on y remarque toujours un étranger. Si vous décrivez vos déplacements, j'en effectuerai la vérification. Vous pouvez compter sur notre discrétion.

La discrétion du lieutenant Piretti ne serait jamais assez discrète... Si je lui disais où et comment vérifier mon alibi, aucune puissance au monde ne pourrait empêcher l'histoire de faire son chemin aux différents niveaux, par le biais des carabiniers et de leurs épouses, des commerçants, des badauds, des pêcheurs et des domestiques, pour remonter finalement jusqu'aux maîtres.

— Eh bien ? fit le lieutenant. J'attends.

— Je crois que je ferais mieux de ne rien dire pour l'instant.

Piretti haussa les épaules.

— Si vous êtes innocent, vous faites une erreur. Vous vous rendez bien compte que je n'ai pas d'autre choix que de vous incarcérer ?

— J'en ai conscience.

— J'aimerais que vous me décriviez vos relations avec la victime.

— Il m'a embauché pour réaliser des dessins au fusain de Positano.

Cela semblait remonter à une éternité.

— Hum. (Le lieutenant Piretti haussa les sourcils d'un air sceptique.) J'ai cru comprendre que vous aviez tous deux des relations intimes.

J'eus un petit rire amer.

— Vous tenez ça de mon amie la comtesse Margaret.

Le lieutenant Piretti pinça les lèvres.

— Dois-je comprendre que vous reconnaissez la situation ?

— Bien sûr que non. Ce n'est pas vrai. La comtesse Margaret est... disons que ce n'est pas vraiment une menteuse, mais plutôt une folle. Elle fait une fixation.

— Vous dites que le défunt vous a embauché pour réaliser des dessins. Où était-ce ?

Je lui décrivis ma rencontre avec Kex, au Club des Artistes et Mannequins à Rome.

— Un aspect un peu particulier de cette situation… commençai-je.

Je m'interrompis, souhaitant passer à autre chose, mais Piretti me demanda :

— Qu'est-ce qui est « particulier » ?

— Oh, le fait que Kex était prêt à me payer autant pour de l'art somme toute commercial. Mais cette « particularité » s'est éclaircie après mon arrivée ici.

— De quelle façon ?

Je lui expliquai l'idée que Kex se faisait d'une bonne blague. Le lieutenant Piretti sembla trouver cela amusant, et même assez impressionnant.

— Cette blague, comme vous dites, a dû lui coûter une somme d'argent considérable.

— Il en avait les moyens. Dès que j'ai découvert ce qu'il tramait, je lui en ai demandé davantage.

— Ah ha ! Et il a refusé de vous payer ?

— Au contraire.

Le lieutenant Piretti se cala de nouveau dans son fauteuil, en se mordillant la lèvre de déception.

— Poursuivez, dit-il, je vous en prie. Parlez-moi de ce Club des Chemises Sales.

Je lui en parlai donc, et il nota les noms.

— Et cette réunion secrète ?

— Elle n'était pas secrète, et ce n'était pas une réunion.

— Comme vous voudrez.

— En fait, Kex est venu faire une apparition.

— Et si vous me donniez votre version de cette affaire ?

Du mieux que je pouvais m'en souvenir, je lui décrivis la réception, y compris jusqu'au moment du tirage des cartes.

— Ainsi donc, dit le lieutenant Piretti en manifestant toute la patience et la maîtrise d'un homme qui essaie d'être raisonnable alors que tout autour de lui est irrationnel, vous reconnaissez que vous avez accepté cette mission solennelle de tuer Kex ?

— Je n'ai rien accepté du tout ! Cet honneur m'a été imposé. Et puis, dis-je avec agacement, arrêtez de parler de « mission solennelle ». Ce n'était rien de la sorte, juste une soirée bien arrosée. Sur le moment, nous étions tous ivres, mais le lendemain, beaucoup d'eau avait coulé sous les ponts.

— Au vu des événements qui ont suivi, déclara le lieutenant Piretti, je trouve difficile d'accepter cette interprétation.

— Mais bon sang, accordez-moi un peu plus d'intelligence !

— Si vous n'aviez pas tiré l'as, l'auriez-vous quand même tué ? demanda-t-il innocemment.

— Allons, lieutenant, je n'ai pas tué ce type.

Il alluma une longue cigarette jaune.

— Encore une chose. Peu de temps après votre arrivée à Positano, vous avez posé un papier sur la porte de votre résidence, indiquant que vous n'étiez pas « James Hilfstone ». Qui est cet homme ?

— Je ne sais pas.

— Voyons, ce n'est pas possible ! s'exclama le lieutenant Piretti qui semblait en colère.

— Je n'ai jamais rencontré cet homme. Je ne l'ai même jamais vu.

— Mais alors, comment avez-vous appris son identité ?

— Kex voulait que je me serve de ce nom tant que je serais à Positano. J'ai refusé.

— Pourtant, dit le lieutenant avec onctuosité, un homme de votre tempérament inquisiteur aurait cherché à connaître des détails, non ?

— J'ai posé quelques questions à Kex, mais il ne m'a jamais donné de réponses.

— Hmmf. (Le lieutenant Piretti resta un moment à contempler le paysage par la fenêtre, l'air frustré.) Bon, dit-il enfin, cette conversation n'a rien réglé du tout. Vous restez l'homme qui a été positivement identifié comme étant l'assassin. (Son regard devint presque féminin, et c'est d'une voix douce qu'il me dit :) Allons, confessez-vous à moi, et cela nous évitera beaucoup d'ennuis.

— Je n'ai pas tué Kex ! Pourquoi avouerais-je quoi que ce soit ?

Le lieutenant Piretti frappa du poing sur la table.

— Vous avez été identifié !

— Ils se trompent. Ils ont vu quelqu'un d'autre.

Il me regarda d'un air soupçonneux.

— Le ton de votre voix laisse à penser que vous en savez plus sur ce crime que vous ne voulez bien me dire.

— Ce n'est pas une surprise pour vous, lui dis-je après un court silence, que Kex avait beaucoup d'ennemis.

— Non, ce n'est absolument pas une surprise.

Il se leva et se mit à arpenter la pièce. Tout en l'observant, je sentis une profonde inquiétude monter en moi. Je savais qu'il finirait par remonter la bonne piste, une piste qui le mènerait pat le biais de Hilfstone jusqu'à la Villa Sirenia. Et alors... Une curieuse image se déploya dans mon esprit, à moitié vue, à moitié ressentie, une métaphore involontaire. J'eus l'impression d'un grand bâtiment, fin, délicat, aérien, en forme de flèche, comme un gratte-ciel, qui commençait à vaciller, qui basculait et tombait vers le sol. C'était le symbole de l'existence qu'Alfred Dannister s'était construite à Positano : cette existence vacillait et tombait inexorablement vers le sol, avec une certitude glorieuse et tragique.

Le lieutenant Piretti cessa de faire les cent pas.

— Je me vois obligé de vous maintenir en détention en attendant l'évolution de l'enquête.

— Vous m'arrêtez ?

Le lieutenant sourit poliment, et me dit d'une voix suave :

— Vous collaborez avec nous en acceptant d'être interrogé. Plusieurs points ont été soulevés qui nécessitent des vérifications, et vous avez consenti à attendre pendant que l'enquête se poursuivait. Pendant ce temps, vous êtes notre invité et nous espérons que vous apprécierez notre hospitalité. Il faut reconnaître que cette affaire est d'une grande complexité et d'un grand intérêt, et ce serait bien imprudent de se contenter du premier suspect venu, c'est-à-dire vous. (Il me salua en s'inclinant.) Et à présent, si vous voulez bien suivre l'agent San Marco, il vous conduira à la chambre que nous avons préparée... (il sourit de toutes ses dents)... pour votre visite.

Ma cellule était raisonnablement propre. Les murs avaient été blanchis à la chaux, le sol de ciment avait une forte odeur de désinfectant. Le lit métallique comportait un matelas de paille avec une couverture de toile grossière mais très propre. Il y avait une chaise rudimentaire, une petite étagère, un lavabo et un broc d'eau. La fenêtre m'offrait une vue sur la montagne.

Le ciel s'assombrit, la cellule fut plongée dans l'obscurité. J'arpentai la pièce à la manière traditionnelle, avec une indignation grandissante. Le plafonnier s'alluma, un éclat puissant qui faillit m'aveugler. La porte s'ouvrit, et on m'apporta mon dîner sur une table roulante. Un repas tout à fait correct.

Quand j'eus fini de manger, un portier entra avec une paire de draps propres. Sans un mot, il fit le lit et ressortit avec la table roulante. Dix minutes plus tard, la lumière s'éteignit.

Au bout d'une demi-heure consacrée à faire rageusement les cent pas, je me déshabillai et me mis au lit, où je me détendis progressivement.

Kex. Mort. Sa dernière blague, et la meilleure, dont je me trouvais la victime. Via Moresco – cette rue devait se trouver au-dessus de sa maison. Un homme quittant la Villa Sirenia pour se rendre chez Kex, en prenant la route du haut, emprunterait d'abord la Via Moresco, puis la Via Bianchini juste en contrebas.

Une chose n'était pas encore très claire – pourquoi Kex avait-il été tué par Hilfstone ? Qu'y avait-il dans le passé de celui-ci qui ait pu le pousser à une action aussi rapide et décisive ? Il était arrivé seulement la veille. J'imaginais le portail en fer forgé, l'élégante arabesque de métal, la lanterne éclairant une plaque de bronze : « Villa Sirenia ». En ce moment, les Dannister devaient avoir appris le meurtre de Kex. Ils connaissaient peut-être même son implication, sa culpabilité. Qu'en penserait Betty ? Un poids de plus, un tourment supplémentaire. À travers les ténèbres, mes pensées allaient vers elle, essayaient de sentir les siennes. Elle devait être terrifiée. Elle devait s'attendre à la réalisation imminente de ses pires craintes… « Kex, Kex, Kex ! » dis-je à voix haute. Kex brûlait déjà dans les feux de l'Enfer…

Mes pensées descendirent la colline, le long de l'esplanade, vers le Vistamare. Le bar-restaurant bruisserait de rumeurs et de ragots. Dans d'autres cercles que celui du Club des Chemises Sales, la mort de Kex serait regrettée, des verres seraient levés à la mémoire du célèbre *bon vivant*. On me traiterait de Yankee arrogant et stupide, totalement dénué de sensibilité et d'humour. On se moquerait de moi, on me mépriserait, l'homme qui avait tué le Père Noël. Après la troisième bouteille de vin, le quatrième cognac, viendrait le temps des réminiscences :

le film d'avant-garde que Kex avait produit sur la plage ; ses cocktails « Passion Pourpre » au permanganate de potassium et leurs effets étonnants ; la jam session de quatre jours à laquelle il avait invité une douzaine de musiciens de bop et de jazz « progressiste », et le 33 tours qui en avait résulté, intitulé « Les 4 jours de biture de Kex ».

Mais ce rite sentimental du *nil nisi bonum mortuis* ne serait cependant pas strictement observé, surtout parmi les membres du Club des Chemises Sales. Blaine serait dubitatif, Munton vindicatif, Oleg analytique, Leibnitz sombre. Alma rirait, Hortense sourirait, la comtesse Margaret enragerait. Il y aurait un débat solennel : Clarence Musgrave avait-il laissé tomber cette pierre, ou pas ? Le consensus s'exprimerait sous la forme de hochements de tête entendus. « Le pauvre imbécile ne s'en est pas caché – il a tiré l'as de pique pendant une soirée de beuverie, et là… » (en baissant la voix avec une note de plaisir incrédule) « … il est tout bonnement parti tuer le gars ! »

En catimini, des yeux observeraient Blaine, Munton et les autres. Les gens se poseraient des questions sur une éventuelle conspiration criminelle. Peut-être que pour se défendre, Blaine plaiderait mon innocence – sans grande conviction –, mais il se heurterait aussitôt à un concert de protestations : « Bon sang, Blaine, des témoins l'ont *vu* ! »

L'histoire des enquêtes commanditées par Kex et des résultats obtenus par ses détectives sortirait rapidement au grand jour. Les gens comprendraient le suicide de Pamela et Hester Ryen, et s'écarteraient des autres membres de la liste de Kex.

Et puis il y avait les Dannister, austères et distants. Kex les avait inclus dans sa liste, mais sans rien dire de ses raisons. Là aussi, les supputations iraient bon train, avec une malveillance tranquille : « … d'une source parfaitement fiable que Freddy n'est pas tout à fait un homme – un de ces hermaphrodites, vous savez ? Je suis sûr qu'ils sont tous fous à lier. On voit bien cette fille qui se balade dans les montagnes à toute heure du jour et de la nuit. Étonnant qu'elle ne se soit pas encore fait violer. » « Hmmf. Vous croyez qu'il y aurait besoin de la violer ? » « Quelqu'un a-t-il jamais vu la mère ? »

Je finis par m'endormir, et je fus réveillé peu après l'aube par le portier, qui m'apportait mon petit déjeuner : une demi-miche de pain croustillant et une soucoupe de marmelade d'orange.

La matinée s'écoula lentement. Je tambourinai à la porte, et quand le portier vint voir ce qui se passait, j'exigeai un téléphone, un avocat, l'ambassadeur des États-Unis. L'homme me dit poliment : « *No capisco, signor* », et se retira.

Je m'allongeai sur la couchette. Les heures passèrent. Un rayon de soleil qui pénétrait dans la cellule décrivit un arc sur le sol vers la fenêtre, et quand il s'arrêta un instant, je sus sans regarder ma montre qu'il était midi.

J'entendis des pas dans le couloir – mon déjeuner, songeai-je, mais c'était l'agent San Marco. Il ouvrit la porte et me fit signe de sortir.

Je le suivis jusqu'au bureau intérieur, où je trouvai le lieutenant Piretti debout devant la fenêtre, tapotant ses bottes avec une badine de jonc.

— Mon ami, dit-il gracieusement, vous êtes libre d'aller et venir à votre guise. Nous avons prouvé votre innocence au-delà de tout doute possible.

Et il me toisa avec insolence tout en tapotant ses bottes, comme s'il s'attendait à des remerciements.

— Ah, fis-je d'une voix étranglée, vous avez prouvé mon innocence…

— Naples est une ville très observatrice. Votre présence là-bas, en compagnie d'une jeune dame dont je tairai le nom… (là, il agita les sourcils et l'agent San Marco grimaça un sourire entendu)… a été amplement confirmée. Il n'y a plus l'ombre d'un doute, vous ne pouvez être tenu pour responsable du triste événement de lundi soir. En bref, vous êtes libre.

Tap, tap, tap, faisait la badine sur ses bottes. Je me dis que si je lui flanquais un coup de poing, je me retrouverais dans la cellule. Je me maîtrisai au prix d'un tel effort qu'un voile rose passa devant mes yeux.

Le lieutenant Piretti m'observa un moment avec curiosité, puis il me tourna le dos pour regarder par la fenêtre. L'agent San Marco était parti vaquer à ses occupations. Je quittai le bureau, traversai l'autre pièce miteuse, et me retrouvai dehors sous le soleil de midi.

Dans la rue, deux jeunes ouvriers qui passaient me regardèrent, et continuèrent de m'observer par-dessus leur épaule jusqu'à ce qu'un coude dans la rue leur bloque la vue. Ils savaient qui j'étais, ils savaient tout sur moi. Les nouvelles vont vite, à Positano.

CHAPITRE XXI

Les nouvelles vont vite à Positano. J'arrivai sur la petite place devant le bureau de poste. Comme d'habitude, une demi-douzaine d'oisifs étaient installés sur le banc près de la pompe à essence, crachant, fumant et émettant des sons saccadés en italien. Je passai devant eux : la conversation s'arrêta net, un silence total. Je sentis monter en moi une rage sourde. J'avais envie de leur crier de regarder ailleurs. Je m'arrêtai, me retournai et lançai un regard furieux vers cette rangée d'yeux de hiboux. Mais le combat était perdu d'avance, et cela aurait manqué de dignité. Ils n'éprouvaient aucun sentiment, ils me regardaient comme on regarderait un insecte mort.

Je ravalai ma colère et poursuivis mon chemin. Je vis un peu plus loin la grosse décapotable verte, et soudain, je me sentis envahi d'un profond dégoût. Cette voiture n'était pas la mienne. C'était celle de Kex, même si je m'étais persuadé du contraire. Le certificat de vente ne signifiait rien : Kex l'avait choisie, il l'avait achetée et il l'avait conduite. Elle n'avait rien à voir avec moi. La conduire aurait été comme porter les vêtements de Kex, coucher avec sa petite amie. Je fouillai dans ma poche, j'y trouvai le certificat. Je le regardai, je regardai la voiture, j'hésitai... Juste un instant. Je pourrais le regretter plus tard, me traiter d'imbécile, mais là, je froissai le papier et le jetai sur le siège avant. Un beau geste... Je repris mon chemin vers la plage, avec le sentiment exaltant de me moquer de tout. J'avais dépassé le cap d'être embarrassé. Je me sentais libre de toute contrainte. Qu'est-ce que j'en avais à faire, si ces bras cassés sur leur banc voulaient me regarder ? J'étais un homme différent, sans chaleur ni affabilité. Le fait de se dégager du carcan des contraintes sociales permettait de se débarrasser de tout un tas de petits soucis sans importance. J'étais franchement étonné de ne pas y avoir pensé plus tôt…

Fort de cette nouvelle doctrine d'indépendance totale, je m'avançai fièrement sur le front de mer. Je vis le comte Paladini qui sortait de chez le marchand de tabac. Il m'aperçut, haussa les sourcils de surprise.

— Alors, lui lançai-je, vous voulez mon portrait ?

Il fit brusquement demi-tour et s'éloigna à grands pas.

J'entrai dans le Vistamare. Giovanni, le gérant, était dans son petit bureau. Il me jeta discrètement un coup d'œil au passage. Installée à une table, Hortense mangeait tranquillement une salade.

— Hello, dit-elle. Je vois qu'ils vous ont relâché. Ces gens sont vraiment ridicules.

Comme je n'avais rien de mieux à faire, je m'assis à côté d'elle.

— Eh bien, fis-je, quoi de neuf en ville ?

— Rien, à part votre incarcération.

— Je suis sorti. Ils ont constaté que j'avais un alibi.

— C'est ce que j'ai entendu dire.

Je la regardai avec curiosité.

— Ah, vous l'avez entendu dire, hein ?

Elle hocha la tête avec un très léger sourire amusé.

— Qu'est-ce que vous avez entendu d'autre ?

— Que vous avez passé la nuit à Naples.

— C'est tout ?

— Non.

— Continuez.

— Vous étiez avec Betty Dannister.

— Où est-ce que vous avez entendu ça ?

— C'est ma femme de ménage qui me l'a dit. C'est la cousine d'un des carabiniers. Elle m'a dit que le lieutenant de Salerne avait mené une enquête approfondie. (Ses yeux brillèrent d'amusement, ou peut-être de malice.) Apparemment, il a eu un entretien avec Miss Dannister tôt ce matin.

— *Quoi ?*

Hortense haussa les épaules en souriant.

— C'est ce qu'on m'a dit…

Je me levai d'un bond et me précipitai au-dehors. Quelques instants plus tard, j'entrai dans le bâtiment des carabiniers. Le premier bureau crasseux était vide. J'essayai la porte intérieure : verrouillée. Je m'efforçai de me calmer, et je frappai contre le battant.

L'agent San Marco ouvrit et passa le nez. Je le repoussai et entrai.

— Où est Piretti ?

La question était de pure forme, car le lieutenant était assis derrière le bureau, en bras de chemise. Je m'approchai et me penchai vers lui, les deux mains posés bien à plat sur le bureau. Il leva les yeux d'un air vaguement étonné.

— Qu'y a-t-il, maintenant ?

— J'ai entendu dire que vous aviez rendu une petite visite, ce matin.

— Je vous demande pardon ?

— Vous êtes allé chez les Dannister ce matin.

— Comme c'était mon devoir, oui.

— Espèce de foutu salopard.

— M. Musgrave, vous êtes en train d'attenter à la dignité de la justice italienne !

— C'est à vous que je parle – espèce de sale prétentieux. J'ai bien envie de vous casser la figure.

Le lieutenant Piretti se leva. Il était très pâle.

— Je ne comprends pas votre colère, dit-il. N'êtes vous pas libre ?

— Après que vous avez traîné dans la boue le nom d'une personne innocente.

— Pas du tout. J'ai fait preuve de la plus extrême discrétion. J'ai insisté pour que M. Dannister m'autorise à m'entretenir en privé avec la jeune dame. Je ne suis coupable de rien.

Je bouillais de rage et j'étais en même temps comme frigorifié. Je ne sentais plus mes doigts qui agrippaient la table.

— Qu'avez-vous dit à Dannister ?

Le lieutenant Piretti regarda derrière moi, où je sentais la présence des deux carabiniers, attentifs, intéressés. Il se laissa retomber dans son fauteuil et entreprit de recouvrer sa dignité.

— Vous pénétrez sans autorisation dans un bâtiment officiel, vous utilisez un langage injurieux... Je vous préviens, changez d'attitude si vous ne voulez pas avoir d'ennuis.

— À 9 heures ce matin, vous saviez que je n'avais rien à voir avec la mort de Kex. Vous m'avez laissé mariner dans cette cellule jusqu'à 1 heure de l'après-midi.

— Rien ne pressait. Il était nécessaire d'examiner soigneusement les preuves.

La fureur m'empêchait presque de parler. Je dis enfin d'une voix que je reconnaissais à peine :

— Que diriez-vous de venir un instant dehors avec moi, Piretti ? Sans votre insigne ?

Piretti fit un signe à ses hommes et dit quelques mots. Il agita insolemment le pouce vers la porte. Je fus aussitôt saisi et expulsé. Les carabiniers m'observèrent avec cet intérêt vaguement amical qu'ont les commerçants qui regardent partir un bon client.

Je retournai lentement au Vistamare, où Hortense était toujours assise là où je l'avais laissée. Elle buvait à présent un café. Je me laissai tomber dans le fauteuil à côté d'elle. Nous restâmes silencieux, elle sirotant son café, moi regardant dans le vague.

Arturo, le serveur, s'approcha poliment. Je lui commandai une bière pour me calmer les nerfs. En me regardant pensivement par-dessus sa tasse, Hortense me demanda :

— Vous êtes amoureux de Betty, n'est-ce pas ?

— On pourrait le dire comme ça.

— C'est une très gentille fille.

Je me contentai de grogner.

— Elle est assez perturbée, ajouta Hortense de sa voix la plus méditative. (Je la regardai en coin. Les fossettes aux plis de ses lèvres se creusèrent.) Vous ne trouvez pas ?

— Je pense qu'il n'y a rien chez elle qu'une vie normale ne saurait régler.

Hortense me sourit d'un air malicieux.

— Vous voulez dire qu'elle veut un homme.

La formulation semblait exagérément brutale, et je sentis mon estomac se crisper. Je compris que, derrière l'apparence agréable d'Hortense, se cachait un esprit très direct – sans doute ses origines teutonnes. Je me souvins d'une remarque de Betty à propos d'Hortense, qui lui avait fait des avances.

— Elle a des principes suffisants pour vouloir rester normale.

Hortense ne chercha pas à dissimuler qu'elle m'avait parfaitement compris.

— Vous ne seriez pas un peu prude, par hasard ?

— Nous n'avons certainement pas la même conception du terme.

Je bus une grande gorgée de bière pour soulager le poids que je sentais sur mon diaphragme. J'espérais qu'Hortense saurait tenir sa langue. Je voyais bien qu'elle tentait de me tirer les vers du nez, sans même chercher à s'en cacher.

— Vous allez l'épouser ?

— Ma foi, tout est possible.

— Le mariage ne l'intéresse peut-être pas.

— Pourquoi dites-vous ça ?

Hortense haussa les épaules, comme un gros chat paresseux qui se sent trop bien pour vouloir être vraiment féroce, mais qui est trop pervers pour ne pas insister.

— Elle semble très attachée à sa famille. D'une certaine façon, ajouta-t-elle en insistant délicatement sur le mot, ça ne me semble pas très sain.

— Ce sont des bêtises, dis-je à voix basse.

Hortense fit la moue. Cette femme était horripilante.

— Je n'en suis pas si sûre. Elle vit dans une atmosphère très particulière.

— Elle a peur, rétorquai-je. Elle est terrifiée. J'aimerais l'emmener loin d'ici avant qu'il ne lui arrive quelque chose.

Hortense haussa les sourcils.

— Vous pensez qu'elle est en danger ? Un danger réel ?

Elle se moquait certainement de moi. Je ne répondis pas. Nous gardâmes un silence prudent. Elle avait son léger sourire, dont je n'arrivais jamais à savoir s'il reflétait son état d'esprit ou s'il s'agissait d'une simple crispation musculaire. Et assez curieusement, plus je la détestais, plus je sentais sa puissante aura sexuelle. Cela m'agaçait, et venait s'ajouter au mélange de rage sourde et de frustration qui me tourmentait.

Tout en sirotant son café, Hortense souriait d'un air de plus en plus entendu, tandis que je regardais tristement au loin.

Un groupe de touristes américains, les hommes avec leurs appareils photo en bandoulière, les femmes en tailleur gris, chemisier blanc et souliers marron, entrèrent dans l'hôtel. Ils avaient l'air immunisés et tout neufs, comme des enfants qui s'ébattent. Je les observai un moment en sentant sur mes épaules le poids des ans, et je ne levai les yeux que lorsque Blaine vint s'affaler dans le fauteuil à côté du mien.

— Ah, le voilà ! dit-il. Il était temps !

— Tous les policiers sont des imbéciles, déclara Hortense comme si elle révélait une vérité fondamentale.

Blaine l'accepta sans discuter.

— C'est vrai. Moi, je savais bien que ce n'était pas vous. Je l'ai dit à tout le monde. Hé, Arturo, apporte-moi une bière ! (Il se cala confortablement dans son fauteuil et me regarda d'un air interrogateur.) Ils vous ont traité correctement ?

— Ça peut aller. Je ne me plains pas.

— Vous avez l'air un peu distrait.

— J'ai quelques soucis en tête.

— Là, vous n'êtes pas le seul ! s'exclama Blaine. (Il se frotta les joues, et jeta un regard dubitatif vers Hortense.) Oui, répéta-t-il à voix basse, je leur ai dit à tous, qu'ils se trompaient…

— Mais alors, *qui* a tué Kex ? demanda Hortense d'une voix douce.

Blaine se passa la langue sur les lèvres, regarda autour de lui.

— Ça pourrait être n'importe qui. Un type en costume foncé, c'est tout ce qu'ils ont comme signalement.

— Ils ne mettront peut-être jamais la main dessus.

— Blaine, dis-je soudain, où est le téléphone ?

— Celui de l'hôtel est dans le bureau de Giovanni. Heu, vous comptez appeler qui, si je ne suis pas indiscret ?

— Les Dannister, bien sûr… dit Hortense.

Du coin de l'œil, Giovanni me regarda approcher.

— J'aimerais utiliser votre téléphone, lui dis-je.

Il s'anima aussitôt, comme s'il venait juste de prendre conscience de ma présence.

— Oui, signor, il est là, je vous en prie.

Il me montra un petit recoin à l'arrière, et me laissa discrètement seul. Je feuilletai un vieil annuaire jauni. Positano n'avait qu'une douzaine d'abonnés, parmi lesquels figurait Dannister. « Alfred Dannister, Villa Sirenia… Positano 22. »

L'esprit agité de pensées inquiètes et pressantes, je soulevai lentement le combiné et donnai le numéro à l'opérateur : Positano *venti due*. J'entendis la sonnerie d'appel. Si Betty répondait, tant mieux. Si c'était quelqu'un d'autre, j'avais décidé que je raccrocherais.

À l'autre bout, quelqu'un finit par décrocher.

— Allô ?

Une voix d'homme – celle d'Alfred Dannister. Malgré mes bonnes résolutions, je répondis :

— Je voudrais parler à Miss Betty Dannister, s'il vous plaît.

— C'est de la part de qui ?

— Clarence Musgrave.

Il y eut un court silence. En arrière-plan, j'entendis une question, une voix. Dannister me dit simplement :

— Je vous demande de ne plus appeler.

Je restai un instant à contempler le récepteur muet, puis je raccrochai et retournai m'asseoir.

— Alors, vous avez eu qui vous vouliez ? me demanda gaiement Blaine.

— Non.

Il étendit ses longues jambes et soupira.

— Cet endroit commence à m'user. J'ai l'impression de tourner en rond. Il est temps de changer d'air.

— Temps de changer d'air, répéta doucement Hortense. Oui, je le pense aussi.

— Où comptes-tu aller, Hortense ? demanda Blaine d'un air intéressé. Je crois que je vais t'accompagner, ajouta-t-il en me faisant un clin d'œil.

— Je ne sais pas. Je ne peux plus rester ici. L'Écosse, peut-être.

— L'Écosse ! s'exclama Blaine en manquant s'étrangler. Ça alors, en voilà une drôle d'idée !

— C'est sans doute parce que je suis une drôle de personne.

— Ça, tu peux le dire.

L'encadrement de la porte s'obscurcit. Je reconnus la silhouette massive de Munton. Il balaya les tables du regard, hésitant à se joindre à nous. Presque aussitôt, Oleg apparut derrière lui, tenant un gros livre dont il marquait la page avec un doigt.

Munton s'installa en poussant un grognement. Après un rapide coup d'œil dans ma direction, il m'ignora complètement.

— Je viens juste d'être questionné par la police, dit-il. Ce fichu inspecteur, quelle insolence…

— Un mauvais moment à passer, dit Blaine.

Munton bougonna :

— Une sale affaire. Je serai bien content quand tout ça sera fini.

— Hortense et moi, dit Blaine, nous parlions de changer d'air. Elle veut aller en Écosse.

— Tiens donc, fit Munton d'un air supérieur. Il faudra que je l'accompagne, pour lui faire découvrir les sites intéressants.

Hortense examina ses ongles avec une parfaite indifférence.

— Moi, dit Blaine, je pense plutôt aller à Majorque, ou peut-être Chypre. (Il se gratta pensivement le menton.) J'aimerais bien retourner en Californie, mais ça risquerait de poser de gros problèmes. (Il jeta un coup d'œil à Oleg.) Et vous, professeur ?

Oleg fronça les sourcils.

— Oui, je crois que je serais content de partir d'ici. Mais où… ?

— En parlant de gros problèmes, dit Blaine, vous ne devinerez jamais quoi…

— Ne me dis pas qu'il y a encore autre chose ! protesta Hortense en prenant une mine horrifiée.

— Allez, dites-nous ! s'écria Munton.

Blaine se redressa dans son fauteuil en souriant.

— Le mari de la comtesse Margaret est arrivé hier soir, par l'autocar de Rome. Il a dû en avoir assez de son petit ami, et il aura décidé qu'il lui fallait retrouver la vie domestique… Et là, il en a pour son argent ! Je suis passé devant l'appartement de la comtesse, et je pouvais les entendre depuis la rue. Ah, rien de tel qu'une nouvelle lune de miel !

J'entendis un pas derrière moi. Je me tournai à moitié, et un formidable coup au coin de la mâchoire me fit voir trente-six chandelles. Des lumières, des ombres, des visages… Je sentis le sol se rapprocher, me percuter. Il y eut des grincements de chaises qu'on tire, le frottement de la pierre contre ma joue, une odeur d'ammoniac dans mes narines. J'entendis des voix au-dessus de moi. Celle de Blaine : « … ne devrais pas faire ça, ce n'est pas bien. »

Je recouvrai mes esprits et levai la tête. Freddy Dannister se tenait au-dessus de moi, les poings serrés. J'eus soudain une impression de déjà-vu.

D'une voix aiguë et surexcitée, Freddy était en train de dire :

— Allez, lève-toi, salopard. Et vous, laissez-moi le corriger.

Blaine protesta :

— Non, non, arrête, Freddy. Tu fais une grave erreur.

J'entendis la grosse voix de Munton, qui semblait excité, lui aussi.

— Laissez-les tranquilles, Blaine. Une bonne bagarre, c'est très salutaire. Ça leur mettra un peu de plomb dans la cervelle à tous les deux.

Je m'assis tout en observant Freddy, le temps de reprendre des forces. Toute la frustration et la rage que j'avais accumulées en moi commençaient à se condenser en une fureur aveuglante. Je me relevai lentement et m'apprêtais à me ruer sur Freddy quand Blaine s'interposa :

— Bon, maintenant, ça suffit ! Je ne tiens pas à assister à un massacre. C'est allé suffisamment loin comme ça, dit-il avec une grande autorité.

Freddy commença à dire :

— Mais il le mérite largement, vous ne savez pas ce qu'il a fait !

Je grommelai :

— Écartez-vous de là, Buster.

J'étais en position, les poings serrés. J'avais envie de cogner sur Freddy comme un plongeur veut remonter à la surface pour aspirer de l'air.

— Non, dit Blaine. Réfléchissez un peu, Chuck. (Il avait une main posée sur ma poitrine, l'autre sur celle de Freddy, poussant des deux côtés.) N'oubliez pas votre situation !

J'avais le souffle court, ma mâchoire me faisait mal, un nœud s'était formé dans mon estomac. Blaine avait raison. Je pouvais comprendre le point de vue de Freddy, et même le respecter. Giovanni et Arturo apparurent derrière Freddy et finirent par l'entraîner poliment vers la sortie.

Le sang battait dans mes tempes, puissamment chargé d'adrénaline. J'avais besoin d'un exutoire. Je me souvins du sourire de Munton, qui savourait à l'avance le bruit des coups de poing.

— Je crois que je vais me payer Munton, tant que je me sens d'humeur à me battre. Ce salopard l'a bien mérité.

Le sourire de Munton s'effaça aussitôt, et il se renfonça dans son fauteuil.

— Vous serez arrêté pour coups et blessures ! s'écria-t-il. Je vous préviens, n'approchez pas !

— Du calme, Chuck, dit Blaine, du calme.

J'aurais pu verser des larmes d'impuissance. J'aurais pu fracasser des chaises, briser des miroirs, commettre toutes sortes d'excès…

— Allez prendre une douche froide, me conseilla Blaine. Ça vous remettra les idées en place.

Je fis demi-tour et sortis. Après avoir hésité un instant, Blaine me suivit pour s'assurer que je ne me lançais pas à la poursuite de Freddy, même si celui-ci était bien assez grand pour se débrouiller tout seul.

Je le regardai un instant par-dessus mon épaule. Il s'arrêta aussitôt, comme un gentil toutou à qui on ordonne de rentrer à la niche, et il retourna dans l'hôtel.

Je descendis vers la plage, marchai dans le sable en respirant profondément. Quelqu'un sortit sur la terrasse, siffla en me faisant un signe de la main. Sans lui prêter attention, je continuai jusqu'où les vagues venaient se briser sur les rochers.

Le crépuscule tomba. Je repris le chemin de l'hôtel. Arturo était sur le seuil.

— Téléphone pour vous, signor, il y a quelques minutes. J'ai essayé de vous appeler.

— Pour moi ?

Arturo s'inclina poliment. J'entrai dans le hall.

— Pas maintenant, dit Arturo. Il y a un quart d'heure.

Je me rendis rapidement dans le bureau de Giovanni.

— Quelqu'un a essayé de me joindre au téléphone ?

— Oui, signor. Il y a un quart d'heure. Une dame, ajouta-t-il d'un air entendu.

— Qui était-ce ? Elle a laissé un message ?

— Non, signor. Je lui ai dit que vous n'étiez pas là pour l'instant.

Je regardai le boîtier noir du téléphone, le plastique silencieux…

— A-t-elle dit qu'elle rappellerait ?

— Non, signor, répondit poliment Giovanni.

Et il se remit à son travail d'un air indifférent.

J'hésitai un instant, et finis par lui dire :

— S'il y a un autre appel… (Je me ravisai.) Je vais attendre au bar un moment.

— Très bien, signor.

J'allais partir quand le téléphone sonna. Je tendis aussitôt le bras, mais Giovanni me devança.

— *Si, si ?*

J'attendis, bouillant d'impatience.

— C'est pour moi ?

Giovanni tint le récepteur à bout de bras.

— Juste un instant, signorina. (Il se tourna lentement.) C'est pour vous, signor.

Je lui arrachai le téléphone des mains.

— Allô ?

— Chuck. (Une voix douce, étouffée, chargée d'émotions.) Je suis tellement heureuse de t'entendre. J'avais déjà essayé…

— Où es-tu ? Que se passe-t-il ?

— Oh, Chuck, j'ai peur… Je ne peux plus le supporter. Je veux m'en aller !

J'étais presque incapable de parler.

— Est-ce que tu peux… Qu'est-ce que tu…

— Il faut que je me dépêche…

Sa voix devint plus faible, comme si elle s'était détournée du télé-phone.

— Je ne t'entends plus, lui dis-je.

J'étais tendu comme un ressort. Sa voix revint en une avalanche de mots.

— Oh, Chuck, j'ai peur ! Tout à coup – je veux m'en aller !

— Retrouve-moi sur la route dans une demi-heure.

— Je ne peux pas !

— Tu ne *peux* pas ?

— Je n'ose pas… Je n'ose pas !

— Je viendrai avec la police.

— Non !

— Bon, alors… Où est-ce que je peux te retrouver ?

Il y eut un silence. Une seconde, deux secondes, trois. J'entendais le bourdonnement dans la ligne téléphonique. Puis elle dit d'une voix précipitée :

— Il y a une petite plage en contrebas de la maison – c'est notre plage privée. Je vais passer par-derrière et je t'y retrouverai. Il faudra que tu viennes en bateau.

— À quelle heure ?

— 10 heures. Non, onze.

— J'y serai à 10 heures. Viens aussi vite que tu peux. Comment vais-je faire pour repérer la plage ?

— Tu verras notre maison. J'allumerai la lumière dans ma chambre. Chuck…

— Oui, quoi ?

— Il faut que j'y aille.

Et la communication fut coupée.

Je regardai ma montre. Il était 19 h 10. Encore trois heures. Blaine, Munton et Oleg étaient installés à la table près de la porte. Hortense était partie. Aux autres tables étaient assis des gens que je ne connaissais pas – mais au fond, y avait-il quelqu'un que je connaissais vraiment ? J'avais l'impression de me trouver dans une immense maison de poupée, avec des personnages artificiels assis devant des plats et des boissons factices.

Je passai devant Blaine, Munton et Oleg. Ils avaient l'air pitoyables, faibles, perdus, impuissants. Je les saluai d'un hochement de tête, sortis du restaurant et remontai la colline jusqu'à la grande décapotable verte. Sur le siège, là où je l'avais jeté, il y avait toujours le certificat de vente de Kex. Je le défroissai soigneusement et le rangeai dans mon portefeuille. Voiture de Kex ou pas, j'en avais besoin. De toute façon, quelle idée idiote de renoncer à une bonne voiture…

Je retournai à l'hôtel pour y récupérer mes affaires. Je réglai ma note et ressortis par-derrière, où je mis ma valise dans le coffre.

20 heures. Je me rendis sur la plage. Les pêcheurs étaient en train d'installer leurs lampes et de plier leurs filets. Je choisis une petite barque, et après avoir abondamment recouru à la langue des signes, je réussis à convaincre deux pêcheurs qu'il valait mieux tenir deux mille lires dans la main qu'en espérer mille hypothétiques en jetant leurs filets. Le propriétaire du bateau voulait venir avec moi, mais je refusai,

et comme la soirée était calme, et que la mer était douce comme un drap de satin, ils m'autorisèrent à partir tout seul vers le large.

Il était encore très tôt – 20 h 30. Le crépuscule brillait à travers le ciel voilé. L'une après l'autre, les montagnes descendirent dans la mer tels des animaux venant s'abreuver à un point d'eau, s'estompant et finissant par disparaître en se mélangeant avec le ciel et la mer. La ville surplombait le tout, avec ses formes carrées superposées comme dans une peinture cubiste.

Je ramais en silence. Cela me réconfortait de me servir de mes muscles contre la résistance de l'eau. Les psychiatres donnent parfois à leurs patients névrosés une boule d'argile, qu'ils peuvent pétrir afin d'exhaler leurs frustrations. Le fait de ramer et de voir l'eau tourbillonner sous les pales semblait avoir le même effet apaisant. Ma respiration ralentissait, le sang dans mes veines semblait moins chargé de vinaigre.

J'aperçus la Villa Sirenia, une masse grise juchée sur un promontoire, avec une bande de sable blanc quelques mètres plus loin.

Il était 21 heures. Une fenêtre de l'étage supérieur s'éclaira soudain. La lumière vacilla, se déplaça, et finit par se stabiliser. Je reposai mes rames et tentai de projeter mes pensées, comme par télépathie. La fenêtre resta allumée. Le temps passa, tandis que la petite barque se balançait doucement. Les pêcheurs se dirigeaient vers le large en braquant leurs projecteurs dans les profondeurs de la mer, pour attirer et charmer les poissons.

Neuf heures et demie. Je commençai à glisser lentement vers le rivage. À dix heures moins le quart, la barque toucha terre. Le gravier crissa quand je hissai la barque pour la mettre à l'abri de la marée. La plage était déserte, et la Villa Sirenia était cachée par les rochers.

Dix heures. Je faisais les cent pas, en m'arrêtant chaque fois devant le chemin menant à la maison pour tendre l'oreille.

Dix heures et quart, dix heures et demie. Aucun son, aucun bruit de pas. Des nuages cachaient la lune, mais il ne faisait pas complètement noir : les rochers, la plage et la barque étaient baignés d'une sorte de faible luminosité. La montagne noire se penchait par-dessus mon épaule. Derrière, il y avait la mer et les lumières éparses des pêcheurs.

À onze heures moins le quart, je me mis à marcher plus vite et à tendre l'oreille plus longtemps, en grimpant quelques marches. À onze heures cinq, je n'y tins plus. Je montai d'une trentaine de mètres vers la maison et m'arrêtai. Aucun bruit. Et s'il y avait un autre chemin menant à la plage ? Je redescendis précipitamment et scrutai la bande de sable : déserte et sans vie. J'explorai dans le noir pour m'assurer qu'il n'y avait pas d'autre accès à la villa.

Ma montre indiquait onze heures et quart. Aucun doute, Betty était en retard. Je m'engageai de nouveau dans l'escalier, de plus en plus près de la grande demeure. Le chemin passait sous un mur de remblais et menait à quelques marches de pierre. Je m'arrêtai un instant en me demandant ce que je faisais là, et surtout ce que j'allais faire maintenant… Je me sentais un peu bête.

Une pensée s'introduisit désagréablement dans mon esprit : Betty avait peut-être changé d'avis. Imaginons que quelqu'un me découvre rôdant par ici… Que pourrais-je dire pour ma défense ? Mais il y avait eu dans la voix de Betty une véritable note de peur. Peur de quoi ? Ici, dans l'obscurité, au pied des pierres humides, rien ne semblait trop mélodramatique. Après tout, chaque jour, à chaque heure, des gens étaient tués dans des circonstances beaucoup moins extravagantes. Je restai ainsi un moment, hésitant, me dandinant d'un pied sur l'autre, honteux de ne rien faire, craignant de partir, incapable de la moindre action positive.

Je commençais à me sentir minable. Et si elle était réellement en danger ? J'étais là, indécis, hésitant à me montrer indiscret… Je serrais les poings en me mordant la lèvre, regardant tantôt les marches au-dessus de moi, tantôt le chemin menant à la plage. Au bout de cinq minutes, je décidai que le moins que je pouvais faire, c'était d'effectuer une reconnaissance prudente. Avec un peu de chance, je verrais peut-être Betty. Je savais où se trouvait sa chambre, et j'arriverais peut-être à escalader le mur – même si, à en juger par ce que j'avais pu voir depuis la plage, cette paroi verticale risquait de dépasser mes capacités.

Je gravis les marches en silence et me trouvai sur une terrasse dallée entourée d'un muret de pierre, avec du mobilier de jardin en fer forgé dispersé çà et là.

Au-dessus de moi se dressait la façade de la maison, avec deux ou trois fenêtres faiblement éclairées. Tout en haut se trouvait celle de Betty, absolument inaccessible. J'envisageai un instant de lancer un caillou contre la vitre, mais j'y renonçai. Les portes-fenêtres donnant sur la terrasse étaient sombres. Je m'avançai prudemment et me retrouvai dans un jardin. Je sentis une odeur de géraniums, de l'herbe sous mes pieds. Je me figeai : d'une fenêtre au premier étage venait une voix basse. Je me collai au mur.

Le bruit ne se répéta pas. Au bout d'une minute ou deux, je respirai profondément et regardai au-dessus de moi : la fenêtre était entrouverte, mais tout à fait sombre. Je vis un bras se tendre au-dehors et la refermer. Sans doute quelqu'un qui s'était réveillé au milieu d'un rêve.

Je traversai le jardin et m'approchai de la maison. Un épais œil-de-bœuf brillait d'une lumière jaune. Je pressai mon visage contre le verre : il était ancien et strié, et la vue était déformée. Une forme couleur vermillon, qui dansait et vacillait, devait être un feu de bois. J'en déduisis qu'il devait s'agir du grand salon. Une silhouette sombre se déplaça, un visage et une main apparurent fugitivement. La silhouette traversa la pièce et vint se mêler à d'autres formes. Il semblait y avoir quelqu'un assis dans un fauteuil. Un murmure de conversation traversait faiblement le mur. Je tendis l'oreille, mais les paroles étaient inintelligibles.

J'entendis d'autres bruits provenant du haut de la colline : la grille qui se refermait doucement, le crissement du gravier, puis des pas dans l'escalier. Je reculai aussitôt, mais je m'arrêtai : c'était peut-être Betty. Dans ce cas, je voulais l'intercepter avant qu'elle n'entre dans la maison... Non, ça ne pouvait pas être elle. Elle était à l'intérieur, incapable de s'en aller. Freddy ? Qu'est-ce que Freddy pourrait faire dehors à une heure pareille ?

Mais c'était bien lui. Il alluma les lampes colorées et approcha lentement le long de l'allée. Il avait une expression absorbée, indécise. Depuis l'ombre de la maison, je l'observai : il venait droit vers moi. Je voyais ses lèvres remuer. Il marmonnait quelque chose, ou peut-être sifflotait-il simplement.

L'angle de la maison m'empêchait de voir. Je l'entendis introduire sa clé dans la grosse serrure. La porte s'ouvrit. Je m'approchai rapidement. Freddy était à l'intérieur, la porte commençait à se refermer... Je la retins juste à temps avant qu'elle ne claque et que le pêne ne s'enclenche.

Et maintenant... Freddy pourrait remarquer que la porte ne s'était pas refermée correctement. Je reculai jusqu'à l'angle et j'attendis. Personne ne vint. Je retournai à la porte et l'entrebâillai très doucement. Des voix me parvinrent par le couloir voûté : celle de Dannister, puis un marmonnement hésitant de Freddy.

À présent, j'avais peur – comme jamais je n'avais eu peur de ma vie. J'entrouvris un peu plus la porte et jetai un coup d'œil dans le couloir. Je pouvais apercevoir le fond du salon opposé à la cheminée, avec le bout des deux longues tables et deux appliques murales. L'escalier était sur la gauche, et au-dessous, il y avait une alcôve plongée dans l'obscurité. Je me dis qu'en cas de besoin, je pourrais m'y cacher, et j'entrai dans la maison sur la pointe des pieds.

Maintenant, j'étais exposé. Si quelqu'un sortait du salon, je me trouverais dans une situation plus qu'embarrassante – particulièrement parce que je ne jouissais pas d'une grande popularité auprès des Dannister. Mais voilà, j'y étais bel et bien : le sort en était jeté. Je refermai la porte et la serrure cliqueta. En une enjambée, j'allai me cacher dans l'alcôve et je tendis l'oreille.

— « ... déjà bien assez sérieuse comme ça sans chercher à l'aggraver encore », disait une voix.

Ce n'était ni celle de Freddy ni celle d'Alfred Dannister. La voix était pleine d'une moquerie onctueuse. C'était la première fois que je l'entendais.

— C'est une situation dans laquelle tu t'es mis toi-même.

C'était Dannister.

L'étranger répliqua avec une note de menace :

— Je n'irais pas jusque-là, Alfred.

— Je vais m'occuper de lui, plaida Freddy. J'ai déjà bien réglé son compte à l'autre. Laisse-moi cogner Oncle James.

— Non, dit froidement Dannister. Tu as assez cogné comme ça...

— Je vais le flinguer, alors.

— Non, répéta Dannister. Ton oncle James nous a mis dans une situation telle que, pour le moment, nous ne voulons pas – tout à fait – qu'il meure...

Je cessai d'écouter. Maintenant – tant que j'en avais l'occasion –, où était Betty ? À l'étage, dans sa chambre. Juste une volée de marches, sur la droite, à l'autre bout de la maison. Avec un peu de chance, l'audace du désespoir, je pourrais la trouver... Je m'engageai dans l'escalier, deux marches à la fois, sans faire de bruit.

Je jetai un coup d'œil : le couloir du haut était désert. Le sol était en céramique rouge recouverte d'un épais tapis gris. Les murs étaient lambrissés de chêne, avec de part et d'autre des portes en bois blanc. Au bout du couloir, la chambre de Betty...

J'écoutai. Il y avait divers bruits dans la maison. D'abord, les murmures de conversation à l'étage en dessous. Et puis, pas très loin, une femme chantonnait en allemand. On aurait dit une comptine enfantine, ou peut-être un poème. Quelqu'un reniflait, ou ronflait doucement. Et quelque part, quelqu'un d'autre émettait une sorte de cliquetis intermittent.

Ma foi, pourquoi hésiter ? Je m'engageai à pas de loup dans le couloir et m'arrêtai devant ce que je pensais être la porte de la chambre de Betty. Je posai la main sur la poignée, je la tournai... Verrouillée.

Je regardai par-dessus mon épaule. La voix en allemand entamait un autre refrain. J'avais tablé sur le fait que je pourrais ouvrir la porte et me faufiler à l'abri. Je grattai au battant.

Derrière la porte, j'entendis soudain du mouvement. Je grattai à nouveau, en disant à voix basse :

— C'est Chuck, laisse-moi entrer.

Des pas s'approchèrent lentement. Et si je m'étais trompé ? Si c'était la chambre de quelqu'un d'autre ? Bon, plus moyen de faire marche arrière. Je grattai encore une fois.

— C'est Chuck ! Ouvre-moi !

La voix de Betty, surprise et méfiante, se fit entendre :

— Chuck ?

— Oui, c'est moi. Ouvre, laisse-moi entrer.

Un silence, une longue seconde, puis d'une voix abattue :

— Je ne peux pas... Ils m'ont enfermée à clé.

Je collai ma joue contre le battant.

— Qu'est-ce que je peux faire pour te libérer ?

— Je ne sais pas... Chuck, ils savent que tu es ici ?

— Non.

Des pensées se bousculaient dans ma tête. Pas vraiment des réflexions, rien que des idées folles...

— Tu pourrais nouer tes draps pour te faire une corde !

Elle rit doucement.

— Avec seulement deux draps ?

Deux draps, ça pourrait faire trois mètres, une fois noués. Il y avait bien une quinzaine de mètres de vide sous sa fenêtre...

— Qui a la clé ?

— Mon père... Il ne faut pas que tu restes là, Chuck... Surtout, ne te fais pas voir...

Des pas lourds résonnèrent dans l'escalier. Je m'écartai aussitôt de la porte de Betty et j'essayai la poignée de celle sur ma droite. Mais... trop tard. Freddy était dans le couloir et me regardait comme si j'étais un gorille. Il ouvrit la bouche pour crier, mais il n'en sortit qu'une sorte de hoquet étouffé. Il s'avança vers moi en levant un poing menaçant.

J'imagine que la seule attitude honorable aurait été de le laisser me frapper. Après tout, j'étais un intrus, et Freddy ne faisait que protéger sa maison. Mais je repensai à ce coup en traître qu'il m'avait donné au Vistamare. J'étais furieux d'avoir été découvert, et je savais que de toute façon, les choses ne pourraient pas être pires. Je fis un pas de côté, je me baissai, et Freddy asséna un crochet du droit au lambris du mur. Je lui décochai un coup à l'estomac, un autre à la joue. Freddy se mit à beugler.

J'entendis la voix de Dannister :

— Qu'est-ce qui se passe, là-haut ?

Freddy n'avait pas le temps de répondre. Il était découragé et paniqué. Il me lança un coup de poing que je bloquai avec la paume de ma main gauche, Mon poing droit s'écrasa contre son visage. Il recula en titubant, fit demi-tour et voulut s'enfuir, mais il tomba à plat ventre et resta par terre en se tenant la mâchoire.

J'entendis les pas précipités de Dannister dans l'escalier. J'ouvris une porte et me glissai dans la pièce. J'étais dans de sales draps. Dannister avait tous les droits et toutes les raisons de me tirer dessus. J'entendis Freddy :

— Je vais chercher le pistolet, je vais chercher le pistolet !

Je regardai autour de moi. C'était une chambre très agréable, peinte dans des tons bleus et roses. Il y avait eu un bruit de cliquetis, mais qui s'était arrêté. Une femme était assise dans un fauteuil, avec des aiguilles à tricoter et une sorte d'objet informe sur les genoux. Je pus voir qu'elle tricotait très mal.

Elle était toute flétrie – manifestement la mère de Betty, Mme Alfred Dannister. J'avais vu son visage sur une photo ancienne. Elle avait beaucoup changé depuis, et pas dans le bon sens. Elle avait de grands yeux noirs, hantés, inquiets et confiants à la fois. Pourquoi ne criait-elle pas ?

— James ? fit-elle. James… c'est toi ?

Un bruit de pas dans le couloir. Je remarquai une porte entrebâillée qui donnait sur une salle de bain, et je vis qu'il y avait une autre porte. Avec l'idée de prendre mes poursuivants à revers, comme dans les films, je m'y précipitai. Mme Dannister me lança d'une voix pressante :

— Non, James ! Ne va pas là !

Mais j'étais déjà dans la salle de bain. J'eus juste le temps de remarquer un appareil bizarre, qui ressemblait à un WC avec deux sièges… et j'ouvris l'autre porte qui donnait sur une chambre.

J'allais en sortir quand je vis le lit. Je m'arrêtai aussitôt. Deux enfants y étaient assis et me regardaient avec de grands yeux. Ils devaient avoir une douzaine d'années. L'un était une fille, presque jolie, qui ressemblait à Betty. Elle en avait les yeux brillants et les cheveux blond foncé, mais sa bouche était molle. L'autre enfant lui était joint au niveau de la taille : ils partageaient une jambe centrale. Le deuxième enfant était difforme : sa tête était chauve et jaune, ses paupières tombantes et ses yeux extrêmement écartés. Il n'avait pratiquement pas de nez ni de menton, et le devant de son cou était humide. Il était certainement simple d'esprit. Le côté fille semblait un peu plus normal.

Le côté monstre émit un gargouillis, un reniflement. La fillette dit d'une voix douce, sans paraître effrayée :

— Qui êtes-vous ?

Derrière moi, Freddy cria :

— J'ai mon arme ! Je vais flinguer ce…

— *Non !* Donne-moi ça !

Je me retournai : Dannister tenait le pistolet – un gros Colt calibre 45.

— Je m'en occuperai moi-même, dit-il d'un air menaçant. Allez, dans le couloir, Musgrave.

CHAPITRE XXII

Je dis d'une voix tremblante :

— Si vous voulez tirer... tirez. Finissons-en.

Dannister regarda un instant la pauvre petite créature, mi-monstre mi-fillette, puis il répondit :

— Non, Musgrave. Pas ici.

Je sortis de la chambre. J'avais presque envie qu'il me tue. J'en avais assez de la vie, de la douleur, de la laideur, de la discorde, des goûts amers, des espoirs vains et des défaites tragiques. Je voyais l'existence sous un jour différent, aveuglant, une révélation tellement triste et effrayante que je n'avais plus le goût de vivre. La naissance, les douloureuses contorsions pour rester en vie, la mort... Dannister sentit le fil de mes pensées, et cela dut lui procurer un certain amusement sardonique. Je crois que c'est ce qui me sauva la vie.

— Descendons au salon, Musgrave. Vous serez certainement ravi de rencontrer... James Hilfstone.

J'avançai lentement dans le couloir, suivi de Dannister.

Freddy cria d'une voix aiguë :

— Alors, tu vas le tuer, Papa ? Il m'a frappé, il est sorti avec Betty, il est entré dans notre maison...

D'une voix tendue, Dannister répondit :

— Je sais très bien tout ce qu'il a fait. (Et à moi :) À gauche, Musgrave.

J'entrai dans le salon. James Hilfstone venait d'allumer un cigare qu'il fumait tranquillement, les jambes confortablement étendues devant le feu de bois. Il ne se leva pas, il ne me tendit pas la main. Je lançai un regard accusateur à Dannister, comme pour lui dire : « Je ne ressemble pas du tout à ce type ! » Et Dannister hocha la tête, comme pour me répondre : « Je le sais bien. »

— Ainsi donc, dit lentement Hilfstone d'une belle voix de baryton, voici mon sosie ! Ce pauvre vieux Kex, qu'est-ce qu'il n'aurait pas inventé pour s'amuser...

— Que suis-je censé faire, exactement ? demandai-je à Dannister.

Celui-ci se tenait très raide, tendu, le teint gris. Derrière lui, Freddy observait la scène, très excité, essoufflé, en colère. Je poursuivis :

— Avant que vous ne... commettiez une imprudence avec cette arme, vous feriez bien d'écouter ma version des faits.

Hilfstone éclata de rire et tira une bouffée de son cigare avec un plaisir manifeste.

— Qu'est-ce qui vous fait rire, vous ? lui demandai-je avec une colère froide.

En ricanant, Hilfstone se tourna vers le feu comme s'il se désintéressait complètement des événements.

— Vous rirez moins quand le lieutenant Piretti viendra pour vous arrêter, lui lançai-je.

Le rire de Hilfstone fut plus faible, manifestement forcé.

— Je n'ai aucune raison de me faire du souci.

— Sauf qu'on vous a vu balancer cette pierre sur Kex. Ça s'appelle un meurtre.

La bouche de Dannister se plissa.

— Un meurtre ? répéta Hilfstone. En quoi cela me concerne-t-il ?

— Ah, on fait l'innocent, hein ? (Je me tournai vers Dannister.) Saviez-vous qu'il a tué Kex ? Qu'il lui a fracassé le crâne avec une pierre ?

Un très léger sourire flotta sur les lèvres de Dannister.

— Croyez-vous que cela m'intéresse, ce qu'il a pu faire à Kex ?

J'observai attentivement le visage de Dannister, et n'y vis rien de rassurant. Cet homme était au bout du rouleau, et ne tenait encore que par la force de l'habitude.

— Personnellement, je m'en fiche aussi, répondis-je. Mais la police va l'attraper.

Hilfstone secoua la tête.

— Non, je ne pense pas.

— Alors, vous avouez ?

Hilfstone me regarda très calmement.

— Quelle différence cela peut-il faire ?

— Aucune, dit Dannister.

Il y avait dans sa voix un ton glacial que je fus le seul à percevoir. Hilfstone était trop sûr de lui, Freddy trop stupide. J'avais déjà entendu quelque chose comme ça, la nuit où la voix d'Hester Ryen m'était parvenue à travers la porte. Dannister semblait presque détendu, comme s'il était parvenu à une décision difficile.

— Voyez-vous, dit Hilfstone, je suis l'invité d'Alfred. Il fera le nécessaire pour qu'il y ait le moins d'embarras possible.

— En d'autres termes – Dannister vous cache pour vous protéger ?

— Si vous voulez, on peut dire comme ça.

— Ma foi, dit Dannister, j'ai bien peur que tu ne te trompes, James.

— Hein ?

— Je ne te protège pas.

Hilfstone sembla soudain mal à l'aise.

— Comme tu voudras… mais tu sais ce qui va se passer…

— Ton estimation de la situation est quelque peu erronée, James.

— Tu as d'autres personnes à prendre en considération, Alfred.

— Je les ai prises en considération, James.

Freddy dit impatiemment :

— Qu'est-ce que tu vas faire, Papa ?

Dannister sourit, nous regarda Hilfstone et moi, puis il regarda Freddy avec tendresse, comme s'il avait un cadeau pour lui.

On frappa à la porte – des coups officiels, déterminés, implacables.

J'éprouvai un tel soulagement que j'éclatai de rire.

— Ils sont là pour vous, Hilfstone !

Celui-ci se leva brusquement.

— Comment ont-ils pu savoir…

— À Positano, tout se sait !

Les coups redoublèrent. Une voix dure prononça quelques mots en italien.

Avec enthousiasme, Freddy demanda :

— Je peux les faire entrer ? Comme ça, ils l'arrêteront, ajouta-t-il en me désignant.

— Oui, Freddy, répondit Dannister d'une voix douce. Fais-les entrer.

— Tu sais ce que ça signifie, Alfred ! s'écria Hilfstone. Tout va sortir au grand jour ! Je dirai tout !

Dannister se contenta de sourire. Je frissonnai en voyant la lueur qui brillait dans ses yeux.

Freddy se tourna vers la porte.

Dannister leva lentement son pistolet, visa, appuya sur la détente. L'arrière de la tête blonde de Freddy devint une masse de chair et d'os sanguinolente.

Hilfstone s'était levé. Il était très pâle, sa lèvre inférieure tremblait. Dannister se tourna vers lui. Les coups contre la porte étaient comme un roulement de tonnerre.

Dannister souriait.

— James… Tu ne pensais pas que ça finirait comme ça, hein ?

— Non, Alfred, ne fais pas ça – *non* !

Dannister leva son arme et tira.

Hilfstone tomba comme une masse. Mort.

J'étais le suivant. Dannister se tourna vers moi. Mes genoux étaient comme de la gelée. Je comprenais ce que Hilfstone avait dû ressentir. Freddy et même Kex avaient échappé à ça. Je chancelai et me laissai tomber de côté pour tenter de m'abriter derrière le gros fauteuil. Le trou noir du canon me suivit. Je vis un éclair rouge, je sentis le déplacement d'air de la balle. Il avait raté. J'étais maintenant derrière le fauteuil, et tout ce que Dannister avait à faire, c'était de me rejoindre et de pointer son arme sur ma tête…

Des craquements sinistres : les policiers étaient en train de défoncer la porte. Il y eut un bruit de pas qui s'éloignaient. J'étais à présent seul dans la pièce. Je me remis lentement à genoux. Du sang coulait de la poitrine de Hilfstone, étendu derrière moi. Devant moi gisait Freddy, avec une expression plus digne que celle qu'il avait eue dans la vie.

Dannister était en train de monter à l'étage. Je savais ce qu'il avait l'intention de faire. En titubant, je m'engageai dans le couloir et vis ses longues jambes disparaître sur le palier. J'hésitai, et je gravis lentement les marches.

Derrière moi, il y eut un choc sourd, la porte d'entrée poussa un effroyable gémissement, puis ce fut le silence. À l'étage, une porte s'ouvrit, une voix de petite fille dit :

— Il est tard, Papa…

Deux coups de feu, puis un murmure, un cri :

— Alfred !

Un autre coup de feu.

Je jetai un coup d'œil sur le palier, prêt à me baisser si nécessaire. Une femme corpulente, vêtue de gris, passa le nez dans le couloir, recula aussitôt et claqua la porte. J'entendis le verrou se mettre en place. Ce devait être la gouvernante allemande.

La porte d'entrée gémit à nouveau.

Dannister sortit dans le couloir et se dirigea vers le fond d'un pas décidé. C'était la chambre de Betty. Il fouilla dans sa poche, en retira la clé. Je ne réfléchis même pas à ce que je faisais. Je ne suis pas un héros. Je gravis les deux dernières marches et me précipitai vers Dannister. Il m'entendit à la dernière seconde et se retourna. Je le saisis par le cou et le tirai avec une force décuplée, qui aurait pu terrasser un taureau. Il fut précipité à terre. Je posai un pied sur son poignet et lui arrachai le pistolet des mains. Il se redressa sur un coude et me regarda.

— Donnez-moi cette arme, dit-il

— Allons, ne soyez pas stupide.

Je reculai vers la porte, je tournai la clé et poussai le battant avec les fesses.

Dannister se releva. Derrière lui, la porte d'entrée vola enfin en éclats, et l'on entendit une galopade dans l'escalier.

Dannister fit deux pas vers moi – je reculai dans la chambre de Betty. Elle était assise sur le lit.

Le visage de Dannister était livide, hagard.

— Donnez-moi ce pistolet…

— Vous avez perdu la tête, Dannister.

Il regarda simplement Betty. À voix basse, elle me dit :

— Oh, donne-le-lui, Chuck…

— Pour qu'il me tire dessus ? Et sur toi ?

Dannister avança encore de deux pas. Il était prêt à se battre avec moi.

— Donnez-moi l'arme… Je ne tirerai pas sur vous.

— Donne-la-lui, Chuck. C'est pour lui qu'il la veut.

J'hésitai, puis je secouai la tête.

— Je ne peux pas… Ce serait comme si je la pointais sur lui et que j'appuyais moi-même sur la détente.

J'allai à la fenêtre et jetai l'arme dans le vide.

Des pas précipités dans le couloir. Dannister passa à côté de moi. Je vis son profil, ses lèvres serrées. Il ne regarda ni Betty ni moi. L'instant d'après, il avait disparu.

Le lieutenant Piretti fit irruption dans la pièce, son pistolet à la main.

— Qui est passé par la fenêtre ? Qui était-ce ?

— C'était Alfred Dannister, lieutenant.

Piretti jeta un coup d'œil dehors, dans les ténèbres. Je me tournai vers Betty.

— Ne me regarde pas comme ça, dit-elle.

J'étais en train de penser à la cicatrice qu'elle avait à la hanche.

Chapitre XXIII

M. Caldecott, de Bray, Medlary, Caldecott, Chivers et Bray, notaires à Londres, vint en avion pour s'occuper des funérailles et de la mise en vente de la maison.

Le lieutenant Piretti enregistra nos dépositions, à Betty et à moi, à l'Hotel Medaglione de Sorrente, où elle avait pris une chambre, puis il déclara que, en ce qui le concernait, l'affaire était classée.

— Il y aura sans aucun doute dans les journaux de Rome des articles à scandale, nous dit-il d'un air entendu, mais ce n'est pas la position officielle. Nous menons nos affaires avec toute la discrétion possible. Vous êtes libres.

Il nous salua et partit.

— Et maintenant, qu'est-ce qu'on fait ? demandai-je à Betty.

— Je ne sais pas.

— Bon, je vois que c'est à moi de prendre les décisions. Monte dans la voiture, on part vers le nord.

Elle baissa la tête et détourna les yeux. Je la pris par le bras et l'emmenai doucement vers la voiture sans qu'elle oppose de résistance. Je réglai la note d'hôtel et nous prîmes la direction du nord.

— Il y a toutes sortes de choses que nous pouvons faire, dis-je au bout d'une dizaine de kilomètres. Nous pouvons aller à Paris, en Belgique, au Danemark. Nous pourrions vendre la voiture à Paris, prendre l'avion pour l'Irlande, ou la Cornouaille. Ou embarquer sur un cargo à destination de Tahiti, de Zanzibar ou des îles Andaman.

Elle regardait fixement devant elle.

— Chuck, dit-elle enfin, tu sais ce que j'allais faire, ce soir-là ?

— Non.

— J'allais me pendre.

— Betty…

J'étais incapable de trouver les mots.

Elle poursuivit, presque avec plaisir :

— J'avais tout prévu. J'aurais noué ma ceinture au-dessus de la porte, pour qu'elle ne glisse pas.

— Tu vois bien maintenant quelle grosse erreur ça aurait été, n'est-ce pas ?

— Je n'en suis pas si sûre.

— Mais écoute… Nous avons toute la vie devant nous ! Tu es stressée, sous le choc, c'est le chagrin…

Elle secoua la tête.

— Non. J'aimais ma mère – et Freddy aussi –, mais ils ne me manquent pas.

— Bon, de toute façon, tu peux oublier tout ça. Nous ne reverrons jamais Positano.

— Je ne sais pas quoi faire.

— Une fois à Rome, nous nous marierons.

— Non, Chuck – tu ne dois pas m'épouser.

— Non ?

— Non. Tu sais ce que je suis – la moitié d'un monstre.

— Qu'est devenue l'autre moitié ?

— Elle est morte.

— Tu t'en souviens ?

— Oui… J'avais cinq ans. On nous a opérés à Vienne.

— Ce que je ne comprends pas, c'est pourquoi ton père avait peur de Hilfstone – ou de Kex. Avoir un enfant anormal, ça n'a rien d'infâmant.

— Oh, mais si…. Mais si !

— Je ne vois toujours pas.

— Tu ne connais pas les circonstances.

Je restai silencieux. Elle se passa la langue sur les lèvres. Je savais que ça allait venir. Elle avait tout gardé en elle jusqu'ici, et voilà que ça allait sortir, comme du vomi, et ça lui ferait du bien de s'en débarrasser.

— C'est une longue histoire, dit-elle d'un ton hésitant.

Je lui pris la main. Elle était froide et tremblante.

— Mon père était américain. Il est né à Richmond, en Virginie. Son père était américain lui aussi, et sa mère anglaise. Quand mon père a eu sept ans, sa mère – ma grand-mère, donc – est partie en voyage chez elle, en Angleterre, et le lendemain de son départ, mon grand-père a été tué par un taureau. En arrivant en Angleterre, ma grand-mère s'est rendu compte qu'elle était enceinte. Elle est restée là-bas, où elle a accouché d'une fille. Un an ou deux plus tard, elle s'est remariée avec un certain Lloyd Powan Hilfstone, dont elle a eu un autre enfant qu'elle a appelé James. Elle avait donc maintenant trois enfants. Mon père, Alfred Dannister, qui est resté à Richmond et qui y a grandi, la fille, Laura, qui a pris le nom de Hilfstone, et James.

D'une voix assez faible, je fis simplement :

— Oh...

— Quand il a eu vingt-quatre ans, mon père est allé en Angleterre pour voir sa mère. Et là – je ne suis pas totalement sûre de ce qui s'est passé. C'est une succession d'événements assez compliquée. Il s'est rendu dans le petit village du Dorset où habitait sa mère – maintenant Mme Lloyd Hilfstone. Mais elle était à ce moment-là en Écosse, ou à Londres, je ne sais plus très bien. Toujours est-il qu'elle ne s'attendait pas à sa visite, et qu'il ne savait pas où la trouver. Mais il a rencontré le vicaire du village, qui l'a invité à une garden-party. C'est là qu'il a fait la connaissance de ma mère. Quelqu'un les a présentés l'un à l'autre, très sommairement – ou peut-être même pas du tout. Elle avait dix-neuf ans à l'époque, et... bien sûr, c'était Laura Hilfstone. La propre sœur de mon père... (Betty s'interrompit un instant pour regarder le ciel.) J'ai lu quelque part que les gens qui se ressemblent sont attirés l'un vers l'autre... C'est peut-être pour cela que mon père et ma mère ont eu le coup de foudre. Naturellement, chacun ignorait qui était l'autre – à ce moment-là. Bon, mon père était un homme très séduisant, ma mère est tombée folle amoureuse de lui. Le soir même, ils s'enfuirent ensemble et se marièrent à Southampton. C'est là – je n'ai jamais vraiment su comment – qu'ils ont découvert la situation. Mais ils étaient jeunes, ils étaient amoureux, et ils se sont dit que le tabou contre le mariage d'un frère et d'une sœur n'avait aucun sens. Ils partiraient très loin, et personne n'en saurait jamais rien.

— Je les admire, dis-je. Ça demandait un sacré courage.

— Oui, fit distraitement Betty, c'est ce que j'ai toujours pensé...
Mais tu connais mon père : une fois sa décision prise, rien ne pouvait
l'arrêter. Il avait trouvé la femme de sa vie, et peu lui importait que ce
soit sa sœur... Elle est tombée enceinte, elle a eu des jumeaux : j'étais
l'un des deux. Nous étions reliés à la hanche. (Sa voix se fit plus basse,
plus grave.) Je me souviens très bien de mon jumeau. C'était un garçon,
qui s'appelait Paul. Mais il était... eh bien, pire qu'Edward.

— Edward était le... hem... le deuxième ?

— Oui. Tu peux imaginer dans quel état était ma mère. Elle pleurait, elle était désespérée. Mon père lui a dit que cela pouvait arriver à
n'importe qui. Non, disait ma mère, c'était parce qu'ils avaient commis
un péché, et c'était leur châtiment. Elle a refusé qu'on nous opère. J'ai
donc grandi avec Paul, jusqu'à l'âge de cinq ans. (Elle fit une grimace qui
déforma tout son visage.) J'ai essayé de t'en parler, cette nuit à Naples...

— Tu m'en parles, maintenant. Tu ne te sens pas mieux, de pouvoir
te libérer de tout ça ?

Elle poursuivit :

— Deux ans plus tard, ils ont eu Freddy. Il semblait parfaitement
normal. Bien sûr, en grandissant, il était un peu en retard sur le plan
intellectuel – mais à l'époque, mes parents ont pensé que tout allait
bien, et finalement, mon père m'a emmenée à Vienne. On nous a
opérés, mais Paul est mort... Ah, j'étais contente. Qu'est-ce que j'étais
contente ! Ce n'est pas que je le haïssais, mais il était tellement...
tellement horrible.

— Ma pauvre petite...

— Et au bout de quelque temps, ils ont eu de nouveau des jumeaux
– et cette fois, c'était bien pire. Ils n'avaient que trois jambes, et il était
impossible de les séparer. J'avais sept ans à l'époque... Nous sommes
venus à Positano quand j'en ai eu huit, et nous y avons vécu jusqu'à
aujourd'hui. Ma mère a un peu perdu la tête... Mon père est devenu
très distant, très austère... Et ça n'a fait qu'empirer à mesure que j'ai
grandi.

— Mais comment James Hilfstone apparaît-il dans l'histoire ?

— Quand j'ai eu douze ans, il est venu à Positano – il avait réussi à
nous trouver, je ne sais comment. Ses affaires ne marchaient pas très
bien, il voulait emprunter de l'argent. En réalité, dit Betty amèrement, il

faisait chanter mon père… Et c'est ainsi que notre existence a continué jusqu'à… jusqu'à ce que tu arrives. Je suis allée dans une école en Suisse – la période la plus heureuse de ma vie… Je n'aimais pas la maison de Positano – elle était toujours tellement sombre, tellement sinistre…

— Comment as-tu découvert tout ce… ce bazar ?

— Oh… Je crois que je l'ai toujours su. Ma mère pleurait tout le temps, ou elle priait… Je ne crois pas que Freddy comprenait vraiment la situation, mais il savait que l'oncle James était un méchant homme, et c'est pour ça qu'il s'en est pris à toi.

— J'imagine que Kex a détricoté toute cette histoire sacrément vite.

Elle fronça les sourcils.

— Ce que je ne comprends toujours pas, c'est pourquoi l'oncle James a tué Kex….

— Kex avait la charmante habitude de rassembler des informations sur tout le monde. Il l'a fait sur moi, et il a découvert que j'avais été renvoyé de West Point… Il a sans doute fait pareil pour Hilfstone, et il a dû trouver quelque chose de suffisamment grave pour que Hilfstone décide de l'éliminer.

Nous restâmes silencieux un moment, tandis que nous roulions le long de la baie de Naples.

— Bon, alors ? dis-je enfin. La Norvège, l'Inde, le Mexique ?

— Chuck, tu ne veux pas sérieusement m'épouser… si ?

— Bien sûr que je veux t'épouser.

— Imagine… imagine que nous ayons des enfants ?

— Nous *voulons* des enfants !

— Mais imagine…

— Si ce sont des monstres, nous les noierons et nous continuerons d'y travailler jusqu'à ce que nous en ayons des normaux.

— Oh, Chuck – tu es prêt à prendre le risque ?

— Essaie, si tu ne me crois pas.

Elle eut un petit sourire.

— J'ai déjà fait l'essai… dit-elle en se glissant sur la banquette pour poser sa tête contre mon épaule.

— Alors… où est-ce qu'on va ? Tombouctou ? Moscou ? Le monde entier s'offre à nous pour notre lune de miel…

— Je vais devoir y réfléchir un peu, Chuck…

Jack Vance est né en 1916 en Californie, dans une famille aisée qui a connu des revers de fortune alors que Jack était encore enfant. Jeune homme, il est donc obligé d'occuper une série d'emplois ingrats avant de pouvoir suivre des cours à l'université de Californie, à Berkeley : génie minier, physique, journalisme et littérature anglaise. À la fin de ses études, alors que l'Amérique entre en guerre, il s'engage comme simple matelot dans la marine marchande. Plus tard, il travaille comme mécanicien de chantier, arpenteur, céramiste et charpentier avant que sa production de romans et de nouvelles dans les domaines de la science-fiction, de la fantasy et du policier ne lui permette de vivre de son écriture et de s'y consacrer à plein temps.

En plus de soixante ans de carrière, sa production a été prodigieuse et lui a valu de nombreux honneurs : trois prix Hugo, un prix Nebula, un prix World Fantasy pour l'ensemble de son œuvre ainsi qu'un prix Edgar-Allan-Poe décerné par l'Association américaine des auteurs de romans policiers. L'Association des écrivains de SF et de Fantasy lui a décerné le titre de Grand Maître, et il a été admis dans le Science Fiction Hall of Fame en 2001.

Il a su explorer une variété de genres en en repoussant les limites, que ce soit de la fantasy sombre (en particulier le cycle de la Terre mourante, qui a influencé de nombreux auteurs), des space opéras interstellaires, de la fantasy héroïque (la trilogie Lyonesse), ou encore des romans policiers dont le personnage principal est shériff d'un comté rural de Californie (la série Joe Baine). Une histoire vancienne est souvent centrée sur un protagoniste extrêmement compétent plongé dans des situations périlleuses sur une planète où l'aventure est son lot quotidien, ou encore sur une jeune personne qui s'embarque pour une odyssée semée d'embûches dans des régions peuplées d'ennemis redoutables…

Vers la fin de sa carrière, un groupe de fans à travers le monde s'est constitué pour rétablir ses œuvres sous leur forme originelle, en restaurant des textes malmenés ou amputés par des éditeurs surtout préoccupés par le nombre de pages qu'ils pouvaient caser dans un magazine « pulp ». Le résultat a été la Vance Integral Edition, version définitive de l'œuvre vancienne en 44 volumes magnifiquement reliés. Spatterlight publie à présent les textes du projet VIE sous la forme d'ebooks et de livres imprimés à la demande.

Ce livre a été imprimé en utilisant Adobe Arno Pro comme police de caractères principale, avec NeutraFace pour la couverture.

Cet ouvrage a été créé à partir des archives numériques de la Vance Integral Edition, une série de 44 volumes produits sous l'égide de l'auteur par un groupe de ses lecteurs répartis à travers le monde. Le projet VIE exprime sa reconnaissance à l'aide éditoriale que lui a apportée Norma Vance, ainsi qu'à la collaboration du Département des collections spéciales de l'université de Boston, dont la collection consacrée à John Holbrook Vance a été une source importante de matériau textuel.

Remerciements particuliers à R.C. Lacovara, Patrick Dusoulier, Koen Vyverman, Paul Rhoads, Chuck King, Gregory Hansen, Suan Yong et Josh Geller pour leur aide précieuse dans la préparation des versions finales des fichiers sources.

Composition et mise en page : Joel Anderson

Direction artistique et dessin de couverture : Howard Kistler

Correction et quatrième de couverture : Patrick Dusoulier

Direction : John Vance, Koen Vyverman